LA ROSA DEL HIJO DE UN SULTÁN

LOS HEREDEROS DE LA ARISTOCRACIA

LINDA RAE SANDE

Traducido por
DIANA ZAMORA CUESTA

Twisted Teacup
PUBLISHING

OTRAS OBRAS DE
LINDA RAE SANDE

Note: Translations of select titles are available in German, Italian, Spanish and Portuguese.

PRÓLOGO

M *arzo de 1844*

Se estaban descargando varias cajas de madera del mercante griego «Sol de Apolo» cuando Ziyaeddin se apresuró a ir al muelle, en la orilla occidental del mar Egeo. Sus guardias ya habían hecho el corto trayecto desde palacio y estaban desplegados sobre la orilla del agua, como si esperasen alguna amenaza del barco.

—No puedo decidir si me alegro de verte o no —dijo Ziyaeddin mientras sonreía al ver al capitán del barco. El caballero de barba gris acababa de bajar la rampa y se dirigía a la parte delantera del muelle.

—No puedo creer que me hayas convencido —comentó el capitán Popodopolos, con la mirada fija en el fardo que el sultán sostenía contra un hombro—. Aunque supongo que me ofendería que eligieras a otra persona para llevar a tu hijo favorito a Inglaterra.

—Ertuğrul quiere pasar una temporada en Londres, y el señor Bennett-Jones ha aceptado ser su guía —explicó Ziyaeddin—. Con la construcción de las dos universidades y el palacio terminada, es hora de que a mi heredero se le permita regresar a lo que él considera un mundo más civilizado.

No añadió que se trataba de una estratagema para mantener a su heredero al margen de las guerras que el imperio estaba librando en ese momento. Parecía que los albaneses se sublevaban cada década y ahora los kurdos de Bohtan estaban organizando un levantamiento.

Popodopolos bajó del muelle y se adentró en el camino desgastado que conducía al palacio de arenisca, uno de los muchos esparcidos por el Imperio Otomano.

—¿Dónde se alojarán? —preguntó mientras caminaba junto al sultán.

—En Mayfair. Va a alojarlos la familia de Bennett-Jones. Mi sultana me ha asegurado que Ertuğrul será tratado como la realeza, lo que me tiene muy preocupado —comentó Ziyaeddin—. No quiero que lo malcríen.

Popodopolos se detuvo a medio camino, como si las palabras del sultán le hubieran recordado algo.

—Espera un momento —dijo mientras se giraba y gritaba una orden en griego a uno de sus tripulantes. El hombre hizo un gesto de reconocimiento, y el capitán gritó otra orden.

Tras asegurarse de que su tripulación había entendido lo que tenía que hacer, Popodopolos se dio media vuelta y puso cara de sorpresa. El sultán Ziyaeddin I, actual soberano del Imperio Otomano, acababa de levantar en el aire a su hijo de cinco meses y lo movía como si fuera un pájaro. El niño, que estaba disfrutando de la experiencia, emitió una serie de risitas y gorjeos que hicieron que su padre sonriera de oreja a oreja.

Ziyaeddin captó la expresión de alarma del capitán y se tranquilizó rápidamente.

—¿Qué ocurre?

Bajó al bebé a su hombro, con una mano acunando el trasero del niño.

Popodopolos resopló.

—¿Cuántos años tienes?

Ziyaeddin frunció el ceño.

—Cincuenta años —respondió con cuidado—. ¿Por qué lo preguntas?

Levantando una mano para taparse la boca, el griego se esforzó por contener la risa.

—¿Estás seguro? Parece como si hubieras rejuvenecido desde la última vez que te vi —le reprochó—. Y te comportas como un...

Cerró la boca.

—¿Como un qué? —lo desafió Ziyaeddin—. ¿Un padre novato? ¿Un hombre enamorado?

—Iba a decir un idiota, pero... —El capitán sacudió la cabeza — Quizá solo estoy celoso.

—Tal vez sea un idiota —respondió el sultán con una sonrisa, olfateando distraídamente el cabello oscuro de su hijo—. Pero estoy disfrutando de mi vida en estos momentos. Probablemente más que nunca.

Popodopolos miró al sultán con expresión curiosa antes de señalar al bebé.

—¿Cuántos son con este? —preguntó él.

Ziyaeddin se rio.

—Veintiuno. Doce niños —respondió con orgullo—. Lo he llamado Ahmet.

Ziyaeddin, encargado del cuidado de su hijo recién alimentado solo momentos antes de que viera la llegada del barco griego desde el balcón de sus aposentos privados, bajó las escaleras que conducían al atrio del palacio y salió por la puerta principal sin que nadie se diera cuenta. Ansioso por saludar al capitán y presumir de su última descendencia, el sultán había abandonado el palacio sin comunicar a nadie su paradero.

—Entonces... ¿no te arrepientes de haber tomado por esposa a una inglesa? —preguntó Popodopolos, refiriéndose a Charlotte, duquesa viuda de Chichester.

—No —declaró Ziyaeddin, sonriendo cuando su hijo más joven balbuceó incoherencias—. La sultana Charlotte es el segundo amor de mi vida. Se ha adaptado bastante bien a nuestras costumbres. Ha asumido las responsabilidades de una sultana como corresponde a su posición —explicó—. Aunque todavía le cuesta aprender el idioma. Hablamos sobre todo en inglés —añadió.

—¿La tratas bien? —preguntó Popodopolos, más serio.

Tras haber aceptado transportar a Charlotte de Inglaterra a Grecia para pasar unas vacaciones dos años antes, al capitán le había preocupado el destino de la duquesa cuando el «Sol de Apolo» fue abordado por piratas. Llevaron a Charlotte y a su dama de compañía, Parma, al palacio del sultán, a orillas del mar Egeo, donde acabaron bajo la protección de Ziyaeddin. En pocos días, el sultán se enamoró de la duquesa.

Mientras tanto, Popodopolos y su tripulación habían podido despachar a los piratas cuando el «Sol de Apolo» arribó hasta el puerto de Rodas, donde se encontraron con el hijo de Charlotte, lord James Wainwright, y su compañero de viaje, David Bennett-Jones, heredero del vizcondado de Bostwick. Decididos a salvar a Charlotte, partieron hacia el palacio, donde descubrieron que la duquesa no quería que la salvaran.

Se había enamorado del sultán.

Pero el viaje no había sido en vano. James había conocido y se había casado con la hija favorita del sultán, Sevinc, y ahora estaban en una expedición arqueológica en una isla griega.

Mientras tanto, David se había hecho amigo del hermano gemelo de Sevinc, Ertuğrul, ya que ambos compartían interés por la arquitectura. El heredero de los Bostwick decidió permanecer en el Imperio Otomano, ayudando a supervisar la construcción de un nuevo palacio y de las universidades, al tiempo que estudiaba los mosaicos que decoraban las diversas propiedades del sultán.

Cuando Popodopolos y su tripulación partieron, el capitán prometió mantenerse en contacto. Dado que su hija, Elena, era la sirvienta principal en los palacios de Ziyaeddin, el capitán siempre era bienvenido. Como capitán griego que había hundido el barco de Ziyaeddin durante la Guerra de la Independencia griega, Popodopolos se había ganado el respeto del sultán, y, finalmente, su amistad, al salvarlo a él y a su tripulación de morir ahogados.

—Por supuesto que la trato bien —afirmó Ziyaeddin, molesto porque el capitán pensara lo contrario—. Es mi sultana. Le hago regalos casi todos los días...

—Pero, ¿la amas? —insistió Popodolos.

Ziyaeddin se sobresaltó al oír la pregunta.

—Ahora más que el día en que esos malditos piratas la arrojaron ante mí —respondió él—. Me ha dado otra hija y ahora un hijo... —Respiró hondo—. A mi edad, tengo la suerte volver a experimentar el amor en mi vida.

El capitán parecía satisfecho con la respuesta, aunque su atención se había ido hacia algo, o alguien, detrás del sultán.

—Me alivia oírlo —dijo—. Hace mucho tiempo le prometí llevarla a Syros y luego a un barco con destino a Atenas, y aún no lo he cumplido —explicó.

—Pues si alguna vez lo haces, me llevarás a mí también —advirtió Ziyaeddin—. No permitiré que viaje sola.

—Entendido —comentó Popodopolos. Sus cejas se fruncieron —. ¿Estás a punto de meterte en algún lío?

Ziyaeddin frunció el ceño antes de abrir los ojos de par en par.

—¿Está mi sultana detrás de mí? —preguntó, recordando justo entonces que no le había dicho a nadie que salía del palacio mientras estaba cuidando del bebé.

Popodopolos asintió.

—Y tiene a alguien con ella —dijo.

—Será Zehra —adivinó el sultán, refiriéndose a su hija menor.

—Tienes suerte. La duquesa Charlotte no parece enfadada —añadió el capitán mientras se permitía una enorme sonrisa.

—¡Poppy! —gritó alegremente Charlotte Sultana mientras

corría por el sendero. Sin embargo, su avance se vio obstaculizado. En una de sus manos tenía agarrada la mano mucho más pequeña de una niña de dos años que se movía tan rápido como podía.

La pequeña, vestida con un vestido de estilo europeo de color rosa pálido con enaguas blancas, medias blancas y zapatillas negras, gritó: «¡Baba!», cuando su padre se dio la vuelta y se arrodilló. La niña chocó con él un momento después, casi derribándolo hacia atrás en el proceso.

Riéndose mientras su hija más pequeña le besaba las mejillas y le rodeaba el cuello con sus brazos regordetes, Ziyaeddin consiguió volver a ponerse de pie mientras sujetaba a los dos niños, uno contra cada hombro. Besó a su hija en la frente e iba a hacer lo mismo con su hijo, pero la atención del niño se centró en su madre. Sus piernas se doblaban y enderezaban una y otra vez al mismo tiempo que sus puñitos golpeaban a Ziyaeddin con emoción.

—Ah, ya veo a quién prefieres —le acusó el sultán. Mientras el bebé continuaba con su exhibición de felicidad, Ziyaeddin se dio la vuelta para descubrir a Popodopolos riéndose a su costa.

—Ya veo lo que quieres decir, viejo —dijo el capitán mientras sus ojos se arrugaban de alegría. Se llevó la mano de Charlotte a los labios—. Su excelencia —dijo mientras se inclinaba. ¿O debería llamarla... su alteza... o su majestad ahora?

—Bueno, me casé con él —reconoció Charlotte, poniéndose de puntillas para poder besar al sultán en la mejilla—. Pero supongo que para ti siempre seré una duquesa.

Ahmet aprovechó la oportunidad para lanzarse a sus brazos, balbuceando alegremente mientras apoyaba la cabeza en su hombro.

—Es mi única sultana —reconoció Ziyaeddin.

—¿Tiene tiempo para estar con su hija? —preguntó Charlotte al capitán, sonriendo cuando este se llevó el puño regordete de

Zehra a los labios. La niña soltó una risita—. He hablado con Elena hace un momento para comunicarle que habías llegado.

—Me gustaría, si ella puede dedicarme tiempo. —Su atención estaba puesta en Ziyaeddin mientras respondía—. Tendremos que partir hacia el atardecer —añadió—. Los vientos serán favorables entonces.

—Pasa todo el tiempo que quieras con ella —dijo Ziyaeddin—. Disfrutad de una comida juntos. Tu tripulación es bienvenida a comer también.

El capitán lanzó una mirada al muelle.

—Agradezco la oferta, pero por favor no te ofendas si te digo que preferirían quedarse a bordo del barco.

Ziyaeddin se encogió de hombros, muy consciente de que la tripulación del Popodopolos era en su mayoría griega, y muchos habían sido marineros en la Guerra de Independencia griega del Imperio Otomano.

—Los chicos ya han hecho las maletas y un sirviente se está ocupando de ellas —dijo Charlotte—. Aunque sabía que llegaría este día, no puedo evitar sentirme triste porque nos dejan —dijo refiriéndose a David y Ertuğrul—. Otra vez —añadió con una ceja arqueada.

Solo el año anterior, los dos habían partido con la intención de ir a Inglaterra a pasar la temporada, pero el clima en el Mediterráneo obligó a Popodopolos a llevar al «Sol de Apolo» a puerto en Sicilia. Unos días más tarde, cuando el tiempo mejoró, David comunicó su intención de permanecer en la isla.

«Después de ver lo que Catania tiene que ofrecer y de conocer los numerosos mosaicos que se pueden encontrar en las iglesias y edificios públicos de aquí, deseo continuar mi *Grand Tour*, y Ertuğrul ha caído rendido ante la arquitectura barroca. No hay forma de convencerlo de viajar a Inglaterra este año».

—¿Tengo que traerlos de vuelta cuando acabe la temporada? —preguntó el capitán mientras subían por el sendero hacia el palacio. Tulipanes recién florecidos bordeaban el camino, con sus pétalos rojos y amarillos aún cerrados en la parte superior.

Ziyaeddin dirigió una mirada a su esposa, pero Charlotte se había detenido para bajar a Ahmet de modo que su cara estuviera más cerca de un tulipán. Los brazos del niño se alzaron en un intento de coger una de las flores, pero ella utilizó una mano para cubrir los del bebé.

—Puedes mirar, pero no tocar —le dijo. Cuando Charlotte se enderezó, tenía lágrimas en los ojos—. Si te lo puedes permitir —contestó ella, sorbiéndose los mocos—. Aunque para entonces estaremos de vuelta en Constantinopla.

—¿Qué pasa? —preguntó Ziyaeddin, frunciendo el ceño al ver sus ojos brillantes.

Ella parpadeó varias veces.

—Me da pena que los chicos se vayan —respondió—. Son como mis propios hijos —añadió—. Sobre todo Ertuğrul.

Ziyaeddin intercambió una rápida mirada con Popodopolos, y su expresión de preocupación se desvaneció al cabo de un momento.

—¿Te preocupa no volver a verlos?

Charlotte inhaló suavemente, abriendo los ojos.

—¿Y si conocen a alguna joven? ¿Se enamoran? ¿Desean casarse? —preguntó apresurada.

El sultán y el capitán volvieron a intercambiar miradas y se rieron.

—¿No es esa la razón por la que van a Londres, mi sultana? —preguntó Ziyaeddin suavemente.

Charlotte parpadeó de nuevo y, distraídamente, meció a su hijo en el hombro.

—Ah —respondió en voz baja—. Supongo que sí —añadió al cabo de otro momento, con una sonrisa llorosa sustituyendo su expresión de preocupación.

Al menos Ertuğrul volvería. Tenía que hacerlo. Algún día sería el sultán del imperio.

En cuanto a David, bueno, supuso que dependería de sus planes para el futuro. Los planes que su padre tenía pensados para él. Era el heredero del vizcondado Bostwick, a fin de cuentas.

ientras tanto, en el club de caballeros White's, en la calle St. James, en Londres

Con la niebla a su espalda cuando entró a través de la brillante puerta negra del White's, James, duque de Ariley, entregó su gabán a un lacayo antes de dirigirse a la parte trasera del elegante club de caballeros. Dada la época del año, esa noche había más socios que en los últimos meses. Los aristócratas estaban regresando a Londres antes del comienzo del Parlamento que sería en quince días.

Se detuvo frente a una de las salas más pequeñas y privadas y saludó con la cabeza a varios hombres que le devolvieron el saludo. Se dirigió a la sala contigua y se sorprendió al ver a George Bennett-Jones, vizconde de Bostwick, enfrascado en una conversación con Marcus Batey, vizconde de Lancaster.

—Caballeros —dijo él—. Espero no interrumpir —añadió, sabiendo muy bien que lo hacía. Como duque, estaba en su derecho, por supuesto, pero había vivido lo suficiente como para no abusar de su título.

—En absoluto, excelencia —dijo George poniéndose en pie—. Lancaster y yo estábamos hablando de las obras de caridad de nuestras esposas.

—Y hablando de esposas, dejaré de tener una si no llego a casa antes de medianoche —dijo Marcus mientras sacaba su reloj de bolsillo del chaleco y miraba la hora—. Ya son más de las once.

James rio entre dientes.

—Entonces será mejor que te vayas. Esperaba hablar con Bostwick un momento… aunque…

La mirada de Marcus se desvió hacia George antes de volver a dirigirla al duque.

—¿Ocurre algo, excelencia?

—No. Pero... usted tiene hijas, ¿verdad?

Arqueando una ceja oscura, Marcus dijo:

—Mi hija mayor, Analise, es condesa de Middleton, y Charity me dio a mi segunda hija, la señorita Hope. Se llama Faith Hope, pero la llamamos Hope porque hay muchas Faiths de su edad —añadió.

—Debe de ser ella —afirmó James.

—¿Señor?

Marcus se atrevió de nuevo a lanzar una mirada a George, pero el otro vizconde se limitó a seguir mirando fijamente al duque.

—No está casada, ¿verdad? —preguntó James.

Marcus negó con la cabeza.

—La han cortejado algunas veces, pero... —Volvió a encogerse de hombros—. Las hijas de los vizcondes no son precisamente las primeras de la lista. Esperamos que conozca a alguien esta temporada que sepa apreciar su audacia, o mi esposa ha amenazado con emplear sus dotes de casamentera y casarla con algún comerciante adinerado —dijo resoplando.

—La audacia no es un rasgo que se pueda despreciar a la ligera —comentó el duque—. Especialmente en la esposa de un aristócrata.

Parpadeando, Marcus miró al duque de Ariley con expresión interrogante.

—Si tan solo los jóvenes estuvieran de acuerdo —respondió finalmente. Se volvió e hizo un gesto en dirección a George—. Llevaré a Charity a la oficina por la mañana —dijo, refiriéndose a su vizcondesa—. Y les veré a ambos en el Parlamento —añadió antes de volverse para despedirse del duque con una profunda inclinación de cabeza—. Excelencia.

—Que pase una buena velada, y si necesita un testigo para esta noche, yo respondo por usted ante lady Lancaster —se ofreció James.

Marcus sonrió y, antes de marcharse, dijo:

—Se lo agradezco.

James lo contempló marcharse y luego se sentó en la silla que Marcus había estado ocupando. Un lacayo apareció con una copa de brandy y dejó la bebida sobre la mesa que separaba a los dos aristócratas.

—Hace mucho que no hablamos —comentó George. Estaba tentado de preguntar que tenía en mente el duque en relación con la hija de Lancaster, Hope, pero pensó que lo descubriría muy pronto. Con la temporada a punto de comenzar, los cotilleos se extenderían por Mayfair como un reguero de pólvora—. ¿Qué ha pasado?

Sirviéndose un brandy, James dijo:

—Nada, lo cual suele ser bueno, pero... —Suspiró—. Ariley Place me parece bastante concurrido últimamente.

George arrugó una ceja.

—¿Ah, sí? ¿Tu duquesa te ha dado otro heredero? —Sabía que Helen Harrington Burroughs, duquesa de Ariley, seguramente era demasiado mayor para tener más hijos, ya que debía de rondar los sesenta, pero dado el número de mujeres de cuarenta años que lo habían hecho en los últimos años, se preguntó si su propia vizcondesa podría estar encinta. —¿O es que han aparecido en su puerta unos parientes perdidos hace mucho tiempo?

James hizo una mueca.

—No hay otro heredero, pero tampoco yerno ni nuera. Esperaba que Waverley y Rose estuvieran ya casados —se quejó, refiriéndose a su hijo William, conde de Waverley, y a su tercera pero única hija legítima, Rose.

George dio un respingo y miró al anciano con incredulidad.

—Waverley aún no ha cumplido los treinta —comentó.

—Cierto. Pero casi.

—Perdona mi indiscreción, pero ¿lady Rose se ha recuperado de su accidente? —preguntó George—. Tengo entendido por mi hija que estaba bastante malherida. Una pierna rota, ¿no?

El duque inhaló profundamente, se pensó mejor lo que iba a

decir y finalmente dejó escapar el aliento que había estado conteniendo.

—En efecto, pero se ha recuperado. Ya puede andar sin muletas. Apenas la veo cojear, excepto a veces a altas horas de la noche, si ha estado caminando demasiado.

—Bueno, son buenas noticias —dijo George—. Tendrá pretendientes golpeando a su puerta cualquier día ahora que la temporada está a punto de comenzar.

—Pero no los tendrá —replicó James, con las cejas fruncidas en forma de oruga canosa.

George pensó cómo responder.

—¿Cómo? —dijo finalmente—. Es la hija de un duque. Sin duda tiene una dote generosa. Es una joven bastante guapa. ¿Por qué crees que no tendrá pretendientes?

James suspiró.

—Me parece que ella cree que solo debe tener en consideración a hombres de cierto rango.

Muy consciente de lo que el duque quería decir con su comentario, George dijo:

—¿No eres de la misma opinión?

El duque resopló.

—Quizá hace treinta años —respondió—. Ya no.

George reflexionó sobre su comentario, bastante sorprendido de oír que Ariley no exigía al hijo de un duque para su hija.

—¿Se lo has dicho?

James hizo una mueca y negó con la cabeza.

—Todavía no. Porque primero tenía que crear una lista para determinar quiénes podrían ser sus opciones.

George volvió a fruncir el ceño.

—¿Una lista?

James asintió.

—Los jóvenes elegibles de la nobleza nacidos entre mil ochocientos trece y mil ochocientos veintitrés que hayan terminado la universidad y su *Grand Tour*, y que vivan en Londres o sus alrededores, y que aún no se hayan casado.

Parpadeando, George pensó en las condiciones.

—Eso es bastante específico —comentó—. ¿Hay alguien que encaje en la lista?

—Hay menos de veinte.

George inhaló bruscamente y se quedó mirando al duque.

—¿Está mi hijo en esa lista? —Él negó con la cabeza—. Lo pregunto porque me ha dicho que vuelve de Constantinopla.

—¿Vuelve para quedarse? —preguntó el duque, aparentemente intrigado por la noticia.

—Eso parece. De hecho, tiene intención de encontrar esposa. Al igual que el joven que le acompañará.

James se enderezó en su silla.

—¿Y quién es ese otro joven?

George inclinó la cabeza.

—El emir Ertuğrul Effendi, heredero de Ziyaeddin I, sultán del Imperio Otomano. Ah, e hijastro de la sultana Charlotte, duquesa viuda de Chichester. —Hizo una pausa mientras el duque lo miraba fijamente—. Recibiré a Ertuğrul en Bostwick House.

Vaciando su brandy, James se tomó un momento para considerar la información antes de decir:

—Bueno, Bostwick, lo has vuelto a hacer.

—¿A qué te refieres?

James rio entre dientes.

—Me has dado esperanzas. ¿Cuándo llegarán?

George se encogió de hombros y dijo:

—Deberían llegar en unos días, si su barco mantiene su itinerario.

—Excelente—dijo el duque, su buen humor cada vez mayor. De pronto se puso serio—. El emir no traerá su harén con él, ¿verdad?

George negó con la cabeza.

—No creo que tenga uno. Él... él y David han estado muy

involucrados en algunos proyectos de construcción en el imperio y no han tenido mucho tiempo para otras actividades.

El rostro del duque mostró una expresión de incredulidad.

—¿Cuántos años tiene?

Arrugando una ceja mientras calculaba la edad de Ertuğrul, George dijo:

—Veintidós, creo. ¿Quizá veintitrés?

James parpadeó.

—¿Solo? Apenas cumple los requisitos para entrar en la lista.

—David tiene veintisiete —dijo George—. Creo que lady Rose y él tienen más o menos la misma edad.

—Efectivamente —asintió James, aunque parecía estar planeando algo en su mente. Después de unos segundos, dijo—: No sé si lo sabes, pero la semana que viene celebraremos un baile en honor a Rose. Espero que tu familia asista. Y traiga al emir, por supuesto.

—Iremos sin falta —dijo George—. Pero mientras tanto, si pudieras mantener en secreto las noticias sobre el emir y mi hijo, te lo agradecería. Prefiero que mi vizcondesa no se entere hasta que David me diga algo. No me gustaría que volviera a hacerse ilusiones —añadió.

—Entiendo —reconoció el duque con una sonrisa cómplice—. Ahora... debería volver con mi duquesa antes de que piense que me he ido con una amante.

—Yo también, excelencia —respondió George con una sonrisa, contento de tener algo que pudiera compartir con Elizabeth cuando le preguntara si había ocurrido algo en el club.

También se le ocurrió crear el mismo tipo de lista que el duque había mencionado, y había una persona en particular en Bostwick House que podía ayudar en ese aspecto.

Su hija menor, Adeline.

Pero todavía no. No quería levantar sospechas.

CAPÍTULO 1
SE REVELA UN ITINERARIO

Residencia de los Bostwick en Mayfair, 4 de abril de 1844
Un viento tempestuoso acompañaba a Elizabeth Bennett-Jones, vizcondesa Bostwick, cuando entró corriendo en su casa seguida de su hija, Adeline. El mayordomo, Elkins, se apresuró a cerrar la puerta una vez que las faldas de las mujeres hubieron traspasado el umbral.

—Oh, cielos —respiró Elizabeth mientras permitía que Elkins la ayudara a quitarse el redingote.

—De todos los días tenía que ser el que fuéramos a la beneficencia —murmuró Adeline en voz baja, encogiéndose de hombros para quitarse el abrigo—. Al menos fue un buen día, ¿verdad?

—Desde luego —convino su madre—. Aunque tengo la intención de hablar con tu padre sobre un director de banco en particular —refunfuñó mientras se despojaba de sus guantes y los dejaba en las manos de Elkins.

La organización benéfica de Elizabeth, «Trabajo para los heridos», se especializaba en dar empleo honrado a soldados heridos y, últimamente, a cualquier hombre con algún tipo de discapacidad. Había un joven perfectamente apto para un puesto

15

de cajero, pero debido a que le faltaba una pierna, tenía que apoyarse o sentarse en un taburete para realizar sus tareas. El director del banco se negó a contratarlo, a pesar del intento de soborno de Elizabeth.

Incluso antes de que ella llegara al vestíbulo de Bostwick House, George Bennett-Jones, vizconde de Bostwick, ya había salido de su despacho y tenía a su esposa en brazos. A pesar de la presencia de su hija y de que Elkins seguía en el vestíbulo, la besó profundamente.

Adeline puso los ojos en blanco y se cruzó de brazos mientras esperaba a que sus padres terminaran el beso. Habiendo sido testigo de tan escandalosas muestras de afecto casi todos los días de su vida, estaba acostumbrada. También sabía que su padre había oído la queja de su madre y que estaba utilizando el beso como un medio para desviar la ira de su madre, por el momento.

—Me alegro de que estés en casa y refugiada de ese tiempo tan horrible —susurró George, cuando por fin terminó de besarla.

Elizabeth lo miró por un momento antes de parpadear.

—Bueno, yo también me alegro —murmuró. Su expresión aturdida se aclaró y dejó escapar un suspiro.

—¿Qué pasa, cariño? —preguntó George, con la mirada fija brevemente en su hija.

—No es culpa mía —dijo Adeline, llevándose las manos a las caderas. El movimiento era exactamente el mismo que empleaba Elizabeth con frecuencia cuando se enfadaba por algo—. Ese odioso señor Turnbull del Barclays se negó a contratar al señor Cromwell porque no puede mantenerse de pie sobre su pierna de madera durante mucho tiempo.

George frunció el ceño.

—¿Barclays? —repitió. Llevaba casado con Elizabeth casi tanto tiempo como ella dirigiendo su organización benéfica y, con los años, había aprendido quiénes eran los empleadores que aceptaban bien a los trabajadores discapacitados y quiénes no, incluso cuando había soborno de por medio—. ¿Un nuevo director? —adivinó él.

—¿Hablarás con él? —preguntó Elizabeth en voz baja. A lo largo de los años, se había esforzado por no involucrar a George en las negociaciones sobre las contrataciones, pero a veces era necesario que un hombre hiciera entrar en razón a otro. Dada su posición como vizconde y la de ella como hija de un marqués, la pareja rara vez tenía que recurrir a amenazar con sus relaciones con aristócratas para convencer a alguien de que contratara a un hombre que lo mereciera.

—Olvídate de Barclays —dijo George, alejándose de Elizabeth para entrar a toda prisa en su despacho.

Elizabeth lo siguió.

—Pero tienen un puesto —argumentó ella.

—Me sorprende que no hayas empezado por el Banco de Inglaterra —murmuró él, tomando asiento detrás de su escritorio —. Teddy le contratará si está cualificado.

—Le he convencido dos veces en los dos últimos años —argumentó Elizabeth, refiriéndose al barón Theodore Streater. En 1815, él había sido su primer cliente en «Trabajo para los heridos», y desde entonces había trabajado en el Banco de Inglaterra, ascendiendo a puestos de mayor autoridad a medida que los empleados de más edad se jubilaban o dimitían. Cuando su madre murió unos años más tarde, heredó la Escuela para señoritas de Warwick y luego se casó con la hija ilegítima de Ariley, Daisy. La baronesa era la directora de la escuela y madre de dos hijos.

A pesar de la protesta de su esposa, George ya había empezado a escribir una nota.

—He discutido hoy con él —dijo—. Se quejaba de un empleado incompetente. Alguien contratado porque era hijo de alguien importante —añadió mientras firmaba con su nombre. Echó arena a la hoja y volvió a verter con cuidado los finos gránulos en el recipiente plateado—. Le dije que te mencionaría lo que necesita.

Elizabeth inhaló suavemente.

—Espero que esté satisfecho con el trabajo de los dos empleados que coloqué allí el año pasado —murmuró.

—Oh, sí —le aseguró George mientras doblaba la nota—. ¡Elkins! —gritó. El mayordomo no tardó en llegar a la puerta—. Encárguese de que esta carta sea entregada al señor Streater en el Banco de Inglaterra —dijo mientras le entregaba la nota.

—Sí, milord —respondió Elkins mientras asentía con la cabeza y salía del despacho.

George volvió a centrar su atención en su esposa. Estaba a punto de contarle sus noticias cuando ella se lanzó de nuevo a sus brazos.

—Oh, George. Te quiero —susurró antes de que sus labios se posaran en los de él.

Disfrutando del beso, George decidió prolongarlo mucho más de lo habitual, e incluso pensó en llevarla a su alcoba para poder darle un revolcón rápido. Sin embargo, si descubría que le había ocultado noticias de su hijo mayor, se pondría furiosa con él. Mejor se esperaría a la noche para hacerle el amor.

—Tengo noticias de David —susurró cuando por fin se separó.

Con los ojos vidriosos por el beso, lo miró confundida.

—¿Qué David? —preguntó en un susurro.

George echó la cabeza hacia atrás y soltó una carcajada.

—Ahora desearía haberte llevado arriba para darte un revolcón —dijo mientras seguía riéndose.

Cuando por fin se le aclaró la expresión de confusión, Elizabeth soltó un grito ahogado.

—¿Te refieres a nuestro David? —preguntó alarmada.

—El único —afirmó él—. Vuelve a casa. Con seguridad, esta vez, o eso ha escrito —añadió mientras levantaba un sobre blanco de la bandeja de plata de su escritorio.

—¡Oh! ¿Cuándo? —preguntó ella, cogiendo la carta.

—Se espera que lleguen en el «Sol de Apolo» a Southampton pasado mañana —contestó él—. Ya he dispuesto que tomen el tren desde los muelles de Southampton, y les mandaré un carruaje para que los recoja en la estación de Nine Elms, aquí en Londres —explicó.

—Bueno, ¿no deberíamos estar allí para encontrarnos con él en Southampton? —preguntó ella mientras revoloteaba por la oficina, sus movimientos indicaban que su mente estaba llena de planes.

George sonrió, porque se había esperado esa reacción.

—Tú y Adeline tenéis una fiesta a la que asistir...

—Puedo perderme una fiesta...

—En casa de tu madre.

Elizabeth cerró la boca.

—Maldita sea —murmuró. Sus ojos se redondearon—. ¿Y tú? ¿Puedes reunirte con él?

—Puedo —respondió él—. Si insistes...

—Insisto.

—Iré mañana en tren y pasaré la noche en el hotel Star —dijo, refiriéndose al alojamiento más cercano a los muelles de Southampton. Como ya había hecho los planes, se sintió aliviado de que Elizabeth insistiera en que fuera. Aunque sabía que David podía arreglárselas solo, también sabía que había otra persona cuya comodidad habría que tener en cuenta. Estaba a punto de mencionarlo cuando los ojos de Elizabeth volvieron a entornarse.

—Has dicho «lleguen» —lo acusó—. ¿Se ha ido y ha hecho lo que hizo lord James? —preguntó ella mientras abría los ojos de par en par. El hijo de su mejor amiga se había casado con una de las hijas del sultán Ziyaeddin tres años antes, poco antes de que su mejor amiga, Charlotte, duquesa viuda de Chichester, aceptara casarse con el sultán.

—No ha hecho eso —le aseguró George—. Es decir, si te refieres a si se ha casado. Sin embargo, trae consigo a uno de los hijos del sultán. El emir Ertuğrul Effendi —explicó—. Con el que entabló amistad cuando llegó por primera vez a ese palacio del Egeo. Cuando él y lord James fueron a rescatar a Charlotte de los piratas —añadió, sin molestarse en reprimir una sonrisa al recordar cómo se describía el suceso en la entretenida carta de David sobre el asunto.

Para cuando David y James llegaron a palacio en busca de la duquesa secuestrada, Ziyaeddin ya se había enamorado de Charlotte. Aunque Charlotte afirmaba que no sabía lo que sentía por Ziyaeddin y por el asunto de permanecer en el Imperio Otomano, los chicos sabían que no regresaría a Inglaterra. Dado que estaban en su *Grand Tour*, simplemente se adaptaron a su nuevo itinerario, permaneciendo en palacio por invitación del sultán.

El interés de David por la arquitectura y los mosaicos le valió una especie de puesto con el hijo del sultán, Ertuğrul, encargado de los edificios gubernamentales del imperio, y James conoció y se casó con la hija del sultán antes de llevársela en un viaje de bodas que, según todos los indicios, seguía en marcha. Lo último que George había oído era que James estaba en una excavación arqueológica en Grecia con el vizconde Jasper Henley, junto con su esposa y su hijo pequeño.

—Este Ertuğrul... ¿no es el mismo que David iba a traer consigo el año pasado? —preguntó Elizabeth.

—Lo es —respondió George—. Parece que el şehzade aún desea pasar una temporada aquí en Londres. Asistir a todos los entretenimientos, aunque....

Dejó que la frase se interrumpiera.

—¿Qué ocurre?

George hizo una mueca.

—Tengo entendido que los sultanes otomanos no suelen casarse. Tienen harenes llenos de concubinas —dijo. No pudo evitar notar cómo el rostro de Elizabeth adquiría un rubor digno de una recién casada. Al parecer, Charlotte había compartido lo que había aprendido de ellos en las cartas que enviaba a su esposa —. Lo que me hace preguntarme por qué el heredero de Ziyaeddin I desea pasar una temporada en Londres.

Elizabeth reflexionó sobre su comentario un momento.

—¿Crees que quiere añadir una chica inglesa a su harén? —preguntó en voz baja.

George arqueó las cejas y consideró la pregunta un momento antes de decir:

—David seguramente le diría lo improbable que sería que una señorita inglesa aceptara mudarse a Constantinopla y convertirse en concubina —razonó—. Así que... probablemente venga en misión diplomática en nombre del sultanato.

—Tiene sentido —coincidió Elizabeth—. Pero seguramente Charlotte habría enviado un mensaje...

Se detuvo al notar que la atención de George se dirigía de nuevo hacia la puerta. Levantó un dedo.

—¿Que ocurre, Elkins? —preguntó, percatándose de que el criado había estado rondando el umbral del despacho durante varios segundos.

—Ha llegado una carta para lady Bostwick —respondió Elkins—. Está marcada como «urgente».

Antes de que el mayordomo pudiera terminar, Elizabeth estaba en la puerta, recogiendo el sobre desgastado

—Es de Charlotte —dijo, reconociendo la letra incluso antes de levantar el sello del dorso. La tugra grabada en el lacre rojo oscuro habría sido su otra pista, el símbolo exclusivo del sultán. El maltrecho pergamino parecía haber sido pisoteado en su camino desde el Imperio Otomano. Desplegó la carta, la extendió y empezó a leer en voz alta:

Mi queridísima Elizabeth,

Espero que tú y tu familia recibáis bien esta carta. Mi nueva situación, supongo que ya no tan nueva, me tiene rebosante de alegría casi todos los días. Mi hija Zehra está aprendiendo turco más rápido que yo, y Ahmet es... bueno, sigue siendo un bebé y un niño. Habiendo criado a dos con un padre cariñoso, espero que él no sea diferente. Zi trata a ambos como si fueran sus únicos hijos, pero así es con los demás que se quedan con nosotros. Dos más se casaron el año pasado, y varios están comprometidos para casarse en el próximo año más o menos. El resto sigue en la escuela o con tutores. Zi insiste mucho en que reciban la mejor educación posible.

Elizabeth levantó la vista de la carta y vio que George había apoyado una cadera en el borde del escritorio y tenía los brazos cruzados mientras escuchaba.

—Ziyaeddin parece un padre atento —comentó ella.

—Desde luego —convino él—. Lo que me hace preguntarme a cuál de sus hijos elegirá como heredero.

Elizabeth arqueó las cejas y preguntó:

—¿Puede hacer eso?

George asintió.

—Los sultanes son elegidos por su padre. No siguen las leyes de la primogenitura como nosotros —explicó él.

—¿Significa eso que el hijo de Charlotte podría convertirse en sultán? —preguntó ella, redondeando los ojos.

George dijo riéndose:

—Podría, pero me imagino que uno de los hijos mayores será elegido, si no lo ha sido ya. —Señaló la carta—. Continúa —la animó.

Con el pergamino en la mano, Elizabeth reanudó su lectura:

Ertuğrul y David siguen solteros, lo que me lleva al verdadero motivo de mi carta.

Cuando recibas esto, sin duda estarás con los preparativos de otra temporada. Después de lo ocurrido el año pasado (la inesperada borrasca que obligó al «Sol de Apolo» a entrar a puerto en Catania), esos dos jóvenes están decididos a llegar a Londres para la temporada. Está previsto que lleguen a Southampton en el «Sol de Apolo» alrededor del 27 de marzo. Sé que tu hijo ha enviado una nota a George para hacérselo saber, pero en el caso de que esa carta se extravíe, quería asegurarme de que supierais de su inminente llegada.

*Aunque David ha sido invitado a quedarse aquí, a vivir en
nuestros palacios y continuar su trabajo como arquitecto, sé que está
deseando casarse. Sin embargo, solo una señorita inglesa será
suficiente para él (no se parece en nada a James en ese aspecto; mi
hijo adora a su Sevinc. Nunca habría sido feliz con una chica
inglesa).*

—Bueno, esto es un alivio —dijo Elizabeth—. Empezaba a
pensar que nuestro hijo acabaría casado con una de las hermanas
de Sevinc —añadió.

George se rio entre dientes.

—Sería preciosa. —Al notar que Elizabeth lo miraba con mala
cara, añadió rápidamente—: Pero no tan guapa como tú.

Le dedicó un gesto apreciativo y una sonrisa antes de que ella
continuara leyendo.

*En cuanto a Ertuğrul… ha estado deseando hacer otro viaje a
Inglaterra desde que terminó sus estudios en Cambridge. Durante los
dos últimos años, Zi ha dicho muchas veces que es libre para viajar.
Creo que quiere que actúe como una especie de diplomático del imperio.*

*Ertuğrul está encantado de actuar como tal, pero no puedo evitar
pensar que desea ir a Londres por otras razones. Por ejemplo, la
arquitectura (le fascinan las obras Adamescas) y tal vez para encontrar
esposa.*

*Aunque ya debería tener un harén (compuesto por las hijas que le
regalan los virreyes y demás), ha evitado el asunto insistiendo en que
sus hermanos mayores y menores sean los beneficiarios de esos regalos.
No puedo evitar preguntarme si, y siento una pizca de orgullo, se ha
propuesto tomar una esposa porque ha visto lo que le ha hecho a su
padre.*

*Sin embargo, no creo que yo sea un buen ejemplo, ya que me resistía
a convertirme en la esposa de un sultán. Sin embargo, he intentado ser
una madre para él, ya que su madre (y la de Sevinc) murió cuando ellos
nacieron. Ahora es demasiado mayor para necesitar una madre por*

supuesto, pero le he dejado claro que estoy disponible para ofrecerle consejo si lo necesita.

Ninguno de mis hijos ha hablado conmigo como lo hace Ertuğrul, y me alegra saber que aún puedo ofrecer consejo maternal al menos a un pobre joven en esta tierra.

En este sentido, te pido que estés abierta a cualquier pregunta que pueda tener mientras esté disfrutando de tu hospitalidad. Puesto que tienes dos hijos propios, espero que no tengas problemas en ofrecerle consejo cuando te lo pida. (El hecho de que tengas hijas también es una buena señal. Aunque yo ahora tengo una propia, es demasiado joven para causar el tipo de problemas que supongo que las tuyas os ha causado a ti y a George a lo largo de los años.)

Espero que David te haya informado de los preparativos que ha prometido: una habitación de invitados para Ertuğrul durante su estancia en Londres. También te pido que utilices tus influencias para que sea invitado a las mejores fiestas. No debes preocuparte por la barrera del idioma, ya que su inglés es excelente.

Ahmet se ha despertado de su siesta, y aunque Zi puede entretenerle unos minutos (vive para las risitas de ese niño), Ahmet necesita su comida de mediodía.

Saluda a George y Adeline de mi parte.

Vuestra mejor amiga,

Charlotte

Elizabeth se detuvo un momento antes de volver a doblar la carta. Cuando levantó la vista, descubrió a George mirándola con expresión de desconcierto.

—¿Qué pasa? —le preguntó ella.

Él se rio.

—Creo que te lo vas a pasar muy bien los próximos meses —comentó—. ¿Supervisar la posible vida amorosa no solo de una joven, sino también de dos jóvenes? —añadió mientras ponía los ojos en blanco.

—George —le reprendió. Tras una pausa, añadió—: Me gustan los retos.

—Oh, ¿así es como lo ves? —contraatacó él con una sonrisa.

A punto de responder afirmativamente, los ojos de Elizabeth se abrieron de repente.

—La carta de David —dijo ella—. ¿Había algo más en ella sobre este... este Ertuğrul? —preguntó mientras fruncía una ceja.

George levantó la carta de David.

—Se pronuncia «Er-tu-rul» creo —comentó, logrando pronunciar correctamente la segunda «r»—. La carta de Charlotte contenía mucha más información, por supuesto —añadió—. Sin embargo, nuestro hijo deseaba dejar claro que no debemos tratar al hijo del sultán mejor de lo que trataríamos a cualquier otro huésped de Bostwick House.

—Pero... ¿no es el equivalente a un príncipe? —argumentó Elizabeth.

La cabeza de George se movió de un arriba a abajo.

—Probablemente. Pero he llegado a saber por las cartas anteriores de David que este Ertuğrul es más bien humilde. No es el hijo mayor, ni tampoco el menor. No hay que armar un alboroto, cariño —advirtió—. No vamos a mudarnos a una casa adosada más grande ni a comprar una mansión en Richmond —añadió arqueando una ceja.

Elizabeth inhaló y exhaló el aliento con un resoplido.

—Oh, de acuerdo —dijo finalmente—. Pero me ocuparé de que esté en la mejor habitación de invitados —dijo.

—Y eso bastará —contestó George, sabiendo que en realidad solo había una habitación de invitados en toda la casa. El hecho de que, en ese momento, estuviera decorada para gustos más femeninos significaba que esperaba empezar a recibir facturas de vendedores de telas y decoradores en el plazo de una semana.

Elizabeth podía hacer mucho en un día.

CAPÍTULO 2
SOLTEROS EN UN BARCO

*M*ientras tanto, en el «Sol de Apolo»

Inclinado sobre la barandilla del mercante, David Bennett-Jones entrecerró los ojos para intentar divisar la costa lejana.

—¿Qué ves? —preguntó Ertuğrul mientras seguía la línea de visión de su amigo. Hablaba en un inglés preciso, acentuado con las melodías cadenciosas de su lengua materna.

—Francia, creo —respondió David, dando un paso atrás para mirar al tripulante que había subido a la cofa aquella mañana. El joven griego tenía un catalejo apuntando en la misma dirección, su postura relajada indicaba que todo iba bien—. No tardaremos en llegar a Southampton —añadió.

El «Sol de Apolo» había atravesado el Estrecho de Gibraltar en mitad de la noche, el evento destacó por dos tripulantes que probablemente despertaron a todo el barco con sus gritos al ver las Columnas de Hércules bajo la media luna.

Para David, que aún estaba despierto, había sido un momento de alegría compartida. Para Ertuğrul, que había estado profundamente dormido, había sido un sorprendente y no tan agradable recordatorio de que era pasajero de un barco capitaneado y tripulado por griegos. A pesar de que el capitán Popodopolos y su padre eran amigos desde la Guerra de la Independencia griega, Ertuğrul sabía que la tripulación le guardaba rencor a él y al Imperio Otomano. Algunos de sus padres habían muerto en aquella guerra.

—¿Crees que hoy? —preguntó Ertuğrul, con esperanza en su voz.

—Esta noche o mañana temprano —respondió David. Le dio a su amigo un ligero golpe en el hombro—. No te odian —dijo en voz baja—. A pesar de lo que piensas.

Ertuğrul se encogió de hombros.

—¿Qué debo decir para demostrar que no les guardo rencor? —preguntó.

David hizo una mueca.

—Las acciones hablan más que las palabras —respondió—. Aunque sé que eso ahora no ayuda. Pero cuando seas el sultán...

Se encogió de hombros y dejó que la frase se interrumpiera.

Si Ertuğrul se convertía en sultán del Imperio Otomano, significaría que Ziyaeddin I había muerto o se había hecho a un lado para permitir que el sultán de su elección ocupara el cargo. Dado lo mucho que su madrina, Charlotte, quería al sultán, y lo mucho que estaba disfrutando de su segunda oportunidad de ser madre de dos niños pequeños, David más bien esperaba que Ziyaeddin tuviera una vida muy larga.

—...Ya harás lo que debas para demostrarlo —añadió finalmente David.

—Para cuando herede el imperio, puede que no quede mucho de él —murmuró Ertuğrul.

—Cuanto menos haya, menos problemas tendrás que resolver —rebatió David arqueando una ceja.

—Cuanto menos haya, menos impuestos habrá que recaudar para pagar todas las facturas —le recordó el hijo del sultán.

—Cuanto menos haya, menos facturas habrá —contraatacó David con una risita.

Ertuğrul le dirigió una mirada de reproche.

—Eso lo dices ahora que están construidas las universidades y el nuevo palacio —le reprendió.

David inclinó la cabeza hacia un lado.

—Cierto —convino él—. Aun así... Creo que apreciarás aún más lo que has conseguido en tan pocos años —comentó. Dio una palmada contra la espalda del şehzade, lo que hizo que el joven suspirara resignado.

—Solo lo apreciaré si puedo compartirlo con alguien especial —dijo suspirando el hijo del sultán.

David arrugó una ceja, comprendiendo el comentario de Ertuğrul más de lo que el joven podía saber.

Era hora de empezar a cortejar. Hora de encontrar una señorita inglesa a la que tomar por esposa. Hora de tener muchos hijos y prepararse para convertirse en vizconde Bostwick.

Antes de partir a su *Grand Tour*, había habido tres jóvenes damas en las que estaba particularmente interesado a la hora de casarse. No tenía ni idea de si alguna de las tres seguía soltera, pero incluso si aquella por la que sentía más afecto seguía disponible, ¿consideraría siquiera la posibilidad de casarse con él? ¿El hijo de un simple vizconde? ¿Sin esperanzas de ser más que un vizconde?

En cuanto a Ertuğrul, David no estaba seguro de que el hombre se diera cuenta de lo que le esperaba cuando se trataba de una temporada en Londres. Había muchas jóvenes en busca de esposo, pero ¿desearía alguna de ellas casarse con el hijo de un sultán, incluso si eso significaba acabar convirtiéndose en sultana, y trasladarse a Constantinopla?

Lo dudaba.

CAPÍTULO 3

UNA LLEGADA Y UN
REGRESO A CASA

D os días después, residencia Bostwick, Park Lane, Mayfair
Guiados por George Bennett-Jones, David y Ertuğrul entraron en el vestíbulo de Bostwick House para descubrir que la cena se serviría a las siete en punto, lo que daba a los tres viajeros del tren un par de horas para instalarse y cambiarse de ropa.

—Le mostraré su habitación —dijo Elkins al nuevo huésped.

—Gracias —respondió Ertuğrul, dirigiendo una mirada de preocupación a David.

—Estarás en una habitación de invitados muy cercana a la mía —le aseguró el heredero de los Bostwick—. ¿Puedes encargarte de que suban agua caliente? —preguntó al mayordomo mientras entregaba su chistera al criado.

Elkins dio un respingo.

—Su padre se ha encargado de que Bostwick House tenga cañerías modernas —respondió con desgana.

David parpadeó antes de volver la atención hacia su padre.

—¿Ah, sí?

George arqueó una ceja.

—¿De verdad necesitas que te recuerden que eres hijo de Elizabeth Carlington Bennett-Jones? —preguntó con una sonrisa burlona. Le entregó su capa y su chistera a Elkins—. Hay un baño privado junto a la habitación de invitados.

David se sobresaltó y dirigió una sonrisa a Ertuğrul.

—Supongo que no —respondió en un susurro—. ¿Cuándo...?

—Alrededor de un mes después de que te marcharas a tu *Grand Tour* —dijo George—. Tómate un momento para disfrutar de la tranquilidad antes de que tu madre descubra que hemos llegado —le indicó—. Luego prepárate para...

—¡David! —grito Elizabeth al bajar las escaleras. La vizcondesa, ataviada con un vestido verde azulado y el pelo caoba recogido en un revuelo de rizos sobre la cabeza, sonreía de placer al ver a su hijo.

—...Tu madre —terminó George con una sonrisa. Vio cómo su mujer se apresuraba a abrazar a su hijo mayor. Se rio cuando David tuvo a Elizabeth en brazos y la balanceaba en un círculo que obligó tanto a él como a Ertuğrul a apartarse para no ser golpeados por sus faldas.

—Oh, David —dijo Elizabeth al apartarse y mirar a su hijo de pies a cabeza—. Bueno, parece como si hubieras estado comiendo lo suficiente —dijo con una sonrisa.

—Sí, madre. Gracias a la tía Charlotte —respondió él. Se puso serio—. Vizcondesa Bostwick, ¿puedo tener el honor de presentarte a mi amigo, el emir Ertuğrul Effendi, heredero del Imperio Otomano?

Elizabeth se serenó rápidamente, se zafó del agarre de su hijo e hizo una profunda reverencia.

—Por supuesto. Excelencia —dijo antes de levantarse.

Ertuğrul se inclinó profundamente y le tendió la mano.

—Encantado de conocerla, lady Bostwick —respondió él. Le dio un ligero beso en los nudillos.

Elizabeth sonrió encantada.

—Oh, y yo a usted —exclamó—. Gracias por ser amigo de mi hijo. Por ocuparse de que tenga una afición en los últimos años —añadió mientras ladeaba la cabeza.

Intercambiando rápidas miradas con David, Ertuğrul dijo:

—Ha sido un placer, milady, se lo aseguro.

—Siempre le interesó la arquitectura —afirmó Elizabeth mientras le cogía del brazo y colocaba el suyo encima. Los condujo a las escaleras—. Su tutela ha significado el mundo para él —añadió mientras subían las escaleras—. Aunque las circunstancias de vuestro encuentro no fueron las mejores, le aseguro que mi mejor amiga en este mundo no lamenta ni por un momento lo que ocurrió que provocó esta situación tan ventajosa —prosiguió mientras subían al segundo tramo de escaleras.

David miró a su padre.

—Está condenado —murmuró.

George se rio entre dientes.

—En el mejor de los sentidos —respondió.

—Me ocuparé de que los lacayos lleven sus baúles a su habitación —dijo Elkins mientras levantaba la maleta del vizconde del suelo, donde George la había dejado—. Y su correspondencia está en su despacho, señor.

—Muy bien —respondió George. Volvió su atención hacia su hijo—. Probablemente quieras un poco de tiempo para ti después de tus viajes —adivinó.

David se extrañó del comentario.

—La verdad sea dicha, estoy deseando volver a estar rodeado de angloparlantes —dijo— y asistir a los entretenimientos que ofrece Londres.

Aunque no había echado de menos algunos de los aspectos de vivir en la capital, había otros, como la intimidad y el anonimato, que tenía mientras vivía en los palacios del sultán.

George enarcó una ceja.

—Me alegra oírlo, sobre todo porque mañana por la noche hay

un baile. Tu madre se aseguró de conseguir una invitación para Ertuğrul. Los Weatherstone están encantados de recibirlo.

David se rio, aliviado.

—Me alegra oírlo.

—Mejor sube y vístete para la cena —sugirió George.

—Supongo que mi alcoba no tiene lo último en cañerías de agua caliente, ¿verdad? —comentó David.

Riéndose, George dijo:

—Nunca subestimes a tu madre, jovencito. Y espero con impaciencia tu opinión sobre un baño que no implique la presencia de un lacayo —desafió con una ceja arqueada. Y George desapareció por la puerta de su despacho.

David se quedó boquiabierto mirando a su padre antes de dirigir una mirada a Elkins.

—Han pasado muchas cosas desde la última vez que estuve aquí —dijo en un susurro.

—En efecto, señor —respondió Elkins.

Antes de llegar a las escaleras, David se volvió y descubrió a su hermana, Adeline, mirándole desde el salón delantero.

—Vaya, hola —le dijo mientras ella se abalanzaba a sus brazos.

—Temía no reconocerte —susurró Adeline cuando su cabeza terminó en su hombro.

—Oh, vamos —respondió él—. ¿Cuánto he podido cambiar en solo unos años?

Dio un paso atrás y la miró, con una expresión que pasó del deleite a la consternación.

—¿Qué? —preguntó alarmada.

—¿Dónde está mi hermana Adeline? —preguntó él—. ¿Qué has hecho con ella?

Adeline le dirigió una mirada de reproche.

—Muy gracioso —comentó.

Pero la expresión de David seguía siendo seria.

—¿Cómo es que sigues viviendo aquí? —preguntó muy serio. Parecía por lo menos cinco centímetros más alta que la última vez que la había visto, y sus rasgos habían madurado, de modo que las suaves líneas de su rostro se parecían más a las de su madre. La tez italiana de su abuela no se notaba lo más mínimo en su tonalidad, pero el color de su pelo combinaba a la perfección con el de Elizabeth. Estaba seguro de que sus coetáneos la encontraban atractiva.

Con las cejas fruncidas por la confusión, Adeline se encogió de hombros.

—Bueno, sigo soltera —respondió—. Una situación que no creo que cambie pronto —añadió con un suspiro—. Me he convertido en una marginada, como ves. Una constante compañera de las plantas de macetas de los salones de baile de Park Lane.

David se soltó del agarre de su hermana.

—¿Cuántas proposiciones de matrimonio has rechazado? —preguntó él, suspicaz. Por un momento le preocupó que su hermana se hubiera ganado la reputación de cortejar sin intención de casarse.

Adeline parpadeó.

—Ninguna —respondió encogiéndose de hombros.

Mirando a un lado, David sintió una combinación de enfado y conmoción por su hermana.

—¿No se te considera un diamante de primera?

Adeline, risueña, dio un paso atrás.

—No lo creo —respondió. Continuó sonriendo, sin embargo, su delicada tez realzada por la luz de los apliques de gas que bordeaban el gran salón de Bostwick House—. Pero gracias por el cumplido —dijo antes de ponerse seria rápidamente—. Háblame del hijo del sultán que has traído contigo —dijo mientras le hacía señas para que se reuniera con ella en el salón.

David frunció el ceño.

—Se ha convertido en mi mejor amigo —le advirtió—. Es un buen hombre, Addy. Humilde y trabajador, y un maestro en supervisar obras. He traído dibujos para mostrar los edificios que se han levantado en los dos últimos años.

—He leído tus últimas cartas a nuestro padre —dijo ella—. Por eso me sorprende que hayas vuelto a Inglaterra.

David hizo una mueca.

—He estado fuera más de tres años —le recordó—. Creo que es hora de que me case.

Adeline miró a su alrededor, como si temiera que alguien estuviera espiando. Cuando cruzó el umbral, cerró la puerta.

—Pensé que podrías casarte con una turca —dijo en voz baja —. Quizá una de las hijas del sultán, como hizo James. ¿No te parecen… exóticas?

Una mueca cruzó el rostro de David antes de decir:

—Allí hay mujeres muy hermosas, sí. —Se aclaró la garganta —. En cuanto a las hijastras de Charlotte, dudo bastante que Ziyaeddin permita que otra de ellas se case con un inglés, aunque esté contento con James —explicó—. Y además, yo sigo prefiriendo a las inglesas. —Sus ojos revolotearon—. Que hablen inglés. Se me da fatal el turco.

Adeline se esforzó por no reírse mientras le indicaba que se sentara.

—Siéntate —le animó.

Él hizo una mueca.

—Llevo todo el día sentado en el tren —dijo—. Necesito mover las piernas.

Encogiéndose de hombros, decidió permanecer de pie.

—Puede que descubras que las chicas inglesas no son como las recuerdas —le advirtió su hermana—. Pero siguen hablando inglés. Y francés, por supuesto.

Inhalando lentamente, David miró a su hermana un momento antes de atreverse a echar un vistazo a la puerta cerrada, como si temiera que alguien pudiera estar escuchando su conversación.

—¿Me… informarás de quién se ha casado desde la última vez que estuve en la ciudad? —preguntó él—. ¿Quizá antes de la cena? Entiendo que muchos de mis coetáneos se habrán casado, y mis opciones pueden ser limitadas.

Sabiendo que su hermano había cortejado a varias jóvenes que se habían casado desde su partida a su *Grand Tour*, Adeline comprendió su petición.

—Lo haré, si me dices por qué... Ertu...

Hizo una pausa, insegura de cómo decir el nombre de su invitado.

—Ertuğrul —murmuró David.

—¿Por qué ha venido?

David inhaló suavemente.

—Él... desea asistir a una temporada en Londres —dijo encogiéndose de hombros.

—¿Cómo se ha enterado de las temporadas en Londres? —preguntó ella.

David volvió a mirar hacia la puerta, se inclinó y dijo:

—Estudió en Cambridge. Quiere encontrar una esposa inglesa.

Adeline ahogó un grito.

—Pero, ¿por qué?

David le lanzó una mirada de reproche.

—Su madrastra es la tía Charlotte —respondió, como si eso fuera razón suficiente.

Una sensación de lo más extraña recorrió a Adeline en aquel momento.

¿Para aumentar su harén?

Haciendo una mueca, David negó con la cabeza.

—No sé si alguna vez tendrá un harén —murmuró—. Aparte de... sus hermanas o tías solteras y las sirvientas —añadió con un suspiro.

Adeline miró a su hermano con cara de incertidumbre.

—¿Y las... concubinas? —preguntó en un susurro.

David se resopló.

—Él no es así. Al menos... no que yo sepa —susurró. A pesar de lo estrechamente que ambos habían trabajado juntos mientras se construían dos universidades y un palacio, David supervisaba la colocación de los diseños de mosaicos y otras decoraciones interiores mientras Ertuğrul se ocupaba de los edificios en general, nunca escuchó que el şehzade hablara de las mujeres que se llevaba a la cama.

—¿Tienes un harén en Constantinopla?

—Por supuesto que no —respondió él, su rostro adquiriendo un tono rojizo—. Y no son exactamente lo que imaginas.

—Oh, puedo imaginar muchas cosas —replicó ella—. He leído sobre ellos. Incluso hay algunas láminas en color de pinturas en uno de los libros de padre —afirmó.

Con una mueca, David pensó cómo responder. Estaba bastante seguro de que nunca se había permitido la presencia de un pintor en un harén turco. Aparte de los eunucos y el sultán, no había hombres.

—Solo... prométeme que conocerás nuestro invitado antes de juzgarlo —suplicó.

Adeline miró a su hermano con el ceño fruncido antes de asentir.

—De acuerdo —aceptó—. Pero no esperes que sea yo quien inicie ninguna conversación con él. Soy terriblemente tímida, ya sabes.

David se echó a reír con una sonrisa de oreja a oreja.

—¿Tú? ¿Tímida? —repitió.

Dirigiéndole una mirada de reproche, Adeline estuvo a punto de dar un pisotón con un pie en el suelo de baldosas de mármol.

—Marginada —dijo a modo de recordatorio.

Preguntándose qué podría haber ocurrido para que su hermana se ganara la reputación de marginada, David decidió que preguntaría a su padre después de cenar. Sin duda jugarían una partida de billar. Enseñaría a Ertuğrul a jugar, si es que el şehzade no sabía ya. David simplemente aprovecharía el tiempo para descubrir qué había ocurrido en la casa de los Bostwick desde la última vez que vivió en ella.

—Estaré aquí, en el salón delantero —dijo Adeline—. O en el salón con mamá.

La mirada de David recorrió la pequeña habitación, que daba a Park Lane. Además de un par de sillas tapizadas con motivos florales, un sofá y una mesa baja, había un escritorio y una silla contra una pared. Por un momento, no recordaba haber estado antes en el salón.

—¿Para qué es esta habitación? —preguntó.

—Para mí —respondió ella—. Es donde recibo a mis amigas cuando vienen a tomar el té.

Echando la cabeza hacia atrás mientras fruncía el ceño, David la miró con expresión curiosa.

—¿Tu propio salón?

Un rubor coloreó el rostro de Adeline.

—¿Y qué?

David volvió a mirar hacia la puerta.

—¿No hay un salón en el primer piso?

Poniendo los ojos en blanco, Adeline se inclinó hacia él y dijo:

—Sí, pero es el salón de mamá. Donde recibe a sus invitados. Y una de mis amigas ha tenido un accidente y no puede subir escaleras muy bien.

David, receloso, estaba punto de responder cuando se oyó que alguien llamaba a la puerta. Su padre asomó la cabeza por la puerta.

—Odio interrumpir vuestra reunión, pero ¿podría hablar contigo? —preguntó el vizconde, con la atención puesta en su hija.

Adeline entornó los ojos y una expresión de culpabilidad cruzó su rostro.

—Sí, padre —respondió.

—Voy a subir a cambiarme para la cena —dijo David, con la mirada desconfiada aún clavada en su hermana. Se dio la vuelta, rodeó a su padre y subió las escaleras a toda prisa.

George y Adeline lo observaron hasta que dio la vuelta en el rellano.

—¿Qué ocurre, padre?

—Ven a mi despacho —respondió él, guiándola mientras daban veinte pasos hasta la puerta de la otra habitación.

Vacilando antes de entrar en el despacho, Adeline dirigió a su padre una mirada suplicante.

¿Qué había hecho?

CAPÍTULO 4
RECIBIENDO A UN INVITADO

*M*ientras tanto, en el segundo piso
Ertuğrul entró en el dormitorio de invitados y se detuvo en seco. Teniendo en cuenta todo lo que David le había contado sobre los dormitorios de las casas adosadas londinenses, esperaba una habitación de la mitad de tamaño y solo una cama y una cómoda.

—Oh, vaya. Supongo que estarás acostumbrado a algo mucho más elegante que esto —dijo Elizabeth desde donde se encontraba junto a la puerta del vestidor.

—Oh, no, milady —respondió él asombrado, mientras lo miraba todo detenidamente—. Esta es... ¿la alcoba principal, tal vez? —preguntó alarmado, temiendo que su anfitriona le hubiera cedido su habitación.

—Es el dormitorio de invitados —le aseguró ella—. Es más o menos del mismo tamaño que la de mi marido —reconoció orgullosa—. Hice construir esta habitación y el baño a partir de dos dormitorios hace unos años. Cuando añadimos la fontanería para el agua del baño —explicó. Abrió la puerta del vestidor—. Aquí hay ganchos para colgar lo que quiera, y el baño está al otro lado de esa puerta —dijo mientras señalaba con la mano la esquina adyacente—. Elkins se encargará de que haya un fuego por la noche para calentarse, por supuesto, y si necesita un sirviente, podemos encargarnos de contratar uno.

La atención de Ertuğrul se había centrado en las molduras y la pintura del techo.

—No sabía que las habitaciones privadas estuvieran tan bien decoradas aquí —murmuró.

Elizabeth sonrió y se relajó.

—No todas, supongo. Espero que se encuentre a gusto aquí —dijo mientras se acercaba a las sillas que había frente a la chimenea. Colocó un pequeño cojín en su sitio y empujó el reloj de la chimenea para que quedara centrado debajo de un cuadro.

Ertuğrul se rio y miró por la ventana junto a la que estaba, intentando determinar en qué dirección estaba el este. A pesar de los visillos blancos austriacos enmarcados por cortinas de terciopelo azul oscuro, podía distinguir el jardín trasero.

—Creo que no quiero volver a Constantinopla —respondió.

Un par de lacayos aparecieron con el baúl del şehzade entre las manos. Siguieron las indicaciones de Elizabeth y lo colocaron en la única pared despejada, junto a la cómoda más grande. Otro le siguió con una maleta y se detuvo para preguntar si necesitaban algo más.

—Eso será todo hasta la cena a las siete —respondió la vizcondesa. Mientras los sirvientes hacían una reverencia y se despedían, Ertuğrul siguió examinando el mobiliario, acariciando con las manos la colcha de terciopelo y la mesilla de noche de mármol. Un rápido vistazo por la otra ventana mostró las señales reveladoras de la puesta de sol; el cielo crepuscular aún no había reclamado la última luz del sol. Su mirada se dirigió a la cabecera de la cama y de nuevo a la ventana.

—La cama está en la pared sur —dijo Elizabeth, dándose cuenta de que intentaba orientarse—. Mi marido pensó que usted preferiría dormir hacia el este. ¿De cara a La Meca? ¿Es así?

Los ojos de Ertuğrul se abrieron de par en par.

—En efecto —dijo él—. Es muy amable por su parte haberse encargado de colocarlo así. Ahora que sabía en qué dirección estaba el este, se relajó visiblemente y entonces recordó algo que le había prometido a Charlotte que le transmitiría—. Mi madrastra quería que le transmitiera sus buenas noticias y su agradecimiento por acogerme —dijo.

Elizabeth inhaló suavemente.

—Recibí una carta suya hace solo unos días. ¿Cómo está?

El hijo del sultán pensó qué responder.

—Creo que durante un tiempo fue... una duquesa fuera de lugar —respondió, comprendiendo su pregunta—. Pero ahora que ha aprendido a moverse por los palacios y se ha familiarizado con los sirvientes y se ha hecho amiga de las *ikbals* de mi padre, es una sultana. Y una madre muy cariñosa —añadió con una sonrisa—. Mi hermana menor es ahora mi favorita.

La vizcondesa miró a su invitado un momento antes de asentir.

—Créame cuando le digo que temía mucho por ella. Me sentía un poco responsable —dijo mientras se acomodaba en el borde delantero de una de las sillas, con las faldas de su vestido desplegadas como si fueran un abanico.

—¿Responsable? —repitió él mientras se unía a ella.

—Lady Gisborn y yo fuimos quienes la animamos a irse de vacaciones a Grecia y al Reino de las Dos Sicilias —explicó ella—. Yo he estado dos veces en Italia. Mi madre nació en Roma, así que tengo familia allí. Pensé que estaría perfectamente, dados los preparativos que se llevaron a cabo.

Ertuğrul ocupó la otra silla y frunció el ceño.

—Era imposible saber que unos piratas asaltarían su barco —dijo mientras negaba con la cabeza—. O que su destino era estar con mi padre.

Elizabeth dio un respingo.

—¿Destino? —repitió, sorprendida.

—¿Sino? —propuso Ertuğrul, pensando que se había equivocado de palabra—. Tal vez no conozca la palabra correcta.

Elizabeth respiró hondo.

—Fuera lo que fuese lo que hizo que esos dos se reunieran, estaba haciendo bien su trabajo —murmuró—. Charlotte parece muy feliz.

—Al igual que mi padre —afirmó Ertuğrul—. Él también ha rejuvenecido. Aunque a veces se queja de dolores en las articulaciones cuando hay humedad o frío, las molestias que antes le aquejaban ya no le molestan tanto.

Elizabeth inclinó la cabeza hacia un lado.

—Entonces… ¿Ziyaeddin siente afecto por ella?

Ertuğrul parpadeó.

—La ama. No se habría divorciado de su primera esposa y renunciado a sus concubinas si no fuera así.

Sus ojos se entornaron al oír la convicción en la voz del şehzade, la mirada de Elizabeth se desvió hacia la chimenea y luego hacia el reloj.

—Oh, vaya. Pensaba hacer que sirvieran la cena a las siete —dijo—. Lo que no le da más que una hora para vestirse. —Se puso de pie—. Mis disculpas, excelencia.

—Por favor, llámeme Ertuğrul, y no me importa tener una hora para vestirme, milady —le aseguró él.

Elizabeth se detuvo camino de la puerta.

—Entonces, cuando esté listo, vaya al salón del primer piso. Tomaremos café y unas nueces antes de ir al comedor —le dijo.

—Lo espero con impaciencia —dijo él mientras hacía una reverencia.

Respondiendo con otra reverencia, Elizabeth se despidió y cerró la puerta a su espalda.

Ertuğrul decidió que tenía tiempo suficiente, ya que el cielo aún se estaba oscureciendo tras las dos ventanas, así que sacó su alfombra de oración de la maleta y la extendió sobre la moqueta turca. Se quitó los zapatos, se arrodilló y rezó.

CAPÍTULO 5

UN DUQUE Y UNA DUQUESA
AL LÍMITE

ientras tanto, en el salón de baile de Ariley Place
William, conde de Waverley y heredero del ducado de Ariley, hizo una mueca cuando sonó una nota errónea en el fortepiano que su madre tocaba en un rincón. Su hermana, Rose, estaba de pie frente a él, con una mano en el hombro de él y la mano izquierda descansando en la mano derecha de su hermano.

—Os pido disculpas —exclamó Helen Harrington Burroughs, duquesa de Ariley—. Hace siglos que no toco.

—No pasa nada, madre —respondió Rose, intentando mantener la cabeza erguida y la espalda recta mientras la mayor parte de su atención se centraba en hacer que su pierna funcionara correctamente. Cuando la música se reanudó, sintió el leve empujón de la mano de su hermano en la cintura, y con paso torpe comenzó el vals.

Desde cerca de la ornamentada entrada del gran salón, James, duque de Ariley, se apoyó en la pared y se cruzó de brazos. A sus casi setenta y tres años, el duque seguía siendo alto y apuesto, con el pelo canoso en las sienes. A pesar de la diferencia de edad entre él y su heredero, ya que les separaban cuarenta y cinco años, era evidente que William era su hijo. Ambos compartían los mismos ojos azul oscuro, cejas oscuras, nariz aguileña y labios finos que podían fruncirse en señal de desagrado, pero que con la misma facilidad mostraban amplias sonrisas cuando se divertía.

Últimamente, el duque sonreía poco. A los veintiocho años, su hijo aún no había encontrado esposa y mucho menos cortejado a nadie, y su hija, solo un año más joven, no había tenido ningún pretendiente en dos años. Dado que aquel canalla había sido un cazador de fortunas, James se había alegrado cuando Rose rechazó la oferta de aquel sinvergüenza.

«No soy idiota, padre», había dicho ella cuando fue testigo de su evidente alivio al enterarse de que no había aceptado su proposición.

«Nunca pensé que lo fueras», había respondido él. A pesar de su respuesta, nunca estuvo seguro de que Rose le creyera.

Sus dos hijas mayores, ambas ilegítimas, habían sido de la misma opinión que Rose. Ni Diana ni Daisy manifestaron su deseo de casarse cuando eran más jóvenes y, sin embargo, ambas estaban casadas con aristócratas y ya tenían hijos.

Aunque él había deseado casarse con la madre de ambas (era mucho más joven y no conocía tan bien las expectativas de un duque por aquel entonces), Lily Albright había rechazado su oferta explicándole que él necesitaba casarse con la hija de un duque, un marqués o un conde.

Cuando finalmente se casó con Helen Harrington, una de las tres hijas supervivientes del quinto conde de Mayfield, el libro de apuestas del White's estaba lleno de apuestas sobre si la duquesa le daría un heredero o cuándo lo haría.

Helen había cumplido con su deber pocos años después de su boda, bendita fuera, y él era mil libras más rico gracias a las apuestas que había hecho. Dieciocho meses después de la llegada de William, nació Rose.

James apenas podía creer que hubieran pasado veintisiete años desde que tuvo en sus manos a su tercera hija. Era tan pequeña que no se esperaba que viviera. Sin embargo, sus pulmones habían desafiado a los detractores, y sus lamentos nocturnos se oían con suficiente fuerza como para llegar desde la habitación del bebé hasta la alcoba principal, en el segundo piso.

Riéndose al recordar cómo Helen y él corrían de vez en cuando al cuarto del bebé para asegurarse de que la niñera se ocupaba de su hija, James se dio cuenta de que se le había nublado la vista. Parpadeó varias veces en un esfuerzo por limpiar las lágrimas que se le habían formado, atónito al descubrir que un recuerdo en particular aún tenía la capacidad de afectarle tanto.

Rose había sobrevivido a su infancia, había crecido y se había convertido en una joven hermosa, culta y demasiado mimada, solo para que su vida se truncara, literalmente, en un accidente de carruaje.

Lloriqueando, observo como su progenie daba vueltas por el salón en un vals bastante libre de errores. Seguramente, William y Rose se casarían ese año. Si no, tendría que amenazarlos con echarlos de Ariley Place. Amenazar con recortarles su asignación. La idea le hizo sonreír de placer. Nunca haría algo así, por supuesto, pero las expresiones que pondrían al oír las amenazas serían bastante divertidas.

Cuando terminaron los últimos acordes, Helen levantó la vista de la partitura y le dirigió una mirada suplicante.

Sin saber qué hacer, James aplaudió.

—¡Bravo! ¡Bravo! —gritó mientras Rose hacía una reverencia y William se inclinaba.

—Bueno, no te he pisado —afirmó William con orgullo.

—No me he caído —replicó Rose, con alivio en la voz.

—Cualquier compañero decente no permitiría que te cayeses —afirmó su hermano—. Así que... no permitas que cualquiera se apunte a tus dos valses —le advirtió.

—¿En quién debo confiar para que me coja? —preguntó mientras se reunían con su padre junto a la puerta.

—Padre, por ejemplo —respondió William, arqueando una de sus oscuras cejas.

Rose le dirigió una mirada de reproche y volvió su atención hacia el duque.

—¿Quién evitará que me caiga al suelo durante el vals si mi pierna me falla? —preguntó.

James hizo una mueca, recordando momentáneamente que su hija mayor, Daisy, también cojeaba en alguna ocasión. Pero la lesión de su pierna se debía a una herida de bala que sufrió mientras trabajaba como espía del Ministerio de Asuntos Exteriores. En aquella época había estado en Bélgica, durante las guerras de Inglaterra con Francia.

—Bueno, no estoy seguro de que puedas fiarte de él, pero hoy me he enterado de que el heredero del Imperio Otomano ha venido a Londres para pasar la temporada —dijo James, como si estuviera compartiendo un secreto—. Es el hijastro de la duquesa viuda de Chichester y los Bennett-Jones lo han acogido en Bostwick House. Parece que desea asistir a todos los bailes.

William frunció el ceño y estuvo a punto de responder, pero su hermana se le adelantó.

—¿Con qué propósito? —preguntó Rose en el mismo momento en que su madre se les unía en la puerta.

—Aún no conozco la respuesta a esa pregunta —afirmó James.

—Vamos. Continuemos esta conversación en el salón —dijo Helen—. Allí os informaré de lo que he averiguado al respecto.

Hizo una seña a un lacayo que se apresuró a acercarse y asintió cuando ella le dio instrucciones en voz baja. El criado se dirigió por el pasillo delante de ellos, y sus largas piernas recorrieron la distancia hasta la despensa del mayordomo en pocas zancadas.

Los ojos de William se abrieron de par en par.

—¿Ha vuelto a la ciudad el heredero de Bostwick? —preguntó.

—Sí —reconoció James, volviéndose hacia las escaleras para conducir a la familia al primer piso—. Bennett-Jones lleva fuera...

—Tres años —afirmó Rose mientras caminaba junto a su hermano, soltando un suspiro al final de su comentario. Había estado a punto de añadir «dos meses y diez días», pero no quería que su hermano supiera que llevaba la cuenta. En realidad, no lo había hecho. Pero el aniversario de la partida de David y lord James de Inglaterra había marcado un momento crucial no solo en sus vidas, sino también en la de ella.

Ese fue el día en que se dio cuenta de que lord James no estaba interesado en casarse con una chica inglesa, ni siquiera con la hija de un duque, y fue además el primer día en que se centró en sí misma.

También había sido el último día en que sintió esperanzas de un posible futuro con alguien a quien había conocido toda su vida.

El primer día en que abandonó su apariencia de señorita inglesa y empezó a comportarse como una dama malcriada. Al fin y al cabo, era hija de un duque y tenía derecho a hacer lo que quisiera.

Eso había sido un año antes de su accidente. Había empezado a creer que aquello había sido una especie de castigo. Una forma de recordarle que, aunque fuera hija de un duque, seguía siendo una mujer en un mundo de hombres y estaba sujeta a las mismas reglas que los de menor cuna.

William, arqueó una ceja y dirigió a su hermana una expresión de asombro.

—Dime lo que sientes realmente por David Bennett-Jones — dijo con sarcasmo.

Rose volvió a resoplar.

—No quería decir eso —declaró ella—. Es solo que cuando se fue con lord James, se iban a su *Grand Tour*. Se suponía que solo iban a estar fuera dos años.

—Lord James no pudo evitar enamorarse de la hija de un sultán —dijo Helen, dirigiendo la mirada a su marido, como si quisiera que le prestara ayuda para frustrar la denuncia de su hija.

—A Bennett-Jones se le brindó una excelente oportunidad —afirmó James, comprendiendo de inmediato la súplica tácita de su esposa—. Supervisar la colocación de las artes decorativas de varios edificios del Imperio... no es un encargo que hubiera podido rechazar —añadió, esperando que su afirmación resultara convincente—. Al hacerlo, ha contribuido a mantener a Inglaterra en buenas relaciones con el sultán.

En realidad, le habría encantado tener la oportunidad de hacer algo parecido cuando tenía la edad de David. En cambio, estaba perdidamente enamorado de una cortesana y ya era padre de dos niñas. Si tuviera que volver a hacerlo, no estaba seguro de si elegiría la vida doméstica en lugar de la aventura.

Un sentimiento de culpa lo invadió al pensar en cómo habría sido su vida si no se hubiera enamorado de la hija ilegítima de un barón. Si Daisy y Diana no hubieran nacido.

Daisy era ahora la baronesa Streater, Diana, la condesa de Aimsley. Eran mujeres respetables, madres de los herederos de sus esposos.

Todo lo contrario a Rose en muchos aspectos.

¿Había sido él la razón por la que Rose había desarrollado espinas al envejecer? ¿O su esposa había sido demasiado indulgente con ella? Rose era la única hija de Helen, nacida mucho más tarde que los hijos de la mayoría de las mujeres aristocráticas.

Decidiendo que era mejor dejar el pasado en el pasado, James escuchó la conversación que tenía lugar mientras llegaban al final de la escalera y al primer piso.

—Bueno, espero que David no se escandalice demasiado al saber que su primera elección como esposa no le ha esperado —dijo Rose cuando entraron en el salón.

Una criada estaba poniendo un plato de pasteles y galletas en la mesa baja frente al sofá, y el mayordomo los siguió hasta el salón con un juego de té en una bandeja de plata.

William se sirvió inmediatamente una galleta y se acercó a la repisa de la chimenea, apoyándose con aire despreocupado en ella mientras cruzaba un pie sobre el otro.

—Oh, creo que David sabía que lady Grace no iba a esperarle —dijo antes de morder el dulce de limón—. Además... casarse con ella habría sido como si se casara con una... una prima hermana, supongo, dado que sus madres son tan buenas amigas.

Rose arrugó una ceja, pero se unió a su madre para ayudar a servir el té.

—No me imagino por qué el hijo de un sultán querría asistir a una temporada en Londres —dijo James mientras se acomodaba en una silla tapizada cerca de la chimenea—. Normalmente ni siquiera aceptan esposas a menos que no haya ninguna posibilidad de que hereden el sultanato.

Los ojos de Helen se abrieron de par en par, e hizo una pausa mientras se servía una taza de té.

—Claro que sí, querido. La duquesa de Chichester está casada con un sultán. —Su mirada se desvió hacia su marido—. Con el padre de este joven, ¿no es así?

—Ziyaeddin I, sí —respondió James, sorprendido de que ella se hubiera dado cuenta de la relación por su cuenta.

La duquesa terminó de servir el té y apartó la taza para que Rose añadiera la leche y el azúcar.

—Además, si los sultanes no toman esposas, ¿cómo esperan tener herederos legítimos? —añadió.

El duque hizo una mueca, dándose cuenta de que su respuesta podría hacer que Helen se pusiera histérica.

—Los sultanes tienen harenes, querida. Sus concubinas son las madres de sus hijos.

No añadió que la mayoría de los hijos de un sultán eran ilegítimos.

Sabía lo de Charlotte Wainwright, por supuesto, pero también sabía que la circunstancia de su matrimonio con el sultán Ziyaeddin I del Imperio Otomano era bastante singular. Después de haber disfrutado de la compañía de varias mujeres en sus años de juventud, y ahora que se había encariñado mucho con su duquesa tras casi treinta años de matrimonio, James podía apreciar el deseo de un hombre de elegir a una sola mujer con la que pasar el resto de su vida.

Salió de su breve ensimismamiento cuando notó la expresión de consternación de Rose.

Después de tantos años viendo a sus amigas casarse y tener hijos, sabía que se estaba desesperando, aunque no expresara su frustración.

—Un sultán elige a su heredero, y no siempre es por el orden de nacimiento del hijo —añadió James, esperando que su conversación pudiera derivar hacia los jóvenes que podrían haber esperado a ser mayores para casarse.

Seguro que había un joven más maduro que podía pasar por alto la cojera de su hija y sus ocasionales comentarios mordaces, y llegar a amarla. Lady Victoria, la hija del duque de Somerset, se había casado a pesar de tener un pie hecho trizas. Aunque su marido, Thomas Grandby, no tenía ningún título, sus inversiones le habían hecho rico, y hoy en día, una fortuna era probablemente más importante que un título a la hora de casarse.

—Si no se casan, entonces ¿por qué ha venido su heredero a Londres? —preguntó Rose, mientras ofrecía una taza de té a su padre.

—Lady Bostwick dice que asistió a la Universidad de Cambridge y deseaba regresar a Inglaterra por un tiempo — explicó Helen, feliz de decir por fin lo que sabía sobre el asunto—. Al parecer ha estado involucrado en algún tipo de proyectos de construcción importantes para el imperio y se ha ganado un tiempo libre.

—¿Estaba... trabajando? —preguntó Rose confundida, la última palabra dicha con bastante sorna.

James rio entre dientes.

—¿Qué es lo que crees que ha estado haciendo tu hermano estos últimos años?

Rose abrió la boca para responder, pero desvió la mirada hacia William.

—Trabajando no, desde luego —dijo con una sonrisa. Abrió los ojos de par en par cuando una almohada empenachada pasó rozando su cabeza como un borrón, las borlas doradas que rodeaban los bordes se desplegaron mientras la almohada de seda giraba en el aire.

—¡Waverley! —le regañó su madre, con los ojos abiertos como platos, horrorizada.

—Mis disculpas, madre —dijo el heredero agachando la cabeza. Su atención inmediata se había dirigido a su padre, curioso por saber cómo respondería al ver un acto tan inmaduro por su parte. Tenía veintiocho años y era demasiado mayor para iniciar peleas de almohadas en el salón, a pesar de su enfado con su hermana menor. Pero el duque estaba claramente abstraído, pues no reaccionó en absoluto.

—Debería haber sabido que no debía ofenderme por escuchar su opinión.

Helen entregó una taza de té a su hijo, con el ceño fruncido. Antes completamente rubias, ahora eran gris plateado, como la mayor parte de su propio pelo. La peluca que llevaba ahora era de un color más parecido al que tenía cuando William era un niño, y el estilo ornamentado era muy parecido.

—Tu hermana no es consciente de lo que se necesita para dirigir un ducado —declaró ella—. Un descuido en su educación que me aseguraré de corregir mañana.

—Está bien, madre —dijo William—. Ella no tenía por qué saberlo.

—La tiene si alguna vez va a convertirse en la esposa de un hombre con título —susurró ella.

Willam estuvo a punto de repetir las últimas palabras de su madre. Durante años, se había asumido que Rose se casaría con el hijo de un duque. El hijo de un marqués, como mínimo. Ahora parecía que cualquier aristócrata serviría.

—Entendido —respondió, sin saber qué más podía decir.

—No hace falta que hables de mí en susurros —dijo Rose—. Soy muy consciente de mi escaso atractivo y he aceptado mi suerte en la vida. Si voy a ser una solterona, que así sea. Pero que sepas esto, hermano —añadió con expresión feroz—: Será mejor que empieces a tener niños el año que viene, porque tengo la intención de ser una tía excepcionalmente cariñosa. Cuanto más esperes para empezar a tenerlos, más mimados me aseguraré de que estén tus hijos.

Dicho esto, Rose abandonó el salón sin cojear ni una sola vez. Los tres pares de ojos que siguieron cómo se marchaba, se ensancharon antes de que William y Helen dirigieran los suyos al duque.

Su expresión fue impasible por un momento antes de decir:

—Oh, Waverley. Ahora sí que la has hecho buena.

—¿Hacer qué? —preguntó alarmado su hijo.

—Tus hijos van a ser los niños más mimados y malcriados de todo Londres. Más que tu hermana.

Su expresión impasible cambió a una de alegría, y rio a carcajadas durante varios segundos.

Miró el reloj de la chimenea para ver la hora. En quince minutos se excusaría y visitaría la habitación de su hija. La experiencia de haber criado a dos hijas mayores le daba mucha más perspicacia para tratar con Rose que la que poseía su duquesa.

Algo le pasaba a Rose, y quería descubrir qué era antes de la cena.

CAPÍTULO 6
HACIENDO UNA LISTA

*M*ientras tanto, en el despacho de Bostwick House

—¿Estoy en algún lío? —preguntó Adeline mientras entraba en el despacho de su padre, se detuvo lo suficientemente lejos de la entrada en la habitación con paneles de roble para que George pudiera cerrar la puerta. La alfombra de Aubusson parecía tragarse los sonidos de la casa al otro lado de la puerta.

—Por supuesto que no —respondió su padre mientras se colocaba detrás del escritorio. Le indicó que ocupara la silla de delante—. Solo quería saber qué pasó ayer.

Adeline parpadeó.

—¿Ayer? —repitió mientras se sentaba.

—En la fiesta en el jardín.

El alivio se apoderó de su hija cuando George se acomodó en su sillón de cuero marrón y se recostó. Adeline estaba a punto de reprenderle, ya que le encantaba enterarse de las últimas habladurías, pero sabía que si le acusaba de ser un cotilla, él se limitaría a fingir que era información que podría beneficiarle en el Parlamento.

A veces se preguntaba si secretamente deseaba ser

casamentero. Parecía más interesado en saber quién cortejaba a quién antes de proponer a quien creía que podía ser mejor pareja.

—Hacía buen tiempo, así que hubo mucha gente —dijo encogiéndose de hombros—. La abuela estaba encantada.

George se limitó a mirarla. Cuando ella no dijo nada más, él dijo:

—Continúa.

Adeline resopló.

—Nadie anunció ningún compromiso, si eso es lo que preguntas —dijo—. Es demasiado pronto.

George hizo una mueca y se incorporó.

—¿Estaban tus amigos allí?

Ella se encogió de hombros.

—La mayoría. Rose, por supuesto —dijo, refiriéndose a la hija del duque de Ariley—. Lily... —Se detuvo un momento tras mencionar a la hija mayor del barón Theodore Streater y su esposa, Daisy—. Ah, y Lucy Turnbridge y Hope Batey.

Lucy era la hija mayor del conde de Fennington, y Hope la hija menor del vizconde Lancaster.

Cuando su padre continuó mirándola fijamente, ella suspiró.

—Helen y Eva aún no han regresado a la capital —dijo, pensando que las primas eran la razón por la que él preguntaba—. No tardarán en volver.

Helen Tennison, hija única de Harold y Stella, conde y condesa de Everly, era unos años mayor que Adeline y había hecho su presentación en sociedad en 1839. A pesar de tener una madre medio griega y un padre moreno, su pelo rubio, sus ojos azules y sus rasgos faciales la hacían parecer como si pudiera ser hija de su tía Evangeline.

Eva, la prima de Helen, una orgullosa literata, era hija de Jeffrey y Evangeline Tennison Sommers, barón y baronesa Sommers De tez clara, se parecía a su padre en el pelo castaño oscuro y, aunque era cuatro años menor que su hermano Charles, se comportaba como si fuera mucho mayor.

Decididos a no soportar otras Navidades en Londres, los primos habían pasado el invierno en la finca de Tennison, en Shropshire, con dos baúles de novelas que habían conseguido en el Templo de las Musas antes de que la enorme librería ardiera en 1841.

—¿Hay alguien cortejando a alguna de ellas? —preguntó George.

Adeline se puso rígida en su silla.

—Que yo sepa, no —respondió. Sus ojos se entornaron cuando se dio cuenta de por qué se lo preguntaba—. Padre, ¿qué estás planeando ahora? —preguntó alarmada.

Aunque estaba en edad de casarse, cualquiera con quien hubiera tenido esperanzas de casarse ya se había casado, quedando en su mayoría hombres mayores que retrasaban sus matrimonios hasta acercarse a los treinta años. Con su hermano soltero en casa recién llegado del Imperio Otomano, se dio cuenta de que las preguntas de su padre tenían más que ver con David que con ella.

George se sobresaltó.

—Nada —afirmó—. Nada, en absoluto. Es que... No las he visto últimamente y me lo preguntaba, eso es todo.

Adeline, que no quedó convencida con su respuesta, pensó qué decir de sus otras amigas solteras. Aquellas a las que recibía con frecuencia en su salón y con las que compartía las zonas al lado de las palmeras en los bailes. Las zonas en las que se encontraban las muchachas tímidas, las marginadas.

—Si realmente necesitas saberlo, nadie está cortejando a lady Rose —declaró—. Desde el accidente...

Dejó el comentario en el aire. Aunque Rose y su madre habían sobrevivido cuando el carruaje del duque volcó al romperse una rueda, la pierna de Rose había sufrido una fractura y, a pesar de que un médico le atendió ese mismo día, al parecer no se había curado correctamente.

Enderezándose en su silla, George apoyó los codos en el borde de su escritorio.

—Pronto se le pasará el arroz —murmuró—. ¿Cuántos años tiene?

—Tiene… veintiséis, creo —comentó Adeline—, y dudo mucho que su padre le permita casarse con alguien que no sea un conde.

Dado que la joven a veces se veía obligada a caminar con una muleta de madera o a ser empujada en una silla de ruedas, Adeline tenía la impresión de que Rose había renunciado a la idea de casarse algún día.

—Lo que quiere decir que esperará hasta… —Adeline puso los ojos en blanco y esperó mientras su padre fruncía las cejas.

—¿Qué es lo que sabes? —preguntó alarmado.

—Es evidente que no has visto la lista —dijo ella.

George desvió la mirada.

—¿La lista? —repitió.

—Sí. La lista de hijos elegibles de aristócratas que conocemos y que aún son solteros pero están en edad de casarse.

George parpadeó, preguntándose si tal vez su esposa se había ocupado de recopilar tal colección. De ser así, ¿se trataría de la misma lista a la que había aludido el duque de Ariley cuando había acudido al club la semana anterior?

—¿Cuántos… cuántos hombres hay en esta lista? —preguntó.

—Diecisiete, creo —respondió Adeline—. Jóvenes nacidos entre el mil ochocientos dieciséis y mil ochocientos veinte que han regresado de su *Grand Tour* y aún no se han casado.

—Eso es bastante específico —murmuró George, pensando que sonaba exactamente igual que la lista que mencionó el duque de Ariley.

—Pero también incluye al hermano de Rose, Waverley, así que si lo quitamos e incluimos solo a los que ya han heredado o van a heredar condados, marquesados o ducados, nos quedamos en…

—Extendió una mano y empezó a contar con los dedos—. Ocho. Quizá nueve.

George se acomodó en su silla, bastante impresionado y se cruzó de brazos.

—¿Te interesa alguno? —le preguntó.

—¿A mí? —espetó ella—. Creía que estábamos hablando de lady Rose.

—¿No dirías que buscas las mismas cualidades en un posible marido?

Ella inhaló suavemente, a punto de admitir que no le importaban mucho los títulos. El tiempo que había pasado en la obra benéfica de su madre le había abierto los ojos a la difícil situación de los hombres cuyas vidas se habían visto trastocadas por la guerra o por accidentes. Aunque su padre era muy consciente de ellos, había sido el mayor contribuyente de su madre a «Trabajo para los heridos» desde su creación, no parecía dispuesto a aceptar la idea de que Adeline se casara con uno de ellos.

—Puedes hablar con libertad —dijo en voz baja.

Adeline se encogió de hombros.

—Muchos de la lista son buenos amigos, sería como casarme con mi hermano.

—¿Como quién? —preguntó él.

Adeline resopló.

—No me imagino casándome con William Wellingham —dijo, refiriéndose al heredero del condado de Trenton—. O Robert Roderick. —Era el segundo heredero del marquesado de Reading, y su hermano mayor, Raymond, se había casado con una de sus mejores amigas el año anterior—. O Duncan o David Fitzwilliam. —Duncan era el mayor de los gemelos y debía heredar el condado de Norwick—. Ni siquiera puedo distinguir a esos dos —añadió con una mueca—. Y luego está George Merriweather.

—¿El heredero de Middleton? —preguntó su padre. Cuando ella asintió, dijo—: Buena familia. ¿Quién más?

—Los demás o no viven aquí en Londres, o no los conozco lo suficiente como para plantearme casarme con ellos.

George arqueó una ceja y apoyó los codos en el escritorio.

—¿Quiénes son los demás de la lista? ¿Los de la ciudad que no son futuros condes, marqueses o duques? —Hizo una pausa—. Y que han regresado de su *Grand Tour*.

Metiendo la mano en un bolsillo, Adeline sacó un pergamino doblado que parecía arrugado y sacado de una papelera. Separó los bordes e hizo una mueca al oír la risita de su padre.

—Cuando dijiste que había una lista, no pensé que la llevarías contigo —bromeó.

Ella resopló.

—Mis compañeras marginadas me ayudaron a compilarla —dijo mientras sentía que su cara se sonrojaba.

—Continúa —le animó George—. Me gustaría saber quién ha pasado la prueba.

Ella le dirigió una mirada de reproche.

—Esto no está en ningún tipo de orden —dijo—. Y para que quede claro, no me he decidido por ninguno.

George se puso serio.

—Entendido —dijo—. Continúa.

Adeline cogió aire y empezó a leer.

—Octavius Whitney…

—Nieto de un duque —murmuró George mientras asentía con la cabeza.

—Andrew Burroughs…

—Nieto de un duque —repitió de nuevo George, sin dejar de asentir.

—Mark Cunningham…

—Futuro vizconde —susurró su padre—. Y nadará en la abundancia, dadas las inversiones de su padre.

—Jasper Truscott…

George frunció el ceño.

—¿El hijo de Sir Donald? —susurró—. Me pregunto si se habrá dedicado al espionaje como sus padres.

Adeline se encogió de hombros, sin saber a qué se refería su padre.

—Jasper siempre es muy agradable cuando bailamos, pero tengo la impresión de que oculta algo —dijo. Volvió a mirar la lista—. Mark Fitzsimmons...

—Oh —dijo su padre.

Adeline se sobresaltó.

—¿Qué ocurre?

—Ahora es vizconde —dijo George, refiriéndose al único hijo de Matthew Fitzsimmons. Matthew, jefe del Ministerio de Asuntos Exteriores, había muerto en 1841 dejando una viuda desconsolada y un hijo conocido por su seriedad y su excelente reputación.

—No tiene sentido del humor en absoluto —se quejó Adeline refiriéndose al joven vizconde.

—Tal vez solo necesite a alguien que le ayude a desarrollarlo —sugirió George. Al darse cuenta de que Adeline no deseaba ser esa persona, añadió rápidamente—: ¿Quién más?

—Theodore Streater, que sería como casarme con mi propio hermano —se quejó ella. El mejor amigo de su padre era el barón Theodore Streater, y había sido el primer cliente de su madre..

—Entendido —respondió su padre—. ¿Quién más?

—Marcus Henley.

George hizo una mueca.

—¿No está cavando en la tierra con su padre? —preguntó.

—Es arqueólogo, sí —respondió Adeline—. Lord James se ha unido a su excavación —añadió—. Con su esposa, la... —Sus ojos se redondearon—. La hermana de nuestro invitado —terminó, recordando lo que su madre le había leído en una de las cartas de Charlotte sobre la situación.

—La hermana gemela de nuestro invitado —murmuró George

—. Al parecer, Sevinc Sultana está muy interesada en la arqueología y se queda con lord James en sus expediciones.

—Creo que solo han estado en Londres una vez desde su boda —comentó Adeline.

—Si te casaras con Marcus Henley, serías esencialmente una viuda —dijo George con un suspiro—. A menos que le acompañaras en sus expediciones.

Adeline inclinó la cabeza hacia un lado.

—Cuando viajo, creo que preferiría no detenerme todo el tiempo para descubrir lo que hay bajo mis pies —admitió.

—¿Quién más? —preguntó él cuando ella no dijo más nombres.

—Un par de hijos de duques que no viven en la ciudad. También está Thomas Grayson...

—Marqués de Billingsley —dijo George con aprecio.

—...que creo que le ha echado el ojo a Rose, pero no estoy segura, y Marcus Higgins.

—El heredero de Greenley —afirmó su padre—. Que no vive aquí en la ciudad —añadió con una mueca.

—Exacto.

La mirada de George se dirigió al reloj de la repisa de la chimenea.

—Tengo que subir a vestirme para la cena. Ve al salón antes de bajar. Quiero presentarte al hijo del sultán —dijo.

Adeline fingió aburrimiento.

—¿Es... un tipo orgulloso? —preguntó ella, haciendo una mueca al darse cuenta de lo irritante que había sonado.

Su padre negó con la cabeza.

—En absoluto —respondió. —De hecho, quizá es demasiado humilde —añadió—. Sé amable. Será nuestro invitado durante toda la temporada.

Adeline inhaló bruscamente y dijo con un resoplido:

—Siempre soy amable.

—Nada de fingir ser tímida.

—Pero lo soy —contraatacó ella, llevándose las manos a las caderas.

George rodeó el escritorio y le rodeó los hombros con un brazo.

—Creo que es admirable que pases tu tiempo en los bailes con las chicas menos afortunadas —dijo, seguro de que lo hacía porque lady Rose no había podido bailar debido a su pierna—, pero tal vez sea hora de que te permitas brillar en los eventos de esta temporada —la reprendió suavemente—. Recuerda que eres la hija de Elizabeth Carlington.

Los ojos de Adeline se abrieron de par en par al oír el comentario de su padre.

—¿Qué se supone que significa eso? —preguntó alarmada.

Riéndose suavemente, George dijo:

—Pregúntale a tu madre.

Se inclinó hacia ella y le besó la frente antes de marcharse del despacho.

Al verlo marchar, Adeline se cruzó de brazos y resopló. Había pensado que la forma en que hablaba de los hombres solteros haría que su padre comprendiera que no tenía ningún deseo de casarse con ninguno de ellos, y ahora se preguntaba cómo iba a convencerlo de que prefería limitarse a dirigir la organización benéfica de su madre y ser una solterona.

Bueno, suponía que tenía toda una temporada para demostrarlo. Subió las escaleras para cambiarse para la cena.

CAPÍTULO 7
UN DUQUE QUE CONSUELA

ientras tanto, en Ariley Place

Cuando llamaron a la puerta de su dormitorio, Rose estuvo segura de que era su madre. Miró el reloj y se dio cuenta de que habían pasado exactamente quince minutos desde su abrupta salida del salón.

Al parecer, quince minutos de lágrimas iban a ser su límite. No había llorado así desde el accidente. No había mojado tantos pañuelos desde que vio la horrible cicatriz de su pierna cuando el médico le quitó las vendas. Incluso ahora se estremecía cada vez que se quitaba las medias por la noche.

«Desaparecerá con el tiempo», recordó que le dijo el médico la semana siguiente, como si no fuera más que un rasguño.

Si ella fuera un gigante, tal vez.

¿Qué hombre querría una esposa con una cicatriz tan horrible? Al menos podía ocultarla bajo las medias.

Volvieron a llamar a la puerta y, antes de que tuviera fuerzas para gritar «vete», la puerta se abrió y apareció el duque.

—Padre —susurró sorprendida.

—La última vez que lo comprobé todavía lo era —dijo James

con una mueca—. Parece que te ha ofendido algo que ha dicho tu hermano, ¿verdad?

Por la manera en la que formuló sus palabras, Rose se preguntó si no había visto la almohada decorativa volar por los aires en todo su esplendor dorado. Si no había oído lo que se dijo entre William y su madre. Él había estado sentado mucho más cerca de ellos que ella, pero también había notado que James Burroughs, duque de Ariley, había estado visiblemente abstraído durante el tiempo que pasaron en el salón. Más interesado en sus pensamientos.

—Algo que dijo madre, en realidad —le contestó mientras le hacía señas para que entrara en la habitación. Rose sollozó cuando su padre se sentó en el borde de su cama—. Al menos, lo que creo que dijo.

—La almohada no te ha dado —afirmó James.

Ella hizo una mueca. Así que había visto la almohada voladora.

—No, pero… no era propio de Waverley hacer algo así.

—No era propio de ti burlarte de sus deberes.

Rose inhaló suavemente.

—¿Deberes? —repitió después de que un sollozo le robara brevemente el aliento.

—Deberes, sí —dijo su padre—. Ya que parece que no te has dado cuenta, probablemente porque miras a todos por encima del hombro…

—¡Padre! —empezó a protestar. La mano levantada del duque le hizo cerrar la boca.

—Permíteme informarte de que he cedido mis responsabilidades ducales a tu hermano. Hace ya varios años. Incluso ha aceptado una orden de aceleración y ocupará un escaño en el Parlamento a partir de mañana —explicó.

—¿Renuncias a tu título? —preguntó sorprendida.

—No renuncio. No podría aunque quisiera. Solo cedo el trabajo —dijo—. A pesar de lo que pienses, es trabajo dirigir un ducado con tanta tierra y tantos edificios como los que posee el ducado de Ariley. —Cuando se dio cuenta de que tenía su atención, continuó—. Hay informes que hay que leer y sobre los que hay que actuar, facturas que pagar, cartas que escribir, libros de contabilidad que llevar y....

—Pero tienes un administrador para hacer todo eso —argumentó ella.

—¡Ah, así que has estado prestando atención! —comentó James—. Bueno, mi administrador se ocupa de las propiedades aquí en la ciudad —explicó—. También tengo varios capataces que supervisan las granjas, pero a ellos, al igual que al administrador, hay que gestionarlos. Hay que hacer un seguimiento de las inversiones. Los establos, los animales, el equipo... sí, soy el dueño de todo. Pero eso significa que soy responsable de ello, y es trabajo asegurarse de que todo está en orden —prosiguió—. Igual que es responsabilidad de tu madre ocuparse de todas las casas y del personal de servicio, gestionar los menús y los entretenimientos. Ser mi anfitriona...

Dejó la frase en el aire, inseguro de qué más había estado gestionando su esposa en nombre del ducado de Ariley. A menos que ella lo precediera en la muerte, probablemente nunca sabría el resto de lo que hizo.

Rose inhaló cuando otro sollozo le provocó un hipo.

—Supongo que le debo una disculpa.

—Mmm, probablemente no —dijo James con una sonrisa. Ante la cara de asombro de ella, añadió—: Estaba la almohada dorada voladora. Creo que estáis en paz.

Rose suspiró, mostrando una sonrisa débil.

—Si no me caso...

—Te casarás —afirmó James.

Los ojos de Rose se abrieron de par en par.

—¿Has oído algo? —preguntó, sin querer sonar tan desesperada.

Sorprendido, James agachó la cabeza.

—No. No directamente —admitió—. Sin embargo, hay varios jóvenes que aún no han sucumbido a casarse antes de cumplir los veintiocho años —le recordó—. La mayoría estarán en el baile de mañana por la noche.

Veintiocho.

El número le recordó a Rose que la mayoría de los jóvenes de la aristocracia esperaban a cumplir entre veintiocho y treinta años para casarse. Eso les daba tiempo para sembrar su semilla, conducir coches de cuatro ruedas a velocidades de vértigo camino de Richmond y beber y apostar hasta altas horas de la madrugada en sus clubes. La edad también permitía a los que regresaban de su *Grand Tour* disponer de algún tiempo para divertirse y reencontrarse con sus compañeros herederos.

Hacía unos años, entre sus amigos se había producido un aluvión de matrimonios. La edad de los hombres no se acercaba a los veintiocho años. Una vez que se casó el primero, fue como si se hubiera puesto en marcha un juego de dominó matrimonial, y antes de que ella se diera cuenta, siete de sus amigos varones habían caído y pronunciado sus votos, muchos de ellos con amigas suyas.

Eso había sido en la primavera de 1839.

Hacía cinco años.

Ahora había bebés, y sus madres habían pasado a ser jóvenes matronas que ahora formaban parte de un grupo social completamente diferente. Aunque deseaba desesperadamente sentirse bienvenida cuando la invitaban, Rose nunca se sintió cómoda entre las que se pasaban el tiempo hablando de sus hijos y esposos.

¿Qué podía aportar ella a una conversación así?

—¿Tienes a alguien en mente que te gustaría como esposo? —preguntó su padre en voz baja.

Rose dio un respingo.

—Los tres que tenía en mente ya se han casado —respondió antes de sorberse la nariz.

James hizo una mueca.

—¿Tienes a alguien más en mente? Podría... hacer algunas averiguaciones...

—¡Ni se te ocurra! —replicó ella, escandalizada de que utilizara su título para influir en un posible pretendiente.

—Soy duque. Tengo cierta influencia. Espero poder usarla para algo tan sencillo como encontrarte un pretendiente adecuado —razonó—. No es que sea... Sencillo —se apresuró a añadir, una vez más haciendo una mueca por cómo debía sonar su comentario —. Tienes la reputación de una rosa.

Rose se cruzó de brazos y lo miró molesta, el efecto se arruinó momentáneamente cuando hipó.

—¿Qué se supone que significa eso?

Incapaz de ocultar su repentina alegría, James tardó demasiado en levantar una mano para taparse la boca.

—Disculpa, pero me has recordado a tu madre en este momento —dijo, con los ojos arrugados por la alegría—. La noche que la conocí.

Curiosa, Rose descruzó los brazos y miró a su padre con el ceño fruncido.

—¿Cuándo fue eso?

James inhaló para responder y levantó un dedo para rascarse la frente.

—Veamos. Lily seguía viva, pero no muchos sabían que esencialmente vivíamos juntos. La tenía en la casa de la calle Green. Daisy era una niña pequeña y Lily ya esperaba a Diana.

Rose se quedó muy quieta mientras él hablaba, fascinada de que pudiera recordar detalles de lo que tuvo que ser hace cincuenta años. Se aseguró de guardar silencio mientras él continuaba con sus recuerdos.

—Me presentaron a Helen en un baile, si mal no recuerdo. Estaba prometida a un papanatas, y puede que le dijera algo al respecto...

—¡Padre! —le regañó Rose, mientras se le iluminaba la cara de alegría.

Él se rio.

—Creo que ya entonces debía saber que acabaríamos juntos. Me burlé de ella sin piedad. Y luego ella me retó a hacerlo mejor.

Rose parpadeó.

—¿Mejor? —repitió—. Mejor ¿cómo?

James levantó la mirada hacia la de ella y emitió un sonido extraño.

—Simplemente… mejor. —Se aclaró la garganta—. Fue la primera vez en mi vida que alguien me llamó la atención por mi mal comportamiento —dijo en voz baja. Hizo una larga pausa antes de añadir—: Sin embargo, mi apreciación fue correcta. El primer prometido de Helen era un papanatas…

—Padre —susurró Rose, pero no se atrevió a decir más. Nunca había oído a su padre hablar de la época anterior a su matrimonio con lady Helen Harrington.

—Un segundo hijo que era oficial del ejército británico. Estuvo en el continente… probablemente durante dos décadas —murmuró.

—¿Se llegó a casar con mamá? —preguntó Rose con asombro.

James emitió un sonido tosco en su garganta.

—Nunca. Le dispararon y murió de sus heridas en Quatre Bas. —Se permitió un resoplido—. Le propuse matrimonio un mes después.

—¡Padre!

—Oh, no me digas «padre» —dijo mientras movía un dedo torcido—. Para entonces, ya la tenía convencida de que yo era la mejor opción. Aunque fuera viejo.

—No podías ser tan viejo —replicó Rose.

—Tenía más de cuarenta, pero tenía un buen ejemplo a seguir de matrimonio tardío.

—¿Qué quieres decir?

—Más bien a quién. Milton Grandby, conde de Torrington —respondió con una enorme sonrisa—. No se casó hasta los cuarenta y seis años. Esperó a que la mujer a la que había amado desde que era un niño enviudara, y aun así se las arregló para engendrar gemelos.

Fue el turno de Rose de hacer una mueca. William Grandby, heredero del condado de Torrington, era uno de los jóvenes que ella había esperado que algún día se le declarara. En cambio, se había enamorado de la hija del conde de Trenton.

Al verlos ahora, Rose se preguntaba cómo había podido imaginarse casada con William Grandby. Él estaba tan comprometido con su Anne, que Rose dudaba que a ella la hubiera tenido en tal alta estima.

En cuanto a la hermana gemela de William, Angelica, estaba disfrutando de su vida con Sir Benjamin Fulton, astrónomo y futuro conde de Wadsworth. Pasaban las noches mirando las estrellas en su observatorio, lo que significaba que debían de hacer el amor durante el día, porque Angelica esperaba su tercer bebé para cualquier día.

—No puedo imaginarme tener hijos hasta pasados los treinta —murmuró Rose.

James inclinó la cabeza.

—Supongo que no. —Se quedó callado un momento antes de decir—. Mañana por la noche, en casa de los Weatherstone… Hizo una pausa, como si no supiera cómo decir lo que quería decir.

—¿Sí?

—Sé que te gusta estar con las tímidas…

—Desde que me he convertido en una marginada —interrumpió.

—Sí, bueno, ¿podrías mezclarte un poco más? ¿Evitar pasar tanto tiempo entre las macetas? Tengo miedo de que una te lleve a los jardines, te envuelva con sus hojas y se salga con la suya.

Rose miró fijamente a su padre.

—¿Una palmera en maceta? —repitió alarmada.

—No hablaba en serio. Al menos, no la última parte, sino lo que dije antes. ¿Lo de pasar tiempo con las chicas apartadas? Eres demasiado hermosa para unirte a ellas.

—Padre —le regañó—. Tus palabras dan a entender que mis amigas no lo son. Su único defecto es que son tímidas o que sus padres son meros vizcondes o barones.

El duque emitió un sonido de incredulidad.

—¿Incluyes a la señorita Adeline en tu valoración?

Rose abrió la boca para responder, pero en su lugar suspiró.

—¿Por qué os juntáis con los que prefieren la compañía de las palmeras en maceta? —preguntó, con aire suspicaz.

Como si supiera que se veía atrapada en una mentira si le decía otra cosa que no fuera la verdad, Rose dijo:

—Desde el accidente, he llegado a comprender su suerte en la vida. Los hombres solo nos sacan a bailar si se sienten avergonzados o si no encuentran otras compañeras. Somos su último recurso.

James hizo una mueca.

—¿Es eso cierto también para la señorita Adeline?

Rose negó con la cabeza.

—Ella ha estado aprendiendo mucho sobre los desafortunados mientras trabaja en la organización benéfica de lady Bostwick. Además de los heridos en busca de empleo, los hay en busca de esposas.

—¿Y por qué eso le hace pasar tiempo con estas chicas?

Rose, parpadeó y se enderezó en la cama.

—¿No lo entiendes?

Él negó con la cabeza.

—Adeline comprende que es afortunada. Que nunca estará en una situación tan desesperada como para necesitar la ayuda de una institución benéfica para ganarse la vida o encontrarle un marido dispuesto.

—Espero que tú también lo entiendas —dijo él, con el ceño más fruncido.

—Lo entiendo, y por eso siento simpatía por ellas. Al igual que Addy —explicó Rose—. Supongo que una vez fui lo bastante vanidosa como para creer que mi presencia entre ellas ayudaría a atraer a más hombres a nuestra zona del salón de baile. Para asegurarme de que les sacaran a bailar tan a menudo como a mí.

—¿Dices que ya no eres vanidosa? —preguntó él suavemente.

Ella resopló.

—Desde luego, no desde el accidente. Ya no atraigo a los jóvenes como antes —murmuró—. Adeline todavía lo hace, pero no creo que le importe si se casa o no.

Esto último hizo que James diera un respingo.

—Bostwick no ha dicho que tenga intención de ser solterona —comentó.

—¿Te diría tal cosa si lo supiera?

Su padre agachó la cabeza.

—Touché —susurró, recordando brevemente cuántos combates de esgrima había perdido contra Bostwick a lo largo de los años. Después de un momento, dijo—: Supongo que tiene intención de dirigir la institución de su madre en algún momento. —Cuando Rose asintió, dijo—: Bueno, lady Bostwick ha demostrado que puede ser vizcondesa y dirigir dos organizaciones benéficas. Lo lleva haciendo desde antes de que naciera su hijo mayor.

Ante la mención de David Bennett-Jones, Rose tuvo un hipo. Cuando la mirada de su padre se posó en ella, arqueó una ceja.

—El repentino color de tus mejillas sugiere que te estás ruborizando —dijo en voz baja.

Ella abrió los ojos de par en par y dijo:

—No sé por qué iba a estarlo.

James la miró un momento antes de suspirar.

—No, supongo que no.

—¿A qué te referías cuando dijiste que tenía la reputación de una rosa? —preguntó ella.

Inclinando la cabeza un momento, su padre pareció debatirse entre cómo responder.

—Cada rosa tiene sus espinas, y las tuyas se han vuelto bastante punzantes estos últimos años.

—¿Qué?

—Eres la única hija de tu madre, pero eres la tercera y, por desgracia, la más mimada. —Vio cómo se le desorbitaban los ojos y se quedaba boquiabierta—. No hay hombre en todo Londres que desee casarse con una mujer malcriada —afirmó—. Quieren a alguien a quien puedan mimar.

Rose parecía a punto de echarse a llorar una vez más cuando él se puso en pie. Se inclinó para besarla en la coronilla.

—Te veré en la cena, hija. Querrás dormir bien esta noche. Mañana será un día largo, con mucho baile —añadió—. Y champán.

Asintió con la cabeza y se marchó de su alcoba.

Rose lo vio marcharse, mientras se preguntaba cómo era posible que se sintiera tan reconfortada de que él hubiera pasado tanto tiempo con ella, tan conmocionada por su valoración de ella, y luego sintiera tanto alivio cuando se marchó.

CAPÍTULO 8

UNA PRESENTACIÓN EN EL SALÓN

*M*edia *hora más tarde, en el salón de la residencia Bostwick*

Al asomarse al salón, David se sorprendió al descubrir que solo había un lacayo en la habitación. Reconoció al criado, el segundo que veía desde su llegada aquella tarde.

—Watkins —dijo mientras se dirigía a la chimenea.

—Señor —respondió el lacayo con una sonrisa—. Me alegro de verle de nuevo en Bostwick House. ¿Café?

—Gracias, y sí. —La mirada de David recorrió el resto del salón—. Veo que mi madre ha redecorado —comentó, con la atención puesta en la alfombra bajo sus zapatos. En una época, todas las alfombras de la casa fueron de Aubusson, pero el dibujo de esta sugería que había venido de algún lugar lejano—. ¿Turca? —adivinó mientras daba golpecitos con el pie.

—Sí, señor. La hizo cambiar el año pasado, cuando pensó que usted y su invitado estarían aquí.

La culpa hizo que David se pusiera serio.

—Más vale tarde que nunca, supongo —murmuró, tomando la taza de café de Watkins.

—Si me permite el atrevimiento le sugiero que mencione los

flecos y borlas del sofá, señor. La señora fue muy afortunada al conseguir la mejor artesanía para que fuera a juego —dijo el lacayo en un ronco susurro.

David se fijó en el mueble. Habiendo pasado los últimos años en lujosos palacios otomanos con todo tipo de flecos y borlas, terciopelos y sedas, no se habría fijado en los adornos del salón.

—Le agradezco el aviso —dijo—. ¿Algo más que deba mencionar? —preguntó, su mirada revoloteaba como si esperara encontrar alguna antigüedad exquisita o un objeto decorativo hecho por un artista.

Detuvo su escrutinio en el cuadro que había sobre la chimenea y frunció el ceño.

—¿Lo hizo lady Plymouth? —preguntó, refiriéndose a Samantha Fitzsimmons Range, marquesa de Plymouth—. ¿La sobrina de lord Chamberlain? —añadió, recordando que se había enterado de la relación en algún momento de su infancia.

—Creo que se refiere a la prima de lord Chamberlain —respondió Watkins—. El mayor de los Chamberlain murió poco después de que usted emprendiera su *Grand Tour* —explicó.

—Ah, lo había olvidado —dijo David con una mueca de dolor.

—Lord Bostwick encargó el cuadro para lady Bostwick, para que estuviera listo cuando se terminara el resto de la redecoración —explicó Watkins.

David estudió el paisaje durante un rato antes de que una sonrisa se dibujara en su rostro. Reconocía la escena de algún lugar del Distrito de los Lagos, seguro de que su padre la había pedido basándose en el lugar al que había llevado a Elizabeth para su viaje de bodas.

—Ya me imagino cómo mostró su agradecimiento —murmuró mientras ponía los ojos en blanco.

Cuando Watkins no contestó, David se volvió y vio que el hombre tenía la cara roja. Se rio entre dientes, pensando que sin duda el criado había presenciado cómo su madre besaba a su padre. Sin duda, todos los criados de la casa lo habían hecho.

Cuando se dio cuenta de que la atención del lacayo se había desviado hacia la puerta, David se volvió para ver a los protagonistas de su conversación entrando en el salón. Estaban enfrascados en una animada discusión sobre algo que había ocurrido en la fiesta al aire libre del día anterior. Su padre soltó una carcajada.

—Eso le enseñará a no tomarse libertades con las jovencitas —dijo George, aceptando la taza de café que le ofrecía Watkins.

—Toma nota, hijo. Los jardines de tu abuela no deben ser el escenario de tus aventuras amorosas —dijo Elizabeth con una risita.

—¿Puedo preguntar a quién pillaron? —preguntó David, cogiendo unas nueces.

George se colocó junto a la repisa de la chimenea, de modo que pudiera ver tanto a su esposa como a cualquier otra persona que entrara en el salón.

—A uno de los gemelos de Norwick. Tu madre no está segura de cuál —respondió.

Aunque sentía curiosidad por saber a qué gemelo habían sorprendido besando a alguien en el jardín de su abuela, ya que no recordaba que ninguno de los dos tuviera edad suficiente para mostrar mucho interés por las jovencitas la última vez que estuvo en Londres, David quería asegurarse de comentar la redecoración antes de que llegara su invitado.

—Me gusta lo que has hecho con el salón, madre.

Los ojos de Elizabeth se abrieron de par en par.

—Vaya, lo había olvidado. No has estado aquí desde que lo reformé —contestó feliz. Se sirvió un plato de nueces y se sentó en una de las sillas junto a la chimenea—. ¿No crees que el color albaricoque es demasiado claro con este verde oliva?

A punto de responder, David captó el rápido movimiento de cabeza de su padre, comprendiendo de inmediato que pisaba terreno traicionero.

—Me gusta más que el melocotón, y... —Hizo una pausa

cuando vio que su padre señalaba un ramo de narcisos sobre una mesa auxiliar—. El narciso habría sido demasiado brillante —terminó, esperando haber entendido la pantomima de su padre.

—Exactamente lo que pensaba.

—Las borlas y los flecos son exquisitos, al igual que esta alfombra turca. Le habrá costado una fortuna a padre.

Su mirada se desvió brevemente hacia el vizconde, que se limitó a encogerse de hombros. Tal vez la alfombra había sido adquirida con la ayuda de la sultana Charlotte.

—Tu hermana tenía una opinión totalmente diferente, por supuesto —murmuró su madre—. ¿Por qué no está aquí?

George se aclaró la garganta.

—Fue culpa mía. La retuve en el estudio mucho más tiempo del que debería.

Elizabeth lo miró con preocupación.

—¿Hizo algo malo?

George sacudió la cabeza y dijo:

—Solo quería que me informara de los solteros y... las jovencitas en edad de casarse esta temporada —dijo, dirigiendo la mirada a su hijo.

—¿Debo entender que las opciones son escasas? —preguntó David antes de meterse una nuez en la boca.

—Para ti... probablemente no —comentó Elizabeth con orgullo.

—¿Qué se supone que significa eso? —preguntó él mientras se enderezaba.

—Bueno, tampoco es que haya una plétora de princesas e hijas de duques en edad de casarse —dijo en el mismo momento en que Ertuğrul aparecía en el umbral. Junto a él estaba Adeline, con aspecto de haber conocido ya al emir.

—Excelencia —dijo Elizabeth poniéndose en pie—. Acompáñenos —dijo mientras señalaba con una mano enguatada el sofá.

—Ertuğrul, por favor, milady —dijo él mientras hacía una reverencia.

—¿Ya os habéis presentado? —preguntó George mientras se dirigía al şehzade y le ofrecía la mano. El hijo del sultán la estrechó y asintió.

Adeline se ruborizó.

—No formalmente, por supuesto —respondió ella—. Lo encontré cuando estaba a punto de bajar las escaleras. Estaba admirando la estatua y me ofrecí a guiarle hasta aquí.

Al darse cuenta de que se refería a la estatua de mármol de una Afrodita casi desnuda, George se esforzó por mantener una expresión impasible en el rostro.

—Bien, Ertuğrul, te presento a mi hija menor, la señorita Adeline Bennett-Jones.

Adeline se volvió e hizo una profunda reverencia mientras Ertuğrul se inclinaba. Él le cogió la mano enguantada que le tendía y, sin esperar que él conociera la cortesía, ella casi soltó un grito ahogado cuando él le alzó la mano y rozó con sus labios el dorso de la misma.

—Encantado de conocerla, señorita Bennett-Jones —dijo él después de enderezarse.

Parpadeando, Adeline dijo:

—Lo mismo digo, por supuesto, su excelencia.

—Por favor, llámeme Ertuğrul —insistió él—. No quisiera que sea tan formal —añadió, luchando con la última palabra.

—De acuerdo —respondió ella en el mismo momento en que Elkins aparecía detrás de ellos—. Quizá le apetezca una taza de…

—La cena está servida —declaró el mayordomo antes de dar un paso atrás.

—Gracias, pero esperaré hasta después de la cena para tomar café —murmuró Ertuğrul, dirigiendo su mirada a sus anfitriones.

Elizabeth y George se dirigieron inmediatamente hacia la puerta, pero la vizcondesa se detuvo un momento.

—Oh, vaya. Él debería ir primero —susurró mientras pensaba en el orden en que se debía dirigir al comedor.

—No conoce el camino, querida —le recordó George. En voz más alta, dijo—: Ertuğrul, ¿te importaría acompañar a Adeline? David, puedes seguir detrás.

Ertuğrul miró a Adeline, observando cómo tenía el brazo medio levantado.

—¿Me enseña qué tengo que hacer? —preguntó mientras George y Elizabeth pasaban junto a ellos, dirigiéndose hacia las escaleras.

A punto de responder, Adeline agarró la manga de su abrigo y tiró de ella hasta nivelarla, antes de estirar la mano para apoyarla sobre ella.

—Tan solo debe seguirlos —le dijo.

Reconociendo la forma en que su padre escoltaba a Charlotte por el palacio y la ciudad, con su mujer a su lado en lugar de detrás de él, como hacían la mayoría de las parejas en público, Ertuğrul echó un rápido vistazo detrás de ellos y descubrió a David esperando a que se movieran.

—No es exactamente como en Cambridge —dijo David a modo de estímulo, una vez que estuvieron bajando las escaleras —. Si conocieras el camino al comedor, estarías escoltando a mi madre.

—Sería un honor —respondió Ertuğrul, en voz baja. No pudo evitar notar la reacción de Adeline, como si hubiera dicho algo que la ofendiera—. Pero me siento igual de honrado de acompañar a tu hermana —añadió rápidamente.

Adeline miró por encima de su hombro, preparada para reprender a su hermano si decía algo para burlarse de su invitado. Cuando su hermano le dirigió una mirada inocente, ella dijo:

—Gracias, señor.

—Es un placer, señorita Bennett-Jones.

La forma en que dijo la palabra «placer» casi hizo que Adeline se tropezara.

—Oh, puede llamarme Adeline —sugirió.

Ertuğrul se atrevió a dirigirle una mirada antes de decir:

—Así que... ¿es la ahijada de la sultana Charlotte?

Adeline inhaló suavemente.

—Lo soy —respondió—. ¿La ve... a menudo? ¿Habla con ella?

Ertuğrul, sonriendo ante su repentino interés por él, dijo:

—Casi todos los días. También a mis hermanos pequeños. Los echaré mucho de menos mientras esté en Londres —añadió.

Con el rostro radiante de alegría, Adeline dijo:

—¿Has oído eso, madre?

Elizabeth se volvió ligeramente al llegar a la planta baja y dijo:

—Por supuesto. Ertuğrul ha sido un encanto y me ha puesto al día de las noticias de Charlotte. ¿Quizá ahora te ponga al día a ti?

Adeline parpadeó y se atrevió a mirar a su invitado.

—Lo haré, por supuesto —dijo él, ignorando la risita que le llegó desde detrás.

Tendría que añadir al hijo del sultán a la lista. Después de solo unos minutos en su compañía, Adeline estaba segura de que sería perfecto para lady Rose.

CAPÍTULO 9
SE DEJA CLARO UNA
INTENCIÓN

*U*nos minutos después, en el comedor

—Así que, aparte del salón renovado y la nueva fontanería, ¿qué me he perdido estos últimos años? —preguntó David antes de comer. Miró hacia Ertuğrul, aliviado al ver que el futuro sultán del Imperio Otomano había optado por utilizar un tenedor en lugar de una cuchara para comer su cena. Entonces recordó que el joven había estudiado en Cambridge en sus años mozos.

—Un par de malas cosechas para la mayoría —comentó su padre—. Sin embargo, William Gibbs ha conseguido hacer una fortuna importando guano de Perú.

—¿Guano? —repitió David, frunciendo las cejas mientras se esforzaba por recordar si había oído hablar de eso antes. Sus ojos se entornaron de repente—. ¿Eso no es...?

—Excrementos de pájaro secados al sol, sí —dijo Elizabeth, indicando a un lacayo que se ocupara de servir el siguiente plato —. Parece que es un excelente fertilizante.

—El hombre ha ganado lo suficiente como para comprar Tyntesfield en Somerset y casarse —dijo George, refiriéndose a una finca gótica cerca del puerto de Bristol.

—Y tiene una magnífica casa aquí en Londres —dijo Elizabeth, logrando decirlo sin sonar demasiado celosa.

David mantuvo la atención en su madre mientras continuaba la conversación en la mesa. Él y James Wainwright habían estado en su *Grand Tour* cuando se desviaron hacia el palacio del sultán en el Egeo y sus vidas cambiaron de la noche a la mañana, y aunque solo llevaba unos años fuera de Inglaterra, David no pudo evitar darse cuenta de que el pelo de su madre estaba plagado de mechones grises. De las comisuras de sus ojos brotaban ligeras arrugas cuando sonreía, y a él le recordó el aspecto de su abuela, Adeline, marquesa de Morganfield, cuando se divertía.

Cuando su mirada se volvió hacia su padre, descubrió que el vizconde no había cambiado mucho de aspecto. Aunque sus sienes eran grises, su cabello seguía siendo oscuro. Sus ojos, de un azul zafiro, estaban enfocados en Elizabeth.

Nada había cambiado. El hombre estaba perdidamente enamorado de Elizabeth Carlington Bennett-Jones y lo había estado desde el momento en que la vio durante un baile en 1815.

—¿Está abierto para hacer turismo? —preguntó Ertuğrul, refiriéndose a la casa que había mencionado su anfitriona—. Me gustaría mucho ver esas casas de las que habla.

Elizabeth se enderezó en su asiento.

—Lo dudo mucho, pero lo averiguaré —ofreció ella—. Incluso si no lo están, va a poder ver el interior de muchas casas durante la temporada —le prometió—. Las invitaciones ya han empezado a llegar. Bailes, veladas, musicales... y tenemos un palco en el teatro —añadió.

—En otras palabras, no tendremos una noche libre en los próximos seis meses —dijo David secamente mientras arqueaba una ceja oscura en dirección a Ertuğrul.

—Tendré que llevaros a White's como invitados míos —se ofreció George—. Su visita ha despertado la curiosidad de algunos de mis compañeros aristócratas —dijo al hijo del sultán.

—Sería un honor conocerlos —respondió Ertuğrul—. Pero

supongo que debería ser sincero en cuanto a los motivos por los que he venido a Inglaterra.

Elizabeth y George intercambiaron una rápida mirada antes de volver a mirar a su invitado.

—¿Ah, sí? —dijo George.

—¿Está pensando en conquistar Gran Bretaña? —preguntó Elizabeth indiferente—. ¿Para añadir a su imperio?

Ertuğrul abrió los ojos de par en par.

—Oh, no, milady. Tan solo el corazón de las jóvenes damas —respondió—. Verá, además de pasar tiempo en sus museos y edificios más asombrosos, estoy aquí para encontrar esposa.

Sabiendo que su amigo había cometido un error al anunciar sus intenciones, especialmente a su madre, David se tapó su sonrisa con la mano.

—Puede que te arrepientas de haber dicho eso —susurró solo para que Ertuğrul lo escuchara.

El emir le lanzó una mirada de preocupación a David.

—¿He dicho algo mal? —preguntó él

George fue rápido en responder.

—Nada, en absoluto. Es solo que... encontrarás a las matronas... a las madres de las jóvenes... bastante abrumadoras cuando se trata de sus hijas.

Hizo una mueca al darse cuenta de que las reacciones de aquellas mujeres ante el hijo del sultán podrían ser muy diferentes de lo que serían para el hijo de un aristócrata británico.

—¿Abrumadoras? —repitió Ertuğrul

—Esconderán a sus hijas detrás de sus faldas o las empujarán en su dirección a cada paso —advirtió George.

—Mi padre dice la verdad —dijo David— Sobre todo cuando sepan que vas a heredar el Imperio Otomano.

Elizabeth y George intercambiaron rápidas miradas desde extremos opuestos de la mesa.

—Tal vez podamos reunir una lista de jóvenes que reúnan los requisitos —sugirió George, mirando a Adeline. Debajo de la mesa, se palpó el bolsillo del chaleco para asegurarse de que la lista que había reunido apresuradamente seguía allí. No estaba seguro de recordar a todas las jóvenes que Adeline había mencionado en su despacho, pero sabía por dónde empezar—. Ayuda a reducir las opciones un poco antes de que tenga que conocerlas a todas en uno o dos bailes.

—Eso no debería ser difícil —comentó Adeline—. Dado que no hay princesas solteras en este momento, eso realmente solo deja a las hijas de los duques, me parece —razonó—. Y la única en edad de casarse que no está prometida es lady Rose.

Dijo esto último con un atisbo de triunfo, como si su plan de conseguirle un pretendiente a su amiga ya estuviera en marcha.

—¿La hija de Ariley? —adivinó David. Por su expresión, era evidente que estaba confundido.

—Sí —respondió Adeline con alegría.

—¿Cómo es que no se ha casado ya? —preguntó incrédulo—. Es casi tan vieja como yo.

A punto de explicarle lo que le había ocurrido a Rose, Adeline volvió la atención a su plato cuando su madre comenzó a contarlo, incluyendo todos los detalles escabrosos del accidente de la joven, su posterior cojera y la necesidad ocasional de utilizar una silla de ruedas.

—Sigue siendo la hija de un duque —susurró Adeline a nadie en particular—. Y es muy hermosa —añadió, dirigiendo sus últimas palabras a Ertuğrul. Sin embargo, la mirada del futuro sultán estaba fija en su plato, sus cejas fruncidas sugerían que sentía curiosidad por la comida que había en él.

—¿Le pasa algo a su bacalao? —le preguntó ella.

El şehzade levantó la mirada hacia la de ella.

—Solo me preguntaba qué tipo de pescado era, y ahora tengo la respuesta. Gracias —dijo.

Adeline parpadeó.

—De nada. ¿Tienen este tipo de pescado en el imperio?

Él negó con la cabeza.

—Creo que no —contestó mientras miraba a David, como buscando confirmación.

—Los pescados del Bósforo son excelentes —comentó David —. Hay uno, una especie de rodaballo...

—Kalkan —interrumpió Ertuğrul—. La palabra significa escudo en nuestro idioma, y el pez parece un escudo de hierro.

—Tachonado con clavos —terminó David por él—. Baja del Mar Negro en primavera. La sultana Charlotte lo pide tan a menudo como puede, pero dudo que haya visto uno antes de que el cocinero lo haya limpiado o probablemente nunca lo tendríamos.

—¿Hay alguna comida que deba pedir a mi cocinera que intente hacer, Ertuğrul? —preguntó Elizabeth mientras indicaba al lacayo que trajera el siguiente plato.

Ertuğrul levantó la vista de su plato, obviamente poco acostumbrado a la atención, sobre todo mientras comía.

—Albóndigas, ¿quizá? —respondió mientras su mirada se desviaba hacia David.

—Las llaman *kofte* —dijo David— y están deliciosas. Aunque tenemos ternera y cordero, no estoy seguro de las especias necesarias.

—Seguro que nuestra cocinera puede arreglárselas —ofreció George, intrigado por la idea de algo diferente para cenar. Los menús actuales parecían iguales de una semana a otra, y él no sabía si era porque Elizabeth los había pedido así o si simplemente le había dejado decidir a la cocinera, ya que pasaba mucho tiempo en su organización.

Cuando terminó la comida, Elizabeth y Adeline se levantaron para salir al salón.

—¿Os apetece una partida de billar? —preguntó George, dirigiendo su pregunta a los jóvenes—. Adeline me ha ayudado a mantenerme en forma en tu ausencia —añadió mientras hacía un gesto con la cabeza en dirección a David—, pero eso significa que mi vizcondesa se queda a su aire después de la cena.

—Llevo todo el día deseándolo —replico David.

Elizabeth sonrió mientras besaba a su marido en la parte superior de la cabeza.

—A mi aire significa responder a invitaciones y cosas así —dijo antes de hacer una reverencia— Os veré a todos en el desayuno por la mañana.

Todos los hombres se inclinaron mientras ella y Adeline se despedían del comedor. El lacayo apareció con una bandeja de oporto y vasos pequeños.

—Caballeros, vamos a la sala de billar —dijo George con una enorme sonrisa—. Quizá podamos afinar la lista de las jóvenes disponibles que podríais considerar para casaros.

Aunque la expresión de David mostraba un atisbo de miedo, Ertuğrul parecía complacido con el plan.

—Adelante, señor —dijo.

CAPÍTULO 10

UNA JOVEN HACE UN ANUNCIO

U nos minutos más tarde

—Desde luego, no es lo que esperaba —dijo Elizabeth mientras se acomodaba en su silla frente al pequeño escritorio del salón. Una bandeja llena de papeles blancos estaba a un lado.

—No sabía qué esperar —comentó Adeline—. Desde luego, no me sentía como si estuviera en presencia de la realeza.

Elkins entró con una bandeja de té.

—Su té, milady. ¿Dónde lo quiere?

—En la mesa de juego. Adeline puede hacer los honores. Hace tiempo que no lo hace —dijo mientras lanzaba una mirada a su hija.

—Anteayer lo hice para mis amigas —dijo Adeline en defensa propia, mientras preparaba las tazas y servía el té. Añadió azúcar a ambas y dejó la taza de Elizabeth sobre el escritorio.

Elizabeth le tendió una de las invitaciones de la bandeja.

—Si me ayudas, terminaremos mucho más rápido —le dijo—. Desde luego, no quiero tener que responderlas por la mañana. Como has ido con tu padre a jugar al billar estos últimos años, me he acostumbrado a leer la correspondencia por las tardes, y creo que me gustaría continuar con la práctica.

Adeline abrió la invitación.

—La marquesa de Reading celebra una velada dentro de quince días —dijo.

—Anótalo en este calendario y escribe una nota diciendo que asistiremos. Asegúrate de decir que seremos cinco —dijo Elizabeth mientras le entregaba a su hija una hoja de pergamino blanco, un frasco de tinta y una pluma. Abrió otra carta y le echó un vistazo—. Y podrías mencionar el título de nuestro invitado en la nota —añadió antes de tomar un sorbo de té.

Adeline frunció el ceño y volvió a la mesa de juego.

—¿Qué título es?

Elizabeth levantó la vista y alzó una ceja.

—Emir, creo. George dice que «şehzade» es la palabra que designa al hijo de un sultán, y un sultán es una especie de rey, supongo. —Abrió los ojos de par en par y una expresión de felicidad apareció en su rostro—. Lo que le convertiría en un príncipe.

—Usaré «emir» en mi respuesta —respondió Adeline con desgana mientras mojaba la pluma y empezaba a escribir—. Suena más exótico —añadió con una sonrisa—. Su larga melena ayuda.

Riéndose por lo bajo, Elizabeth detuvo su pluma para decir:

—Cuando yo era joven, la mayoría de los hombres llevaban el pelo más largo. O llevaban peluca o se recogían el pelo en una coleta.

Adeline inclinó la cabeza hacia un lado.

—No creo que el suyo quedara muy bien recogido —comentó, y los dedos de una mano se agitaron cuando pensó en lo que sentiría al pasárselos por el pelo oscuro.

Trabajaron en relativo silencio durante unos minutos antes de que Elizabeth dejara a un lado la carta que había estado escribiendo.

—Mencionaste que habías encontrado a nuestro invitado

admirando una estatua de camino al salón esta tarde —murmuró mientras se preparaba para responder a otra invitación.

—Así es —admitió Adeline distraídamente, concentrada en su escritura.

—Dime, ¿qué estatua estaba admirando?

Adeline levantó la pluma y la sostuvo en alto mientras miraba a su madre.

—La que está junto a la escalera, en el segundo piso —respondió, consciente de por dónde iban los pensamientos de su madre.

—Afrodita —murmuró Elizabeth—. ¿Parecía que estaba admirando la forma femenina o...?

—El arte, madre —dijo Adeline con sorna, no dispuesta a admitir que había espiado al emir mucho antes de que ella hiciera acto de presencia. Observó cómo parecía estudiar el tallado del cabello alrededor del rostro de la estatua. Tal vez buscaba pruebas de las marcas de escofina o cincel en el mármol. O tal vez simplemente le intrigaba el peinado. En ningún momento su mirada se había posado en los pechos desnudos de Afrodita, ni en la curva de su cadera, ni en los tobillos desnudos que asomaban bajo el dobladillo de su quitón, aunque una de sus manos se había posado sobre un hombro, como si tuviera intención de agarrarlo. En lugar de eso, se deslizó por el aire, unos centímetros por encima de la superficie de mármol, bajó por el costado del torso y finalmente se dirigió a su propio costado. Adeline estaba segura de haberle oído suspirar en el mismo momento en que una extraña sensación recorría su propio torso.

Podría haberse imaginado a cierto joven deslizando la mano por su costado, a altas horas de la noche, cuando ella estaba a punto de dormirse.

Quizá en más de una ocasión.

Pero eso había sido antes de que él decidiera casarse con otra. Una vez que él anunció que estaba prometido y se casó poco después, Adeline abandonó sus pensamientos eróticos sobre el futuro conde de Torrington.

Aun así, los pensamientos de que él la tocara nunca habían resultado en una sensación tan placentera como la que experimentó al ver al şehzade casi acariciar a Afrodita.

Tal vez había sido el leve jadeo de ella lo que le había hecho ponerse rígido, y su atención volvió rápidamente al rostro de Afrodita mientras sus manos se entrelazaban detrás de su espalda.

Adeline, pretendiendo que iba andando por el pasillo, se detuvo fingiendo sorpresa, y lo saludó con un «¿cómo está?» antes de hacer una reverencia.

—Supongo que habrá visto cientos de mujeres desnudas —comentó Elizabeth, sacando a Adeline de su ensueño—. Me pregunto cuántas mujeres tiene ya en su harén.

—No tiene ninguna, madre —respondió Adeline, intentando concentrarse en su carta. Había estado a punto de escribir la palabra «desnuda» en lugar de «número», y, en ese momento, «harén» en lugar de «cinco».

Elizabeth se enderezó al girarse y miró fijamente a su hija.

—¿Cómo lo sabes?

Adeline suspiró mientras dejaba la pluma en el tintero.

—David me lo dijo. Antes de subir a cambiarnos para la cena.

El rostro de Elizabeth se iluminó de nuevo.

—Vaya, es maravilloso —dijo su madre.

—Por lo que padre me hizo leer sobre el tema, la verdad es que no, madre.

Agarró la pluma y terminó de responder a la invitación antes de que su conmocionada madre pudiera formular una respuesta coherente.

—Tal vez la posesión de un harén no sea la muestra de poder que solía ser —comentó Elizabeth, lo que impresionó a Adeline. Al parecer, su padre había convencido a su madre para que leyera el mismo libro que ella—. El sultán Ziyaeddin renunció a su harén para que Charlotte se casara con él —añadió Elizabeth.

—Después de que sus concubinas le dieran un montón de hijos —replicó Adeline, arqueando una ceja—. Ertuğrul tiene once hermanos. Cualquiera de ellos podría ser nombrado heredero si Ziyaeddin cambia de opinión.

Elizabeth parpadeó, mostrando un gesto de decepción en el rostro.

—No me parece justo en absoluto —murmuró, dejando escapar un suspiro mientras abría otro sobre. Sus ojos se abrieron de par en par—. La duquesa de Ariley organiza un baile en honor a lady Rose —dijo alegremente.

Adeline hizo una mueca.

—Sí. Me enteré anteayer, cuando invité a Rose a tomar el té.

—¿Por qué no me lo habías dicho? —preguntó Elizabeth, sorprendida.

Encogiéndose de hombros, Adeline dobló la nota que había terminado, escribió en el exterior «La Muy Honorable Marquesa de Reading» y se la entregó a su madre.

—¿De verdad te importa lo que le ocurra a lady Rose?

Elizabeth inhaló bruscamente.

—Claro que me importa —insistió ella—. Me doy cuenta de que su accidente ha hecho improbable que consiga un esposo de calidad, lo cual es desafortunado…

—¿Desafortunado? —repitió Adeline alarmada—. Se merece lo mejor. Esperaba que tú más que nadie supieras que necesita conseguir el mejor esposo posible.

Al oír la reprimenda de su hija, Elizabeth se quedó mirando a Adeline durante diez segundos antes de agachar la cabeza.

—Por eso sé que no acabará con el hombre que debería —dijo en un ronco susurro—. El tiempo que he pasado buscando esposas para los heridos me lo ha demostrado más de cien veces —añadió frustrada—. Su enfermedad limitará sus perspectivas.

Fue el turno de Adeline de reaccionar. Su madre tenía razón, por supuesto. Un hombre perfectamente respetable no siempre conseguía a la mujer que quería después de haber sido herido en la guerra. A veces, el sentido práctico dictaba las decisiones. A veces era algo más visceral. Más inquietante.

Para lady Rose, su pierna herida significaba que sería ignorada por aquellos que dos años antes habrían hecho cola para bailar con ella. Habrían hecho cola para pedir permiso a su padre para cortejarla.

Habrían hecho cola para proponerle matrimonio.

—Lo siento, Addy —susurró Elizabeth—. No es culpa suya, no es culpa tuya, no es culpa de nadie, pero… Lady Rose tendrá suerte si acaba siendo vizcondesa o baronesa —dijo en voz baja.

—Por eso pensé… —dijo Adeline antes de soltar un sonoro suspiro—. Podría ser una sultana perfecta.

Elizabeth hizo una mueca y sus pensamientos se dirigieron inmediatamente a la madre de Rose. ¿Qué pensaría Helen Harrington Burroughs si su hija acabara casada con el heredero de un sultán y viviendo en Constantinopla?

¿Acaso el duque de Ariley permitiría algo así?

—Tenemos toda una temporada por delante —dijo Elizabeth mientras agitaba la mano hacia la pila de invitaciones que seguía sobre la bandeja—. Pueden ocurrir muchas cosas, y ocurrirán.

Deseando poder estar en la sala de billar, jugando en pareja con su padre contra David y Ertuğrul, Adeline pensó que podría tener alguna influencia sobre a quién considerarían los dos jóvenes para el cortejo.

Después de todo, ella había pasado por tres temporadas completas. Conocía a todas las jóvenes elegibles. Conocía a todos los solteros elegibles. Por eso había decidido que esta temporada sería la última. Sería libre para trabajar en la beneficencia y asegurarse de que aquellos que merecían una vida mejor, la tuvieran. Su padre ya le había prometido que tendría su herencia si no se casaba.

La soltería parecía prometedora.

CAPÍTULO 11
EL BILLAR LLEVA A UNA LISTA

*M*ientras tanto, en la sala de billar

Cuando la punta del taco de David golpeó una bola de billar blanca, la colisión resultante con una bola roja la envió hacia una tronera de la esquina. La esfera de marfil cayó en la jaula de cuero.

—Pensé que había perdido mi toque —murmuró feliz.

—Esperaba que así fuera —comentó George mientras recuperaba la bola. La dejó sobre la mesa y dio un paso atrás para permitir que Ertuğrul diera una vuelta.

—Bueno, desde luego no es tiro con arco —comentó Ertuğrul cuando su bola amarilla se estrelló contra una banda lateral y envió la bola roja hacia una tronera de otra esquina. Se sobresaltó cuando la bola roja cayó en los cordones de cuero.

—Y, sin embargo, juegas como si llevaras toda la vida haciendo esto —se quejó David.

—No he jugado desde que estaba en Cambridge —dijo Ertuğrul mientras sacaba la bola roja de la tronera—. Pero por lo que recuerdo de las reglas, parece que este pasatiempo particular existe desde hace mucho tiempo.

—El billar se basa en un juego que llamamos croquet —dijo

George—. Por eso el fieltro es verde. Representa el césped —explicó.

Ertuğrul se enderezó y centró su atención en el taco y su punta.

—¿De qué está hecho? —preguntó.

—El taco, la parte de madera, es de arce, y la punta, de cuero —respondió George.

—¿Y por qué este mueble largo se llama mesa de billar?

Su mano se posó sobre la baranda de madera lisa que rodeaba la mesa. Alrededor de cada una de las seis troneras había una talla ornamentada en la que se fijaban las tiras de cuero que formaban la tronera.

David rio entre dientes.

—Buena pregunta.

Miró a su padre, que sonreía al ver que su último tiro había resultado perfecto para meter no una, sino dos bolas.

—¿Hay carreras de caballos en el Imperio Otomano? —preguntó George, mientras se inclinaba para alinear su tiro.

Ertuğrul intercambió una rápida mirada con David.

—Por supuesto. Tenemos algunos de los mejores caballos de carreras del mundo.

—Árabes —dijo David mientras veía a su padre meter las dos bolas—. Maldita sea, padre, está claro que has estado practicando —dijo asombrado.

—Todas las noches con tu hermana —contestó George—. Si la retas a una partida, avísame. Me gustará hacer una ronda de apuestas, lo que me lleva a por qué estas mesas se llaman mesas de billar. ¿O puedes adivinarlo?

David arrugó una ceja antes de redondear los ojos.

—¿Por la sala de apuestas para las carreras de caballos? —murmuró mientras buscaba el motivo—. Y porque siempre jugamos al billar entre carrera y carrera para pasar el rato. —Infló el pecho—. ¿He acertado?

George le dirigió una mirada de elogio.

Me alegra saber que has aprendido algo de lógica estos últimos años —respondió—. Ahora que has practicado algunos tiros, ¿te apuntas a una partida? Vosotros dos podéis ir primero —ofreció—. El primero que llegue a trescientos puntos gana.

Los jóvenes asintieron y recogieron las tres bolas en la mesa de tres metros y medio.

—¿Tiene caballos de carreras? —preguntó Ertuğrul mientras observaba cómo David preparaba la mesa.

—Tengo dos —admitió George—. Ambos de la misma madre y padre, con un año de diferencia de edad.

—Los dos han ganado carreras —dijo David con orgullo—. Aunque las restricciones de edad hacen que ya no puedan participar en algunas de las carreras —añadió.

—En realidad… —comenzó a decir George antes de acercarse a la chimenea. Se apoyó despreocupadamente en la repisa—. Esos dos han sido retirados, aunque puede que haga correr a uno de ellos en el Cesarewitch Handicaps de octubre. Los caballos de ese concurso deben tener más de tres años, y creo que el recorrido de tres kilómetros y medio de Newmarket es mejor para los jamelgos más viejos.

—Así que… ¿has comprado más caballos mientras yo no estaba? —preguntó David de una forma que daba a entender que se sentía excluido—. ¿Los encontraste en Tattersalls?

George se rio entre dientes.

—Comprado no es exactamente el término correcto —respondió su padre con una sonrisa—. Connie insistió en que los dos que teníamos serían perfectos para las carreras —explicó, refiriéndose a Constance Roderick, marquesa de Reading y prima de Daniel Fitzwilliam, conde de Norwick. Llevaba casi treinta años criando caballos y, en un momento dado, tomó prestado un semental de Bostwick para crear una línea de campeones de carreras para el condado de Norwick. George se había beneficiado con el acuerdo al recibir no solo una cuota por el semental algunos años después, sino también varios potros—. Los dejé juntos en un prado de Sussex y ahora tengo un potro de dos años y una yegua de tres —explicó.

—¿Se han criado para ser veloces o resistentes? —preguntó Ertuğrul, claramente interesado en la conversación.

—Ambas cosas —respondió George—. Nuestros hipódromos son de césped, y varían considerablemente de un lugar a otro. Cuando mis caballos son más jóvenes, los inscribo en todas las carreras, y cuando se hacen mayores, solo en las más largas.

—He estado en Newmarket —dijo Ertuğrul—. Cuando estaba en Cambridge. —Su mirada se desvió hacia David—. No se lo digas a mi padre —añadió rápidamente—. No tenía caballo con el que participar, claro, pero gané algo de dinero en las apuestas.

George y David intercambiaron miradas rápidas.

—¿Recuerdas a qué caballos apostaste? —preguntó David. —preguntó David.

—Pertenecían a un marqués. Creo que Reading era su título —respondió Ertuğrul.

Dejando escapar una carcajada, George dijo:

—La Connie de la que he hablado es su marquesa. Su esposa —añadió, sin estar seguro de lo familiarizado que estaba el hijo del sultán con los títulos en Inglaterra—. Aunque Reading conoce sus caballos, ella es el cerebro de su programa de cría.

—Lo dices como si fuera su… su negocio —murmuró Ertuğrul —. Su medio de ganarse la vida.

—Teniendo en cuenta lo mucho que ganan, hasta cierto punto lo es —convino George—. Sin embargo, criar caballos es caro. Reading tiene establos aquí en Londres, tanto detrás de su casa como en el extremo oeste de la ciudad, pero sus principales establos de caballos están en Reading. Es la sede de su marquesado. Está al oeste de aquí, a unos sesenta y cuatro kilómetros —añadió.

—Si crían caballos tan excelentes, deben de tener también algunos herederos —razonó Ertuğrul—. ¿Una joven o dos? Tengo entendido que debo asegurarme de bailar con todas las que pueda en todos los bailes a los que me han dicho que debemos asistir.

George se echó a reír.

—Reading tiene dos herederos de tu edad, pero su única hija lleva casada al menos diez años.

—¿Va a traer Gisborn a su familia a la capital este año? —preguntó David, refiriéndose a Henry, conde de Gisborn. Henry se había casado con la otra mejor amiga de Elizabeth, Hannah, poco después de que Elizabeth y George se casaran—. Sin duda Grace está en edad de casarse —añadió antes de dar el primer trago.

—Estaba —respondió George—. Elizabeth fue su benefactora el año pasado, y Christina y Richard vinieron con nosotros a pasar la temporada —añadió, refiriéndose a la hermana mayor de David y su marido, el vizconde Hartwell—. Pensaron que volverías a casa.

David se enderezó, en su rostro se percibió momentáneamente su decepción.

—Llego demasiado tarde, ¿verdad? —preguntó en voz baja. Aunque no conocía bien a Grace Foster, siempre había pensado que era la criatura más hermosa que nunca había visto. Al igual que su madre, Grace parecía una princesa de las páginas de un libro, con su melena rubia, sus ojos azul aciano y su piel pálida casi etérea—. Entonces... ¿con quién se casó?

George frunció el ceño y dijo:

—Con el heredero de Reading, Raymond. Algún día será marquesa. Creía que lo sabías.

Sintiéndose como si le hubieran dado un puñetazo en el estómago, David se esforzó por mantener una expresión impasible en el rostro.

—No debo de haber recibido esa carta en concreto —consiguió decir antes de hacerse a un lado, ya que era el turno de Ertuğrul de tirar.

George agachó la cabeza, comprendiendo exactamente cómo se sentía su hijo. En un momento dado, durante una hora, había creído que Elizabeth había aceptado una oferta de matrimonio del conde de Trenton. Aquella había sido la peor hora de su vida, la sensación de decepción y pérdida fue tan intensa que deseó estar muerto. El recuerdo de la euforia que había sentido momentos después, cuando Elizabeth le propuso matrimonio, lo sostenía cada vez que experimentaba una de las decepciones de la vida.

—Tengo una lista —declaró George, sacando la hoja que había escrito rápidamente cuando Adeline estuvo en su despacho ese mismo día. Se las había arreglado para ponerlos en el orden por edades, al menos lo mejor que podía recordar.

—¿Una lista? —repitió David.

—Jóvenes elegibles, nacidas entre el mil ochocientos diecisiete y el mil ochocientos veintitrés y que aún no cortejen a nadie.

Ertuğrul parpadeó.

—Eso es demasiado específico —comentó, moviéndose al otro extremo de la mesa para que David pudiera tirar.

George soltó una risita y dijo:

—Sí, pero útil.

—Entonces… ¿quién está en esa lista? —preguntó David con ligereza, fingiendo despreocupación.

Los ojos de George se entornaron un momento, pero agarró el trozo de pergamino y deseó tener sus gafas de lectura. Lo sacó del pecho y sonrió.

—Bueno, la primera de la lista es muy querida para mí porque yo intervine en el matrimonio de sus padres —dijo con orgullo—. Faith Hope Batey. La hija del vizconde Lancaster con Charity, nuestra casamentera buscando esposas para los heridos.

Ertuğrul miró a David, como para medir su interés.

—Casarme con Hope sería como casarme con mi hermana —afirmó David mientras negaba con la cabeza, refiriéndose a Faith por su nombre más común.

George puso los ojos en blanco pero pasó a los siguientes nombres de la lista.

—Barbara y Grace Whitney, hijas de Augustus Whitney, que es hermano del duque de Huntington.

David frunció el ceño.

—Grace es amiga de Adeline, pero no recuerdo haber conocido a Barbara —respondió, fingiendo interés—. ¿La siguiente?

—Helen Tennison, la única hija del conde de Everly.

—¿Cómo es que no se ha casado ya? —preguntó David sorprendido—. Tuvo su presentación en sociedad antes de que yo me fuera a mi *Grand Tour*. —Se volvió hacia Ertuğrul—. Su madre es medio griega —añadió, arqueando una ceja.

George frunció el ceño.

—En cuanto a lady Helen… No sabría decir por qué no se ha casado, aparte de que nadie la ha cortejado. Su padre es explorador. Un naturalista, creo que los llaman ahora —dijo—. Everly siempre dice que su mujer es Afrodita, aunque una versión más leal, claro. Le dio otro hijo hace unos años. —Hizo una mueca—. No me imagino volviendo a ser padre a los cincuenta.

Los ojos de Ertuğrul se abrieron de par en par al oír la referencia a la diosa griega, pero luego sonrió ante el último comentario de George.

—Mi padre ya ha pasado los cincuenta y, obviamente, disfruta de su nueva progenie —comentó—. Creo que los niños le hacen sentirse joven.

—Hasta que tiene que casarlos —replicó George con una sonrisa burlona—. Nada envejece más a un padre que los noviazgos de sus hijas.

Ertuğrul y David intercambiaron miradas rápidas mientras ambos hacían una mueca.

—¿Significa eso que hay un pretendiente para Adeline? —preguntó David.

Su padre enarcó las cejas.

—No que yo sepa —respondió alarmado—. Me refería a tu hermana mayor.

Christina se había casado con un vizconde unos años antes,

aunque la verdadera identidad del hombre, que era el hijo bastardo del marqués de Reading criado como hijo legítimo de un vizconde, había sido motivo de preocupación para los pocos que conocían la verdad.

—Creía que te gustaba Hartwell —dijo David, refiriéndose al marido de Christina, Richard, vizconde Hartwell. David frunció el ceño con preocupación.

—Oh, sí que me gusta. Mucho —respondió George—. Es el cortejo lo que me hizo envejecer prematuramente. Enviarlos al parque. Toda esa angustia. Las lágrimas. —Hizo una pausa antes de añadir—: Aunque ahí es cuando supe que estaba enamorada.

Ertuğrul mostró una expresión de preocupación, pero no dijo nada. En cuanto a su propia hermana gemela, no recordaba que hubiera derramado lágrimas por lord James, pero decía amarlo. Tal vez las lágrimas no fueran siempre necesarias.

—¿Quién más está en esa lista? —preguntó David, el juego pasó a un segundo plano.

—La hija del conde de Fennington, Lucy Turnbridge. Muy correcta. Muy bonita. Muy tímida.

—Continúa —lo animó David.

—Eva Sommers, la hija del barón Sommer. Y sí, es una literata, pero tengo entendido que puede mantener una conversación casi con cualquiera —comentó George.

—Entonces le iría mejor con un miembro de la Real Sociedad de Londres —replicó David—. No sé si querría una esposa más inteligente que yo.

El sonido de una risa reprimida hizo que George sonriera a Ertuğrul.

—Se le ha subido un poco a la cabeza, ¿verdad? —preguntó retóricamente.

La expresión de confusión de Ertuğrul hizo reír a David.

—Creo que te estás imaginando una litera, ¿verdad? —bromeó.

El hijo del sultán hizo una mueca.

—¿Qué es una literata?

—Una mujer que lee mucho y es culta —explicó George—. Probablemente todas tus hermanas podrían cumplir los requisitos.

—Sevinc Sultana, desde luego —dijo David, refiriéndose a la hermana gemela de Ertuğrul—. ¿Quién más? —preguntó, levantando la cabeza para señalar la lista.

George volvió a extender el pergamino.

—Oh, un par de las chicas Fulton. Las hijas del conde de Wadsworth, Patience y Faith.

Aunque ambas eran amables, ninguna provocó ni un poco de emoción en David.

—¿Siguiente?

George, mirando a su hijo con una expresión de reproche, dijo:

—Aquí hay una que conoces bien. Lily Streater. Era la única hija de Theodore Streater, y su madre era hija ilegítima pero reconocida de un duque.

—¿Lily? —repitió David—. Es como una hermana para mí —se quejó. —Se volvió hacia Ertuğrul—. Hermosa, una joven perfecta…

—Porque sus padres son dueños de una escuela de señoritas y su padre es un barón y mi mejor amigo —añadió George con una sonrisa.

—…a quien conozco desde que nació —terminó David. Volvió a la mesa y levantó el taco—. Que nació en mil ochocientos diecisiete —preguntó—. Está disponible, ¿verdad?

Se inclinó, a punto de golpear la bola.

Con una mueca, su padre agachó la cabeza.

—Lady Rose.

Perdió la concentración. La puntería de David se había desviado tanto que cuando el extremo de su taco golpeó la bola, la esfera de marfil rebotó en un ángulo extraño, errando por completo su objetivo.

A pesar de haberse enterado del desafortunado accidente de la joven durante la cena, no pudo evitar sentir un atisbo de... de algo. Era la hija de un duque. Nunca la habría considerado una posibilidad a la hora de cortejarla, pero si otros habían pasado de ella, como por ejemplo Raymond Roderick, el heredero del marqués de Reading, que obviamente lo había hecho, entonces tal vez existía la posibilidad de que le considerara como pretendiente.

—Cuidado. Casi rompes el fieltro —dijo Ertuğrul en un susurro ronco.

David levantó la vista, sacado de su ensoñación.

—Oh. Ah... se me ha resbalado el taco —dijo mientras se apartaba de la mesa—. Tengo que usar la tiza. —Se volvió hacia su padre—. ¿Ya están todas?

George miró a su hijo con expresión extraña y negó con la cabeza.

—Seguro que hay otras que no conocemos tanto —dijo con tono evasivo—. Algunas no viven en Londres, pero sin duda vendrán para la temporada. Las conocerás a todas en el baile de Weatherstone mañana por la noche.

David y Ertuğrul intercambiaron miradas.

—Lo que significa que querrás practicar el baile.

Los jóvenes se pusieron serios.

Ertuğrul dio un paso adelante.

—Señor, ¿podría preguntarle si me sería posible visitar el Museo Británico mañana?

George se encogió de hombros.

—Por supuesto. Nuestro carruaje te llevará. —Se volvió hacia David—. No es tu favorito, lo sé, pero Adeline podría acompañarle si tú no quieres. Le encanta ir allí, y nunca la dejo ir sola, por supuesto.

—Necesito ver a un sastre en la calle New Bond —dijo David mientras se volvía para dirigirse a su amigo—. Dudo mucho que mi ropa formal esté de moda hoy en día, así que si te parece bien la idea de ir con mi hermana...

Dejó la frase en el aire.

Ertuğrul asintió.

—Me encantaría —dijo, esperando no parecer demasiado entusiasmado—. Pero es el mismo día que el baile, ¿seguirá queriendo ir?

George asintió, sonriendo.

—Ni siquiera unos caballos encabritados impedirían que fuera.

CAPÍTULO 12

LA CONSTRUCCIÓN DE UN MUSEO ENTUSIASMA

*U*nos minutos después, en el salón

—¿El museo? ¿Mañana? —preguntó Adeline con incredulidad, dirigiendo inmediatamente su atención a su madre.

George se llevó un dedo a los labios, para indicarle que bajara la voz.

—Pensé que te alegraría.

Adeline inhaló para responder y luego soltó el aire de golpe.

—Mañana iba a trabajar en la beneficencia...

—Pero desde luego estás excusada —dijo Elizabeth con una sonrisa de satisfacción—. ¿Qué te parece, querida? ¿Necesitamos enviar a un lacayo o a una doncella para que les acompañe? —preguntó mientras dirigía su atención a su marido.

George se cruzó de brazos y miró a su vizcondesa con desconfianza.

—Normalmente diría que sí, pero parece como si no lo vieras necesario... —dijo dubitativo.

—Oh, no me importa —dijo Adeline encogiéndose de hombros. La última vez que una doncella la había acompañado, la pobre mujer se perdió entre las estatuas egipcias. Adeline ni siquiera la había echado de menos hasta que se dio cuenta unas horas más tarde que no iba detrás de ella. Hubo que enviar a un empleado del museo a buscar a la doncella cuando el edificio estaba a punto de cerrar.

—Le dije a Ertuğrul que podía usar el carruaje, por supuesto —dijo George—. Entonces te llevaré en el faetón cuando estés lista para ir a tu oficina —le dijo a su esposa.

Ella sonrió encantada. Montar en el faetón de su esposo siempre era una experiencia bienvenida.

—No me quedaré todo el día —prometió.

—En cuanto a David... —suspiró Geroge—. Supongo que esa es la razón por la que Reading me preguntó si me gustaría adquirir su faetón extra —refunfuñó—. Aunque el maldito cacharro es amarillo.

Elizabeth soltó una risita.

—David puede coger un carruaje Hansom para ir a la sastrería —razonó—. Y un faetón amarillo no tiene nada de malo. No me importaría que me vieran conduciéndolo —afirmó.

—No voy a dejar que conduzcas un faetón en Londres —argumentó George.

—Padre —le regañó Adeline con suavidad.

—No lo permitiré. No voy a correr el riesgo de que algún jovenzuelo decida que quiere largarse con tu madre —alegó. Le tendió la mano a Elizabeth mientras su mirada se ensombrecía—. Que la secuestraran para pedir rescate —murmuró cuando ella le cogió la mano—. Que la besaran hasta dejarla sin sentido —susurró, con gesto cada vez más serio—. Y que se propasaran con ella —terminó mientras Elizabeth se ruborizaba y le dedicaba a su hija una sonrisa y un guiño.

—Por favor, hagas lo que hagas, no pagues el rescate —susurró Elizabeth.

—Madre —dijo Adeline con un suspiro. Vio cómo sus padres, cogidos de la mano, salían a toda prisa del salón y se dirigían a las escaleras que llevaban a sus habitaciones.

Se llevó las manos a las caderas y resopló. No tenía que

imaginarse lo que estaban a punto de hacer. Había vivido en Bostwick el tiempo suficiente como para saber que cuando se comportaban como lo habían hecho en los últimos minutos, se dirigían a la cama. O a algún lugar donde pudieran disfrutar de la compañía del otro. Sin ropa. O vestidos, tal vez, dependiendo del mobiliario.

Al menos seguían enamorados el uno del otro. No habían tenido amantes como otros aristócratas de su edad. No se comportaban como extraños cuando se sentaban en la mesa del comedor.

Inclinando la cabeza hacia un lado, Adeline miró un momento el servicio de té, contenta de que Elkins hubiera preparado una tetera nueva hacía poco. Estaba a punto de servirse otra taza de té cuando escuchó que alguien llamaba ligeramente a la puerta.

Se giró esperando encontrar al mayordomo. En su lugar, Ertuğrul hizo un reverencia.

—Espero no molestarla, lady Adeline —dijo.

Ella parpadeó.

—En absoluto. Pase, por favor. —Hizo un gesto hacia la silla de al lado—. Por cierto, no soy una dama.

Él se detuvo e inclinó la cabeza.

—¿Si no es una dama...?

—Una señorita, nada más. Pero puede llamarme Adeline. ¿Le apetece un té?

Con pasos vacilantes, Ertuğrul caminó hacia ella.

—Sí, si no es mucha molestia.

—Oh, en absoluto. ¿Cómo lo toma?

Ella se concentró en servir el té.

—¿Con leche, si hay?

—Claro que hay —contestó ella mientras vertía una cucharada en su taza—. ¿Qué tal el billar?

Le tendió la taza en un platillo.

—Gracias —dijo él asintiendo con la cabeza—. Tuvimos una

partida animada, pero no ganamos. Su padre es excelente en tiros de banda —comentó mientras ella rellenaba la taza y añadía un terrón de azúcar.

Adeline se rio.

—Soy consciente de ello —respondió—. Hemos pasado tardes enteras practicándolos para cuando David regresara. Padre estaba convencido de que había estado jugando todos los días mientras estaba en su *Grand Tour*. —Dio un sorbo a su té—. ¿Juegan a algo parecido en su tierra?

Ertuğrul negó con la cabeza.

—No exactamente —respondió—. Me temo que no tuve mucho tiempo para tales aficiones. —Agachó la cabeza—. No puedo evitar pensar que mi presencia significa que ha perdido la oportunidad de pasar tiempo con él —dijo a modo de disculpa.

Haciéndole señas para que se uniera a ella en el sofá, Adeline dijo:

—Oh, no se preocupe. Prestaría más atención a David si usted no estuviera. Aun así, dada la época del año, es mejor que pase las tardes ayudando a madre con las respuestas a todas estas invitaciones. —Hizo un gesto hacia el escritorio—. Estuvimos leyendo y contestando correspondencia todo el tiempo que estuvisteis en la sala de billar, y todavía hay varias que necesitan respuesta.

Ertuğrul abrió los ojos de par en par.

—He interrumpido —dijo, a punto de levantarse.

Adeline extendió una mano.

—En absoluto. Mis padres han subido a sus habitaciones. Mi madre terminará de responderlas por la mañana —dijo. Tomó un sorbo de té y añadió—: Tengo entendido que le gustaría ir al Museo Británico. Padre dice que podemos usar el carruaje.

—Si no es mucha molestia —contestó él—. Probablemente debería practicar el baile, pero... hay tanto que hacer y ver aquí en Londres...

—¿Sabe bailar el vals? —preguntó ella.

Ertuğrul frunció una ceja.

—Por supuesto.

—Bien. Porque habrá dos. No hace falta que se preocupe por saber el baile escocés, ya que lady Weatherstone , que es la anfitriona del baile de mañana, nunca lo tiene en el programa —explicó—. Así que si se le apetece sacarla a bailar, podría sugerirle ese solo para ver su reacción. Le encanta que los hombres jóvenes la saquen a bailar. El resto de bailes... probablemente los recordará en cuanto vea cómo se bailan.

El hijo del sultán se rio suavemente y dijo:

—Parece que piensa que he estado antes en un baile de aristócratas.

Adeline inhaló suavemente.

—¿No ha estado? ¿Mientras estaba en Cambridge

Él estaba a punto de responder antes de bajar la cabeza.

—Hubo bailes de distrito, por supuesto. Yo... asistí pero no bailé.

—¿Por qué no? —preguntó ella antes de llevarse una mano a la boca—. Oh, probablemente es musulmán. ¿Ustedes...? ¿Ustedes bailan?

Una sonrisa iluminó el rostro del joven.

—Sí. Sí, claro que bailamos —respondió—. Pero... la última vez que estuve en Inglaterra, probablemente era el único musulmán en Inglaterra. Aunque puede que hubiera algunos de los marineros que trabajaban para la Compañía de las Indias Orientales que se quedaban en las ciudades portuarias —explicó—. Sin embargo, sabía que no era el primer musulmán que asistía a Cambridge, porque uno de mis profesores me explicó que había tenido un estudiante persa años antes.

—Debió de sentirse terriblemente solo —comentó Adeline.

Él reflexionó sobre el comentario un momento antes de sacudir la cabeza.

—En realidad, no era muy diferente de vivir en el palacio del sultán. Los hijos siempre están muy aislados unos de otros —explicó—. Una vez que tuve edad suficiente, pasaba el tiempo con mis tutores. De vez en cuando veía a mi hermana y a mis... madres.

Hizo una mueca al decir esto último, como si le avergonzara decirlo.

—Espero que no se sienta abrumado por el gentío de mañana por la noche —murmuró Adeline.

Ertuğrul frunció sus cejas oscuras.

—¿Gentío? —repitió, obviamente confundido por la palabra.

—Oh, la multitud —dijo ella a modo de aclaración—. Habrá mucha gente.

—Eso me han dicho.

—Sin embargo, será bienvenido. Los Weatherstone pueden ser anticuados, pero son los mejores anfitriones.

El joven dio un sorbo al té.

—Creo recordar que la sultana Charlotte mencionó algo sobre ellos. Una pareja mayor, ¿no?

—Muy viejos —dijo Adeline antes de hacer soltar una risa nerviosa—. Lord Weatherstone está muy orgulloso de sus jardines. Le encanta plantar lo último en brotes inusuales.

—¿Brotes?

Adeline se enderezó en el sofá.

—Flores. En esta época del año tendrá tulipanes y narcisos. No sé muy bien sobre las rosas, pero tiene un jardín entero de rosas.

Ertuğrul inclinó la cabeza hacia un lado.

—Son sus favoritas, ¿verdad?

Adeline inhaló suavemente mientras lo miraba con desconfianza.

—Supongo que sí —admitió—. Pero hay tantos colores que sería difícil elegir solo uno como mi favorito. —Se dio cuenta de que la taza de té de Ertuğrul estaba vacía—. ¿Quiere más té?

Ertuğrul miró su taza y se sobresaltó.

—¿Hay más?

—Por supuesto. Elkins trajo una tetera nueva hace un rato —dijo ella mientras dejaba su platillo en la mesa baja frente al sofá y agarraba el de él. Se dirigió hacia donde estaba el servicio de té—. Es un sirviente muy atento.

—¿Le ha preguntado su padre por el museo? Él... me dijo que usted podría...

—Lo hizo, y no me importa en absoluto acompañarle. No he estado desde que abrieron otra sala en el ala más nueva. Todo el museo lleva años en obras —respondió mientras le llenaba la taza y añadía la leche.

—¿En obras? —repitió Ertuğrul con evidente interés—. ¿Qué tipo de obras?

—Lo último —dijo entusiasmada—. Suelos de hormigón, un armazón de hierro fundido relleno de ladrillo rojo londinense y piedra de Portland en la fachada del edificio.

Le dio su té.

—Continúe—la animó.

Adeline se rio entre dientes.

—De verdad, no tiene por qué fingir interés por mí...

—Pero no lo finjo —insistió él—. La construcción del último palacio y de dos universidades ha sido mi... vida... estos últimos años. David puede dar fe de ello, ya que también ha estado muy involucrado.

Adeline volvió a su asiento.

—Bueno, tengo una edad en la que he podido ver la ampliación desde que era muy pequeña. He visto un campo ser reemplazado por filas y filas de gigantescos bloques de piedra de Portland. Alas enteras surgiendo del suelo —dijo maravillada—. Cuando esté terminado, será un edificio cuadrangular con enormes escalones y columnas griegas y un frontón.

—¿Cuánto falta para eso? —preguntó Ertuğrul. Si él hubiera estado al mando, ya estaría hecho. Su padre habría exigido que se terminara en un plazo razonable.

—Unos diez años, creo —respondió Adeline—. Aún debería estar viva para verlo.

Al hijo del sultán se le escapó una leve carcajada.

—¿Ha visto algo de esta nueva construcción realmente terminado? —bromeó.

Adeline agachó la cabeza.

—El ala oeste todavía no, pero una vez pude entrar en el ala este. Hace unos doce años. Habían terminado la Sala del Rey. Tiene cien metros de largo, nueve de ancho y trece de alto —dijo, sin poder ocultar su entusiasmo—. Debido a su enormidad, necesitaba vigas de hierro fundido para sostener el techo —explicó—. Porque tenía demasiado peso debido a la ornamentación.

—Suena bastante impresionante —comentó él—. ¿Por qué solo una vez?

Ella cogió aire para responder e inclinó la cabeza hacia un lado.

—Se abrió para una inspección, pero luego se cerró al público. —Al notar la mirada de confusión de Ertuğrul, dijo—: Se construyó para albergar la biblioteca del rey, pero hay que tener un billete especial para acceder. —Sus ojos se redondearon—. Que seguro que podemos conseguir.

Ertuğrul se enderezó.

—Me interesaría mucho —respondió—. Mencionó un ala nueva.

Ella asintió.

—No tengo ni idea de cuántas exposiciones se han montado ya en ella, pero es tan grande como el ala este.

El joven se bebió el té de golpe y la miró con una sonrisa.

—¿A qué hora debo estar listo para partir? —preguntó.

Ella se rio.

—Nos iremos después del desayuno, que probablemente estará listo a las nueve en el salón donde se sirve el desayuno.

—¿Dónde está ese salón?

Adeline abrió los ojos.

—Oh, todavía no le han enseñado la casa —se percató—. Bueno, está en la planta baja, la puerta que está al lado del comedor. Olerá el beicon antes de…

Cerró la boca, preguntándose si alguien había informado a la cocinera de que su invitado no comía cerdo.

—Aunque no lo comeré, aún puedo disfrutar del aroma —dijo con una sonrisa.

—Estoy segura de que nuestra cocinera tendrá algo más disponible para mañana aparte de un plato de carne —respondió. Su mirada se dirigió al reloj de la chimenea—. Oh, vaya. Es casi medianoche —dijo ella con expresión de sorpresa—. Le pido disculpas por haberle tenido despierto hasta tan tarde.

Él se rio.

—Soy yo quien debe disculparse —replicó—. No pretendía entretenerla tanto.

—No me importa. Podría hablar del museo durante horas, pero creo que ya lo sabe.

Ertuğrul se levantó del sofá y le tendió la mano. Adeline la cogió y le permitió que la ayudara a levantarse antes de colocar su brazo sobre el de él y salir del salón.

—Sobre mañana por la noche… ¿qué debo hacer para reservar unos bailes con usted?

—¿Conmigo?

Adeline respondió sorprendida.

—¿No baila?

Ella inhaló para responder y finalmente dijo:

—Sí bailo, pero solo se nos permiten dos con el mismo caballero.

—¿Puede ser el vals uno de ellos?

Adeline sintió un extraño vuelco en el estómago, que hizo que casi se tropezara en las escaleras.

—Supongo que sí. ¿Podría pedir que su otro vals fuera con lady Rose?

Él se encogió de hombros.

—Bailaré un vals con lady Rose. Eso, en el caso de que le quede algún baile libre.

—Estoy segura de que tendrá hueco para usted —dijo Adeline con gran satisfacción.

CAPÍTULO 13

UNA DUQUESA CONSIENTE A
SU HIJA

*M*ientras tanto, en el salón de Ariley Place
—Has estado muy callada durante la cena —
dijo Helen mientras servía una taza de té y se la entregaba a su
hija.

Rose cogió el plato y lo colocó en la mesita auxiliar junto a la
silla en la que se había dejado caer hacía un momento. Lo que
realmente quería era estar en el comedor con su padre,
disfrutando de una copa de oporto mientras le escuchaba hablar
de la apertura del Parlamento mañana.

No recordaba haberse aburrido tanto como en aquel
momento. Seguro que en el comedor no se aburría tanto.

Al saber que su hermano asistiría al Parlamento, se preguntó
si se le subiría demasiado a la cabeza. La orden, una especie de
citación, simplemente le permitía asistir a la Cámara de los Lores
utilizando títulos de cortesía mientras el duque estuviera vivo.

Conde de Waverley.

Su hermano era conde. Era un título de cortesía, nada más,
pero aun así le convertía en conde.

—No voy a dirigirme a él como «Waverley» cuando estemos
aquí en casa —anunció Rose.

Helen se rio.

—¿Es eso lo que te molesta?

Rose se sobresaltó.

—Supongo —admitió. Se preguntó si su padre habría hablado con su madre sobre la conversación que habían mantenido. Su total atención, aunque solo hubiera sido durante quince minutos, la había tranquilizado y alarmado a la vez. Como duque, podía utilizar su influencia para obligar a algún pobre joven desprevenido a casarse con ella.

Bueno, no un pobre hombre, seguramente, sino alguien que no se atreviera a frustrar el plan de Ariley para su futuro.

—Si te preocupa que tu padre vaya a obligar a un conde pobre a casarse contigo, sé de buena tinta que no es así —anunció Helen.

Rose se enderezó tan rápido en su silla que estuvo a punto de hacerse daño en el cuello. Mirando fijamente a su madre, se esforzó por cerrar la boca.

—¿Habló contigo de ello?

La duquesa encogió el cuello, lo que hizo aparecer una papada durante una fracción de segundo.

—Habla conmigo a menudo, querida. Tiene que hacerlo. Insiste en compartir alcoba —contestó ella con un suspiro—. Mencionó antes de la cena que estaba tentado de usar su influencia para empujar a cierto joven en tu dirección, pero le informé que era mejor que no hiciera tal cosa.

—¿Ah, sí? —dijo Rose, preguntándose quién era el joven que tenía en mente.

—A veces te empujan de vuelta, y los resultados no son los que esperas.

Sin estar segura de si sintió alivio o decepción al oír esto último, Rose dio un sorbo de té.

—Debes decidir, Rose —dijo su madre—. Debes tomar una decisión sobre con quién deseas casarte…

—¿Con quién?

—…y luego debes perseguirlo hasta que no te deje escapar.

Rose parpadeó, sin saber si la duquesa era consciente de lo que había dicho.

—¿Debo perseguirlo hasta que no me deje escapar? —preguntó confundida.

Una sonrisa beatífica apareció en el rostro de Helen.

—Sí. Exacto.

Rose frunció sus cejas rubias y sacudió la cabeza.

—Lo dices como si creyeras que va a funcionar —murmuró.

—Sé que funcionará. —Ante la expresión interrogante de su hija, Helen añadió—: Porque a mí me funcionó.

Rose parpadeó de nuevo, esta vez sacudiendo rápidamente la cabeza.

—¿Con papá?

—Efectivamente.

Rose resopló y dijo:

—Padre te deseaba desde que erais mucho más jóvenes. No tenías que perseguirle.

Helen se puso seria.

—¿Te dijo eso?

Rose asintió:

—Justo antes de cenar. ¿Te has dado cuenta de que últimamente pasa mucho tiempo sumido en sus pensamientos?

Su madre inhaló suavemente, y su buen humor pareció disiparse.

—Sus hijos le recuerdan situaciones de su juventud —dijo, y su comentario sonó como una acusación.

—William y yo ya no somos niños…

—Y, sin embargo, os comportáis como niños con demasiada frecuencia—acusó Helen—. Esta tarde ha sido un ejemplo perfecto.

El recuerdo de una almohada dorada volando por los aires pasó por su mente.

—Lo siento —respondió Rose, agachando la cabeza—. No me

importó la forma en que William y tú hablabais de mí aunque estuviera sentada tan cerca que podía oíros —añadió en un resoplido.

—Está preocupado por ti, eso es todo —dijo Helen en voz baja.

—¿Por qué? Debería estar preocupado por sí mismo. Mañana se va al Parlamento. No está cortejando a nadie.

—No, pero tiene la lista —afirmó Helen.

—¿La lista? —repitió Rose—. ¿Qué lista?

Su madre puso los ojos en blanco.

—La lista de las jóvenes elegibles que son hijas de la aristocracia y que aún no se han prometido y viven aquí en Londres y tienen entre dieciocho y veinticuatro años.

Rose se quedó mirando a su madre un momento, repitiendo los requisitos en su cabeza.

—Eso es demasiado específico —replicó.

—Ah, sí. Pero reduce la lista a un tamaño manejable. Solo le queda la temporada para decidir. Una vez que elija, podemos organizar un matrimonio para el otoño o el invierno.

Haciendo un gesto de dolor, Rose se dio cuenta de que su madre había trasladado sus planes de matrimonio de ella a su hermano.

—Espero que su joven dama esté de acuerdo con esos planes.

—Bueno, ¿por qué no debería de estarlo? Quienquiera que él elija será duquesa algún día —anunció Helen alegremente.

De repente, Rose sintió mucha lástima por la que su hermano eligiera como esposa. ¿Y si la pobre muchacha (no pobre en el sentido de riqueza, sino más bien pobre de espíritu) no deseaba ser duquesa?

—No todas las jóvenes quieren llevar una corona, madre —dijo suspirando.

Helen la miró como si le hubiera crecido una segunda cabeza.

—Lo hacen si han sido bien educadas —rebatió.

A pesar de que su madre le brindaba la oportunidad perfecta

para declarar que no deseaba ser la esposa de un duque, Rose se limitó a mirar a la duquesa con expresión melancólica.

—Empiezo a entender por qué Adeline quiere quedarse soltera.

Por la forma en que su madre reaccionó a esa palabra en particular, Rose pensó que lo que había salido de su boca era más bien una maldición.

—¿No quieres ser duquesa? —preguntó Helen alarmada.

Rose se encogió de hombros.

—No es como si hubiera un duque en busca de esposa, madre, así que lo que quiero no tiene importancia.

Helen inhaló bruscamente.

—Pero hay herederos de duques que aún no se han casado. El hijo de Huntington, Tiberio, por ejemplo.

—Nació el mismo año que yo —afirmó Rose—. Será como su padre y se casará cuando tenga treinta años.

Helen arrugó el rostro en señal de concentración.

—Michael Statton —anunció de repente—. El heredero de Somerset. El hermano mayor ha perdido su lugar en la línea sucesoria por intentar envenenar a su padre, y ahora Michael es el heredero.

Rose se quedó mirando a su madre. Nunca había conocido a ese hombre, y estaba bastante segura de que su madre tampoco. Vivía en la finca ducal de Wiltshire, sus viajes a Londres para visitar a su hermana, Victoria, y al marido de esta, Thomas Grandby, se mencionaban en *The Tattler* cuando él ya se había marchado de la ciudad.

Antes de que su madre pudiera sugerirle algún marqués, terminó su té y dijo:

—Ya veremos cómo va el baile, madre. Seguro que cualquier caballero que desee cortejarme hará acto de presencia.

Helen asintió con el ceño fruncido.

—Me aseguraré de invitar a tu baile a esos dos herederos, así como al marqués de Billingsley —dijo, levantándose del sofá. Se marchó del salón, como si tuviera intención de escribir las invitaciones inmediatamente.

—Una semana —dijo Rose en voz alta, refiriéndose al tiempo que pasaría antes de que la mayor parte de la aristocracia acudiera a Ariley Place para el baile de sus padres.

El baile que organizaban en su honor.

«Nada como anunciar al mundo que estás desesperada por librarte de tu hija», pensó mientras se levantaba con dificultad de la silla tapizada.

Sacudiéndose las faldas, Rose cogió su muleta y estaba a punto de abandonar el salón cuando el mayordomo apareció en el umbral portando una bandeja de plata.

—¿Qué ocurre, Jarvis? —preguntó.

—Un lacayo de Bostwick House me ha entregado una misiva hace un momento. Es para usted. —Miró a su alrededor—. Se la ofrecí a su padre primero, pero dijo que no era necesario que la leyera ya que es de la señorita Adeline.

Al saber que Adeline había estado pensando en ella, Rose cogió la nota.

—Gracias, Jarvis.

Se acercó cojeando de vuelta a su silla y desdobló la nota.

> *Mi querida Rose,*
>
> *Sé que hablamos de tomar el té mañana, pero acabo de enterarme de que pasaré la mayor parte del día en compañía de nuestro nuevo invitado en el Museo Británico.*
>
> *Sé que el museo no es tu lugar favorito, pero si no tienes otros planes y te gustaría conocer a un príncipe del Imperio Otomano antes del baile de los Weatherstone, un joven bastante apuesto (aunque tenga el pelo un poco largo), ¿quizá podrías venir también al museo?*
>
> *Ertuğrul está pasando la temporada en Londres, ¡y me he enterado de que está buscando una esposa inglesa! Oh, Rose, ¿pero quién mejor que tú para convertirte en la futura reina de un sultán? Me ha asegurado que bailará un vals contigo.*

*Espero verte antes del baile. Si no, te encontraré en nuestro lugar
habitual con las palmeras.*

Atentamente,

Adeline

Rose releyó la misiva antes de enderezarse en la silla.

¿El heredero de un sultán? Recordó que su padre había
mencionado la llegada de aquel hombre y resopló. ¿Por qué
pensaría su mejor amiga que estaba interesada en casarse con el
hijo de un sultán?

Sonrió mientras volvía a doblar la nota, decidiendo que al
menos podría conocer al hombre. Le daría más caché haber
conversado con él antes de que se cruzaran en el baile. De su
misiva se desprendía que Adeline ya lo había invitado a bailar con
ella, lo que suponía que el hombre sabía bailar.

Se estremeció al pensar que tendría que llevar su silla de
ruedas al museo. Su pierna no la sostendría durante el baile si
caminaba durante la visita al museo.

A punto de escribir una nota para comunicar a Adeline que no
iría con ella, Rose lo reconsideró. Dado que su hermano y su
padre iban a estar en la Cámara de los Lores todo el día, tal vez
fuera conveniente ir al museo.

Aunque no le interesara mirar todos los cachivaches
perfectamente ordenados con sus preciosas tarjetas en las que se
detallaba su origen y año de creación, Rose podría admirar las
estatuas griegas de hombres desnudos.

Si la sociedad esperaba que se casara, bien podía aprender lo
que debía.

CAPÍTULO 14

EL DESAYUNO PUEDE SER UNA EXPERIENCIA DE APRENDIZAJE

a la mañana siguiente

Mientras avanzaba por el pasillo del segundo piso tras salir de su alcoba, Adeline aminoró el paso al sentir a alguien cerca.

La sensación era la misma que la noche anterior, cuando había descubierto a Ertuğrul admirando la estatua que se alzaba en lo alto de la escalera.

Fingiendo preocupación, posó la mirada en la alfombra de Aubusson que tenía delante y continuó caminando lentamente. Como esperaba, Ertuğrul estaba de pie frente a la estatua, con la atención puesta en uno de los brazos de Afrodita.

—Buenos días —dijo ella, deteniéndose bruscamente. Hizo una rápida reverencia.

Ertuğrul respondió a su reverencia con otra, aunque parecía como si le hubieran pillado robando una galleta en la cocina.

—Buenos días —respondió él. Cuando se enderezó, sus ojos volvieron a posarse en la estatua—. Me ha vuelto a pillar contemplando a esta dama encantadora. He visto unas cuantas versiones de ella, pero nunca esta.

—No le puedo culpar —remarcó Adeline—. Es una diosa

Perfecta en su forma de mujer —añadió mientras echaba un rápido vistazo al mármol—. Si no, ¿por qué hay tantos escultores que emplean sus habilidades para representarla en poses tan seductoras?

Ertuğrul parpadeó, sin saber cómo responder.

—Era una pregunta retórica. ¿Iba a bajar a desayunar? —preguntó Adeline.

Una inconfundible expresión de alivio cruzó el rostro de Ertuğrul.

—Ah, sí. Temía haber bajado demasiado temprano —dijo él.

—Para nada. Seguro que David está ya abajo. La joven olfateó el aire, detectando un leve rastro de beicon frito. Un fugaz recordatorio de que los musulmanes no comían cerdo le hizo esperar que hubiera otras opciones disponibles en el bufé del desayuno.

—¿Sigue queriendo acompañarme hoy a visitar el Museo Británico? —le preguntó mientras se volvía hacia las escaleras. Le ofreció su brazo y Adeline le sonrió mientras entrelazaba el suyo con el de él—. Eso si no le preocupan demasiado los caballos encabritados.

Adeline enarcó una ceja.

—¿Caballos encabritados? —repitió ella.

Ertuğrul parpadeó.

—¿Tal vez escuché mal a su padre? Dijo que ni los caballos encabritados podían impedir que acudiera a museo. Supuse que eso significaba que podríamos encontrar algunos en nuestro viaje hasta allí.

Levantando una mano para taparse la boca, Adeline se esforzó por no reírse del hijo del sultán.

—Es... es simplemente una expresión que uno utiliza para indicar que no se le puede disuadir de hacer algo que desea hacer —explicó—. Así que, sí, todavía tengo la intención de acompañarle hoy. Si no le importa.

—Por supuesto que no. Me gustaría tener un guía, ya que hace muchos años que no voy —explicó él—. ¿Es cierto que se ha duplicado el número de objetos expuestos?

Comenzaron a bajar las escaleras mientras Adeline se reía.

—Más que eso. Además de la planta de un ala entera que está dedicada a la colección del rey, la que le mencioné que no suele estar abierta al público, hay exposiciones en el ala nueva.

Ertuğrul frunció el ceño.

—¿Nos dejarán ver la colección del rey? —preguntó.

Adeline le sonrió.

—No tema. Uno de los empleados es amigo mío, y si está allí, nos dejarán entrar.

El comentario le hizo fruncir aún más el ceño.

—¿Empleado?

Adeline inhaló suavemente.

—Oh, el señor Wellingham es un... ¿un conservador, creo que es la palabra? Se encarga de catalogar los artefactos de la Antigua Grecia cuando llegan al museo.

—¿Wellingham? —repitió Ertuğrul, obviamente reconociendo el nombre—. ¿Estudió en Cambridge, por casualidad?

—Por supuesto que sí. Su nombre de pila es Gabriel. En realidad responde al nombre de Gabe. —Adeline abrió los ojos—. ¿Fueron compañeros de clase?

Ertuğrul negó con la cabeza.

—El nombre me resulta familiar, pero no puedo estar seguro.

—Es hijo del conde de Trenton —dijo Adeline, pensando que eso podría ayudarle a recordar—. Aunque no es el heredero.

Por un momento, pensó que en el Imperio Otomano, Gabe bien podría haber sido el heredero, aunque fuera ilegítimo. Si los hijos de un sultán nacían de concubinas, entonces todos eran ilegítimos.

—Estoy deseando conocerlo —dijo Ertuğrul al detenerse en el umbral de la sala de desayunos. George ya estaba sentado con un desayuno completo ante él, su atención estaba puesta en la edición de esa mañana de *The Times*. David estaba en el aparador sirviéndose huevos en un plato.

—Ah, nos has encontrado —comentó George mientras alzaba la vista y bajaba el periódico.

—Tuve la ayuda de un guía —respondió Ertuğrul asintiendo con la cabeza—. Le agradezco que haya dispuesto sus servicios para mi excursión de hoy al museo.

—Adeline no le guiará mal —dijo George—. El carruaje llegará en cualquier momento —añadió.

—Iré con vosotros dos de camino a la sastrería —dijo David mientras dejaba su plato bien lleno sobre la mesa y tomaba asiento—. Cogeré un carruaje Hansom para volver aquí.

Adeline le entregó un plato a Ertuğrul y le indicó que se sirviera él mismo.

—Un lacayo se ocupará de servile la bebida. Dígale lo que le gustaría beber. Café, té, chocolate…

Su invitado miró la hilera de platos cubiertos.

—Usted primero —la animó.

Riéndose, Adeline dijo:

—Está bien, pero usted es nuestro invitado.

—Quiero ver cómo se hace —susurró él mientras se inclinaba más hacia ella.

El aroma a especias y cuero se deslizó por la nariz de Adeline, sustituyendo momentáneamente al olor ahumado del tocino. Inhaló y sonrió.

—Por supuesto.

Seleccionó algunas cosas y se aseguró de no tapar el plato de faisán glaseado. Nunca recordaba que en Bostwick se sirviera faisán para desayunar, así que sabía que su madre debía de haberle dicho algo a la cocinera sobre las restricciones dietéticas de su invitado. Su padre la habría informado de los detalles.

—El faisán es mi favorito —dijo ella en voz baja.

Ertuğrul se sirvió una pechuga y volvió a coger el plato.

—¿Cazan faisanes las damas aquí en Inglaterra? —preguntó él.

—Estoy segura de que hay algunas que sí —respondió ella—. Pero no creo que lo hagan con una escopeta de caza. Son demasiado largas y difíciles de manejar.

—Entonces... ¿Con arco y una flecha?

Destapó el plato que contenía alubias cocidas y lo miró un momento antes de servirse un poco en el plato.

Adeline asintió.

—Sí. Verá que a la mayoría de mujeres les gusta el tiro con arco, aunque a algunas probablemente no se les debería permitir practicar este deporte. —Soltó una risita—. Una de mis amigas es incapaz de apuntar bien con la flecha. El año pasado estuvo a punto de disparar a un lacayo. —Su atención se dirigió hacia donde la mano del invitado estaba a punto de levantar la siguiente tapa, y se fijó en un anillo de plata grabado en la base de su pulgar—. ¿Es un anillo para el arco?

—Lo es —reconoció él, aparentemente sorprendido de que ella conociera su uso—. Un regalo, de mi padre.

—Había oído hablar de ellos, pero nunca había visto uno. Es precioso —murmuró Adeline, acercándose para intentar ver los detalles—. ¿Qué es ese diseño?

—Nuestra tugra —respondió él, levantando la mano para que ella pudiera examinar el anillo más de cerca—. Una especie de... firma.

—¿Como un monograma? —Él se quedó pensando en la palabra durante un momento, antes de que Adeline señalara las iniciales bordadas en el borde de la tela que yacía bajo los platos —. ¿Como esto?

—En efecto —dijo él—. No puedo evitar fijarme en que usted también lleva un anillo. ¿De un admirador, tal vez?

Adeline sonrió complacida mientras se dirigía a la mesa.

—Podría decirse que sí —murmuró. Al ver su expresión de extrañeza, añadió—: Me lo regaló mi padre por mi cumpleaños el año pasado.

Al oír que formaba parte de su conversación, George arqueó una ceja.

—Me temo que todos los joyeros de Londres me conocen tan bien que ya hasta me tutean —dijo con una sonrisa.

—Pero ninguno nos quejamos —anunció Elizabeth al entrar en el salón para el desayuno. Aunque normalmente llevaba el pelo recogido en un elaborado peinado, esa mañana sus mechones caoba estaban sujetos con una cinta a un lado, debajo de la oreja. El cabello ondulado caía como una cascada de rizos por delante de su hombro.

Tanto David como George se pusieron inmediatamente en pie y se inclinaron, pero fue Ertuğrul quien sacó una silla para que se sentara la vizcondesa.

—Buenos días, mi amor —dijo George mientras se inclinaba y la besaba en la mejilla.

—Buenos días, madre —dijeron al unísono Adeline y David.

—Buenos días, milady —dijo Ertuğrul mientras empujaba su silla desde atrás.

—¿Quieres que te sirva un plato? —preguntó George.

Elizabeth sonrió encantada.

—Sí, por favor, cariño. Estoy hambrienta —contestó, batiendo las pestañas mientras sonreía.

Si alguien tenía su atención puesta en George, no le pasó desapercibido el creciente color en el rostro del vizconde. Ertuğrul sin duda lo notó, pero rápidamente desvió la mirada hacia su comida, recordando cómo se comportaba su padre con la sultana Charlotte.

—¿Cómo has dormido, Ertuğrul? —preguntó Elizabeth., antes de dar un sorbo a la taza de chocolate que un lacayo le había puesto delante.

—Muy bien, milady. La cama es muy cómoda.

Con una sonrisa más amplia, Elizabeth miró al hijo del sultán un momento antes de decir:

—Debo admitir que es una alegría tener a otro varón a la

mesa. He echado de menos a mi hijo menor desde que se fue a estudiar.

Ertuğrul se volvió hacia David.

—¿Tienes un hermano pequeño? —preguntó sorprendido.

David se puso colorado y su padre y su madre lo miraron con incredulidad, mientras Adeline se llevaba una mano a la boca y se reía.

David se enderezó en su silla.

—Te he hablado de Daniel en varias ocasiones —afirmó indignado.

Ertuğrul sonrió, aparentemente muy consciente de que había un chico Bennett-Jones más joven.

Elkins apareció en la puerta y carraspeó.

—¿Sí? —dijo Elizabeth cuando George le puso delante un plato lleno triangulitos de pan tostado y huevos cocidos.

—El carruaje ha salido de las caballerizas y debería estar frente a la casa en unos minutos, milady.

Cuando Ertuğrul parecía a punto de levantarse de la mesa, David alzó una mano.

—El carruaje nos esperará —dijo—. Tómate tu tiempo con el desayuno.

—Habla por ti —dijo Adeline—. Ertuğrul y yo estamos ansiosos por llegar al museo. —Miró al şehzade—. ¿Verdad que sí?

Habiendo terminado la mayor parte de lo que había en su plato, Ertuğrul asintió.

—Lo estoy —asintió.

David puso los ojos en blanco.

—Addy —la regañó.

Ella sonrió.

—Tengo que subir corriendo a por un sombrero y un chal, pero gracias a que madre ha permitido que su doncella me atendiera primero esta mañana, no hace falta que esperemos a que me peinen.

Elizabeth dio un sorbo a su chocolate antes de dirigir una mirada coqueta a su esposo.

—Estoy a punto de permitirte tenerla todo el tiempo —dijo con voz burlona—. Últimamente apenas la necesito.

George levantó la vista del periódico.

—Tonterías, cariño. Alguien tiene que volver a coserte todos esos botones del corsé —dijo con cara seria, volviendo a centrar su atención en un artículo de *The Times*—. La punta de mi espada de esgrima estaba un poco más afilada de lo que pensaba.

David parpadeó mientras Adeline ponía los ojos en blanco, como si hubiera oído el mismo comentario en otras ocasiones. La mirada de alarma de Ertuğrul se dirigió a David.

—Seguro que anoche estaban jugando a los piratas —susurró David—. Parece que nada ha cambiado por aquí.

—Bandoleros —murmuró George, con la mirada aún fija en el periódico.

—¿Bandoleros? —repitió David en un susurro.

—Detuve su carruaje… la cama… y robé todas sus joyas. Y su ropa, por supuesto.

Anonadado, David miró fijamente a su padre.

—No me mires así. Fue idea suya —murmuró George—. Y muy buena. Ahora tengo joyas que puedo regalarle todos los días de la semana que viene.

David puso los ojos en blanco, sintiendo que el calor invadía su rostro mientras miraba el resto de su desayuno.

Inclinándose para estar más cerca de David, Ertuğrul dijo:

—Mi padre finge ser un sarraceno con la sultana Charlotte. Nunca la he oído quejarse.

David miró fijamente a Ertuğrul.

—¿Cómo sabes eso? —preguntó asombrado.

La mirada de Ertuğrul se desvió hacia George, que tenía una sonrisa en la cara a pesar de su aparente atención en el periódico.

—Creo que están orgullosos de sus proezas y solo necesitan a alguien con quien compartir las noticias de sus conquistas. —

Cuando David le dirigió una mirada de reproche, Ertuğrul añadió —: Haríamos bien en aprender de ellos. Para asegurarnos de que nuestras esposas no quieran acostarse con otro.

Elizabeth miró a Adeline, que hacía todo lo posible por mantener la cara seria y los ojos en su plato.

—Es mejor que aprendan estas cosas antes de casarse —susurró su madre—. De lo contrario, las lecciones pueden salir muy caras.

Los ojos de Adeline se abrieron de par en par.

—¿Hizo padre algo que costara caro? —dijo en un ronco susurro.

—¡No! —respondió Elizabeth—. Por supuesto que no. Me refería a otros. Tu padre es el modelo de esposo perfecto. Siempre lo ha sido. —Su mirada se desvió hacia George, que levantó los ojos de su periódico para mirarla con expresión de desconcierto —. ¿Qué pasa, cariño? —preguntó ella.

—Siempre que te veo así... —Señaló su peinado—. Simplemente me acuerdo de nuestra primera noche juntos —dijo en voz baja.

Elizabeth inhaló suavemente.

—Oh —respondió ella, como sin aliento. Tragó saliva visiblemente—. Bueno, ya va siendo hora de que os vayáis los tres, ¿no creéis? —dijo mientras volvía la mirada hacia los jóvenes—. El museo abrirá en cualquier momento, y tu sastre no va a esperarte todo el día —añadió con tono de regañina.

—Sí, madre —respondió Adeline levantándose de la mesa. Los jóvenes la imitaron de inmediato, haciendo una reverencia antes de abandonar el salón.

George rio suavemente mientras dejaba el periódico sobre la mesa.

—Creo que les hemos dado un susto a los tres —susurró mientras tomaba una de las manos de ella entre las suyas y le besaba la palma.

—¿No querrás decir mejor, educarlos? —replicó ella, arqueando una de sus cejas de forma sugerente.

—Siempre y cuando no descubramos a un sarraceno en la cama de nuestra hija —replicó él con una mueca de dolor.

Elizabeth parpadeó.

—¿Qué habría de malo en ello? —preguntó con voz burlona.

—Basta de charlas lascivas, ramera —la acusó George mientras se levantaba de la mesa, tirando de ella para que se levantara también—. Voy a arrebatarte tu virtud en la biblioteca —añadió antes de que sus labios reclamasen el cuello desnudo de su esposa.

—¡Oh! —respondió ella encantada mientras salían a toda prisa de la sala de desayunos y subían corriendo las escaleras.

Ninguno de los dos se percató cuando Adeline, David y Ertuğrul se marcharon de Bostwick House.

CAPÍTULO 15
UNA TARDE EN EL MUSEO

Una hora más tarde
Cuando el carruaje de la residencia Bostwick se detuvo en la calle Great Russell, Ertuğrul se quedó mirando por la ventanilla.

—¿De verdad sigue siendo este el mayor proyecto de construcción de toda Europa? —preguntó asombrado.

—Eso es lo que dicen —respondió Adeline—. Aunque estoy segura de que es insignificante comparado con sus proyectos recientes —añadió. Hacía media hora que habían dejado a David en la tienda de Jeffrey Garth, en la calle New Bond, y habían estado disfrutando de una conversación sobre la participación de los jóvenes en la construcción del nuevo palacio de Constantinopla y de las dos únicas universidades del imperio.

Aunque se había hecho una idea del papel de David por las cartas que de vez en cuando enviaba a su padre, Adeline no se había dado cuenta de la magnitud de los proyectos que Ertuğrul tenía a su cargo hasta aquella mañana. Pensó que si hubiera supervisado la ampliación del museo y hubiera tenido a su disposición la mano de obra que había construido el palacio otomano más reciente, el museo estaría terminado desde hacía mucho tiempo.

—Estas alas adicionales llevan en construcción desde el año después de mi nacimiento —se quejó ella. Cuando la expresión de Ertuğrul indicó que ignoraba cuánto tiempo podía ser eso, ella dijo—: Para mí, veintiún años. El ala este se terminó hace unos doce años, pero llevó algún tiempo trasladar todos los artefactos de la biblioteca del rey Jorge IV.

—¿Ese es el ala que quizá no esté abierta para nosotros? —preguntó él mientras se detenían frente a la casa Montague—. Estaba terminada la última vez que estuve aquí, pero... —Negó con la cabeza—. Todo es tan diferente con esta nueva ala.

—El ala oeste —convino ella—. Está quedando muy bien.

De pronto Ertuğrul soltó un grito ahogado, lo que hizo que Adeline siguiera su mirada para ver qué lo había alarmado.

—Oh, están preparando la demolición del museo original para el año que viene —explicó—. Para hacer sitio a un nuevo edificio y a un pórtico con columnas que ha diseñado el señor Smirke. Me han dicho que hará que el museo parezca un templo griego. Seguro que dentro hay un dibujo de los planos, por si le interesa.

El joven sonrió.

—Oh, me interesa —murmuró.

El carruaje aminoró la marcha al cruzar los adoquines que llenaban lo que se había convertido en un patio y se detuvo ante las escaleras de la entrada principal.

—¿Hay algún tipo de iluminación actualmente? —preguntó Ertuğrul—. Por lo que recuerdo, dentro estaba bastante oscuro. —Se bajó del coche y se dio la vuelta para ayudar a Adeline—. Las galerías estaban iluminadas por la luz que entraba por las ventanas.

—No hay iluminación de gas, y todavía no hay candelabros de velas —respondió ella—. Temen los daños que causaría un incendio, como ve, así que es bueno que nos haya tocado un día soleado.

Con una rápida mirada hacia arriba se podían observar los cielos despejados, y el aire primaveral ya había comenzado a calentarse.

—Lord Weatherstone estará encantado con este buen tiempo. Tengo entendido que no hay que perderse sus jardines —comentó Ertuğrul mientras se dirigían a la entrada.

Adeline se preguntó cómo se había enterado el hijo del sultán de los jardines de Weatherstone y llegó a la conclusión de que David debía de habérselo dicho. Tal vez su hermano había hecho recomendaciones sobre las plantaciones del nuevo palacio basándose en lo que sabía de los jardines traseros de lord Weatherstone.

—Son bastante extraordinarios —convino ella.

—¿Están iluminados por la noche?

Ella inhaló suavemente.

—El señor suele tener farolillos japoneses colgados en la mayor parte de ellos —respondió—. Pero hay zonas que permanecen sin iluminar.

Cuando Ertuğrul se dio cuenta de que el rostro de la joven estaba ruborizado, soltó una risita.

—Parece que a propósito.

—Para las parejas. Como mis padres —murmuró ella antes echar un vistazo a su alrededor—. ¿Por dónde le gustaría empezar?

Él la miró un momento con expresión extraña.

—¿Primero las exposiciones más antiguas? ¿Para ir avanzando en el tiempo?

—Egipto —dijo ella con una sonrisa—. Admito que me fascinan las historias de las civilizaciones antiguas.

Se dirigieron rápidamente a la Sala Egipcia y los dos se maravillaron ante los objetos antiguos, como un sarcófago, un gran jarrón y la escultura de mármol de una esfinge. De pie ante una estatua de Cleopatra, Adeline intentó imitar la expresión de la reina y soltó una risita cuando Ertuğrul hizo lo mismo junto a un busto de Julio César.

Ambos se pusieron serios ante el mármol de Alejandro Magno.

—Es increíble que fuera capaz de lograr tanto, y solo vivió hasta los treinta y tres años —comentó Adeline—. ¿Cuántos años tiene usted? —preguntó, apartando la mirada del busto para estudiar la tez aceitunada de Ertuğrul.

—El primer día de primavera cumplí veintitrés años —respondió él.

Adeline parpadeó.

—¿Solo? —preguntó alarmada.

Él se volvió para mirarla con expresión de incertidumbre.

—¿Cree que parezco mayor?

La joven volvió a parpadear y negó con la cabeza.

—No. Perdóneme. No es eso —respondió—. Son todas las cosas que ha conseguido —dijo asombrada—. Todas las responsabilidades que ha tenido. A una edad tan temprana.

—Probablemente por eso me siento viejo —dijo él con una sonrisa.

Ella le dedicó una ligera sonrisa mientras se ajustaba el chal.

—Admito que me sorprendió un poco que viniera a Inglaterra de vacaciones. De todos los países del mundo, ¿por qué elegiría el nuestro?

—Puede que la sultana Charlotte haya tenido algo que ver —dijo él, deteniéndose en la entrada de la sala que contenía la Colección Townley—. Mi padre ha cambiado gracias a ella.

Adeline notó la forma en que hizo el comentario, como si se alegrara de la llegada de Charlotte y de su posterior posición dentro del imperio.

—¿No le molestó que una mujer inglesa le cambiara la vida? —preguntó. Tenía curiosidad por saber qué pensarían los demás de la presencia de Charlotte. Qué habrían pensado cuando el sultán Ziyaeddin I convirtió a la duquesa viuda en su esposa. No hacía mucho que se conocían y, sin embargo, parecían tremendamente felices juntos.

—En absoluto —dijo Ertuğrul. —Sobre todo cuando ella... abogó, creo que es la palabra, por mí. Aunque yo no esperaba ni le pedí tal consideración.

Adeline rio suavemente.

—Es una madre muy parecida a la mía. Ferozmente protectora. Decidida a que la justicia prevalezca sobre la fuerza.

—Pero ella no era mi madre —comentó Ertuğrul. Al ver la ceja arqueada de Adeline, añadió—: Bueno, al menos no en aquel momento.

—Es su madrastra, que para ella es lo mismo. —Se movieron hasta la siguiente sala—. Entonces... sigo teniendo curiosidad. ¿Por qué decidió realmente venir a Londres? ¿Realmente está aquí para encontrar una esposa?

Él se encogió de hombros.

—Lo estaba pensando —admitió.

—¿Cree que tomar una esposa inglesa le cambiará como le pasó a su padre?

Ertuğrul agachó la cabeza.

—No quiero que me cambien tanto, al igual que no deseo ser lo que mi padre había llegado a ser antes de la llegada de Charlotte. —Hizo un gesto de dolor, como si hubiera tenido problemas con las palabras en inglés—. ¿Tiene sentido lo que he dicho?

Adeline inclinó la cabeza hacia un lado.

—Creo que lo entiendo —respondió—. Al igual que un rey, la responsabilidad debe pesar mucho sobre él. Compartirla con una reina capaz, una sultana, solo puede ayudar.

—En efecto —dijo él. Iba a decir algo más, pero una joven corría en su dirección. O más bien, el lacayo que empujaba su silla de ruedas lo hacía, al parecer por insistencia de ella.

—Rose —susurró Adeline sorprendida. Al no haber recibido respuesta a la nota que había enviado a Ariley Place la noche anterior, Adeline había olvidado que su amiga podría presentarse en el museo.

—Ahí estás —dijo Rose mientras le hacía señas al lacayo para que redujera la velocidad. Cuando la silla se detuvo, agarró el brazo del criado y se puso de pie como si lo hiciera desde un sofá —. Addy —dijo mientras se acercaba—. Me siento como si hubiera estado rodando por los anales del tiempo buscándote.

—Sin duda —dijo Adeline mientras abrazaba a su amiga—. Me alegro de que hayas decidido venir para que yo pueda ser la primera en presentarte a nuestro invitado. —Se volvió hacia Ertuğrul—. Emir Ertuğrul Effendi, ¿puedo tener el honor de presentarle a mi muy buena amiga, lady Rose Burroughs?

Ertuğrul se inclinó inmediatamente. Le tomó la mano y rozó con los labios el dorso de los nudillos enguantados de blanco de Rose.

—Milady. Es un honor conocerla —dijo mientras se enderezaba.

Rose miró al hijo del sultán un momento antes de decir:

—Lo mismo digo, excelencia. Supongo que usted es la razón por la que el señor Bennett-Jones ha estado fuera tanto tiempo. Tres años, dos meses y diez días, ¿no es así? —preguntó con expresión agradable.

Vacilando un momento, como si le costara traducir sus palabras, Ertuğrul dijo:

—Me temo que no puedo asumir la culpa de su primer año fuera de Londres —respondió—. Pero durante los dos últimos fue de un valor incalculable para el imperio. Le pido disculpas si su ausencia le resultó problemática.

Rose abrió los ojos de par en par y negó rápidamente con la cabeza.

—Oh, me malinterpreta, señor. Solo le estaba tomando el pelo —dijo mientras mostraba una brillante sonrisa y agitaba una mano que se terminó posando en el brazo de él.

Adeline observó la interacción, sorprendida de que su amiga

intentara burlarse de un dignatario visitante. ¿En qué estaría pensando? ¿O estaba coqueteando?

—Ertuğrul ha venido a pasar la temporada y, por supuesto, asistirá al baile de los Weatherstone esta noche —comentó Adeline con ligereza, esperando que Ertuğrul no se sintiera ofendido.

Impresionada por esta noticia, Rose dijo:

—Qué bien que acepte su invitación, como espero que acepte la invitación para asistir a mi baile la semana que viene. A veces nunca hay suficientes hombres solteros en estos entretenimientos, pero he oído que el de esta noche estará bien concurrido.

Ertuğrul captó la insinuación de que debía asegurarse un baile por adelantado y preguntó:

—Si su tarjeta de baile aún no está llena, ¿podría solicitar el primer vals de la noche?

Extendió el brazo para indicarles que debían continuar su visita al museo.

Rose parpadeó, su mirada se desvió hacia Adeline por un momento.

—Pues sí. Sí, por supuesto, señor. Será un honor. ¿Me permitirá presentarle a mi padre, el duque de Ariley, esta noche?

Ella apoyó su brazo en el de él y le permitió que la condujera hasta la primera estatua.

Ertuğrul se encogió de hombros.

—Sí, claro. ¿Debo entender que también tiene un hermano? ¿Y una madre?

Su mirada ya no estaba fija en la hija del duque, sino en el mármol, Discóbolo.

Adeline se esforzó por mantener una cara seria mientras Rose continuaba estudiando al hijo del sultán, aparentemente en un intento de evitar mirar la estatua de un hombre desnudo lanzando un disco.

—Pues sí. William se incorpora hoy mismo al Parlamento

como conde de Waverley —dijo ella fingiendo orgullo mientras arqueaba una ceja en dirección a Adeline—. Y mi madre estará allí, por supuesto.

—Entonces también la invitaré a bailar —dijo Ertuğrul mientras los acercaba a la estatua de la Venus de Townley.

Rose sonrió encantada.

—¿Se lo debo decir cuando vuelva a casa? ¿O prefiere que sea sorpresa?

Por su actitud ansiosa, parecía que le iba a costar guardar la noticia en secreto a la duquesa.

Ertuğrul se giró para mirarla con expresión de preocupación.

—No deseo ofenderla, así que... lo que usted crea mejor.

—¡Oh! —respondió Rose alegremente. De repente se puso seria—. ¿Y qué hay del baile de la cena? Querrá asegurarse una pareja para el segundo vals.

Adeline inhaló suavemente, sorprendida de que su amiga fuera tan atrevida. ¿Esperaba Rose que el hijo del sultán la invitara a los dos valses? Tuvo que reprimir un ramalazo de fastidio que sintió de repente.

Cuando Ertuğrul se volvió hacia ella, Adeline esperaba que le preguntara qué sería lo más apropiado. En lugar de eso, dijo:

—Ya tengo pareja para el baile de la cena, pero... sé de alguien que querrá ocupar esa línea de su tarjeta —añadió mientras volvía a dirigir su mirada a Rose.

—¿De veras? —preguntó ella, con sus ojos azules llenos de curiosidad.

—Sí, claro. Espero que la busque a primera hora de la tarde para darle a conocer sus intenciones.

Rose intercambió una rápida mirada con Adeline.

—Ah, bueno, no puedo imaginar quién podría ser —dijo mientras sus mejillas se coloreaban con un tono rosado.

Incapaz de ocultar su repentina diversión, ¿quién más podría ser sino su hermano, David?, Adeline se llevó una mano enguantada a los labios.

—Pero claro que puedes, Rose —dijo, preguntándose brevemente por qué su hermano querría bailar con Rose.

Su buen humor decayó cuando se dio cuenta de que Ertuğrul miraba fijamente a la estatua de Venus. Su mirada pensativa era muy parecida a la que tenía cuando estudiaba la estatua de la versión griega de la diosa en el segundo piso de la residencia Bostwick.

Una extraña sensación le recorrió el vientre, y Adeline agarró con más fuerza su chal en un esfuerzo por ocultar lo que estaba segura que sería evidente para cualquiera que pudiera estar observándola.

Por un momento se preguntó por qué sentiría celos del mármol tallado. Ertuğrul era un amigo. El amigo de su hermano. ¿Por qué iba a importarle que él encontrara tan intrigantes las estatuas de Venus o Afrodita?

Al parecer, Rose también se percató de que Ertuğrul miraba detenidamente a Venus, porque cuando se dio cuenta de que ya no era objeto de su atención, levantó la barbilla e inclinó la cabeza para mirar la estatua con un deje de burla.

—No puedo imaginarme tener una cintura tan gruesa —murmuró.

—No es la original —comentó Adeline, ignorando la burla de su amiga—, sino una copia romana de una versión griega anterior —dijo, recordando los detalles de la última vez que había visitado el museo y que había leído en el cartel que describía la exposición —. Y ha tenido que ser reparada desde que fue trasladada aquí en dos piezas. El señor Townley era un ávido coleccionista, pero no creo que fuera siempre muy respetuoso con la ley a la hora de adquirir artefactos recién excavados.

Conociendo algunos de los sucesos acaecidos durante las expediciones arqueológicas en las que participó su cuñado, Ertuğrul se rio entre dientes.

—Lord James dijo lo mismo —murmuró. Su mirada se posó en el quitón que cubría la cintura y un brazo de Venus—. Aunque la tela está bien hecha, no es tan agradable a la vista como otras representaciones de ella —dijo, y su atención volvió a centrarse en el pelo y la cara de la estatua.

A Adeline le pareció interesante que pudiera estar a medio metro del mármol y no mirar el par de pechos desnudos. Rose sí que lo hacía, cuando no lanzaba miradas de reojo al şehzade.

—¿Qué cree que ha causado esta decoloración en el mármol? —preguntó Adeline mientras movía una mano para indicar las zonas que parecían ligeramente manchadas.

—Probablemente hay un poco de hierro en el mármol, y se ha oxidado con el tiempo al estar expuesto al aire —respondió. Indicó con la cabeza que pasaran a la siguiente exposición.

—La favorita de Townley era esta —dijo Adeline mientras se colocaba ante el busto de mármol de una mujer—. La ninfa Clytie.

—Mi padre dice que mi madre se parecía a esta cuando era joven —comentó Rose, inclinando la cabeza para hacer juego con el mármol.

—Puede que se parezca a ella dentro de unos años —dijo Ertuğrul, mientras su mirada se desviaba entre la belleza de pelo ondulado de la estatua y Rose—. Es impresionante.

Rose inhaló suavemente.

—Vaya, gracias, excelencia.

Adeline se echó hacia atrás y sonrió a su amiga a espaldas de Ertuğrul. Cuando captó la atención de Rose, movió las cejas.

Rose se limitó a poner los ojos en blanco como respuesta antes de enderezarse y caminar hasta el siguiente busto de mármol.

—Adriano —leyó en la placa de latón pegada a la base—. Obviamente, tenía el pelo y la barba muy rizados —dijo con una sonrisa, mientras uno de sus dedos enguantados recorría el vello de la barbilla del hombre.

—No lo toques —la regañó Adeline.

Rose se encogió de hombros antes de pasar a la estatua de una mujer joven que descansaba en el suelo.

—La jugadora de tabas —dijo mientras fruncía el ceño—. ¿Juegan a las tabas en el Imperio Otomano?

—Diferentes versiones —respondió Ertuğrul—. Nosotros lo llamamos *vek* —dijo distraídamente, con la atención puesta en un gran jarrón. Se apresuró a estudiar el detallado bajorrelieve que rodeaba la forma ovoide.

—Ah, tenemos uno de esos —dijo Rose mientras se colocaba a su lado—. Es de mármol, pero una imitación, claro.

—Lo dice como si fueran bastante comunes —replicó él.

—Lo son —dijo Adeline riendo entre dientes—. Verá muchas copias de artefactos griegos en las casas de los aristócratas que organizan bailes y veladas.

—Lo espero con impaciencia —dijo.

—Yo también —dijo Rose, dedicando al hijo del sultán una sonrisa apreciativa. El sonido de un carraspeo la hizo volverse para descubrir al lacayo cerca de la entrada del vestíbulo. Estaba de pie junto a su silla de ruedas y sostenía su reloj de bolsillo de la cadena. —Oh, no sabía que se había hecho tan tarde. Tengo que irme —dijo Rose mientras se giraba hacia Adeline y Ertuğrul.

—Pero si acabas de llegar —replicó Adeline.

—Hay un baile esta noche —replicó Rose—. Tengo que pasar por la modista a recoger mi vestido, y mi doncella debe peinarme.

Adeline pensó que su cabello se veía bien tal como estaba, pero no quiso discutir.

—Te veré esta noche en nuestro lugar habitual —dijo con una sonrisa—. Si no, me encontrarás junto a Fred.

Besó a Rose en la mejilla.

Ertuğrul hizo una reverencia.

—Espero con impaciencia nuestro vals de esta noche —dijo antes de cogerle la mano. Le rozó el dorso con los labios—. Milady.

—Excelencia —respondió ella antes de darse la vuelta y salir a toda prisa, haciendo lo posible por no cojear. Una vez junto al lacayo, se acomodó en la silla de ruedas y desapareció un instante después.

—Espero que no haya sufrido mientras estuvo con nosotros —dijo Ertuğrul con preocupación.

Adeline se estremeció al oír su comentario, pero cuando se volvió para responderle, él volvía a estar centrado en el jarrón.

—Está mucho mejor estos días. Ni siquiera parecía cojear, así que creo que debe de estar totalmente recuperada.

Cuando Ertuğrul no respondió, Adeline se acercó a la cariátide de una mujer que extendía una mano, con la palma hacia arriba. La placa explicaba que la escultura había sido una de las muchas encontradas en una villa romana y que estaba vestida para participar en algún tipo de rito religioso.

—Hagas lo que hagas, no le des dinero.

La voz masculina hizo que Adeline se quedara sin aliento. Se dio la vuelta y descubrió a Gabriel Wellingham de pie junto a ella, con las manos entrelazadas a la espalda.

—¡Señor Wellingham! Estábamos a punto de ir a buscarle —dijo Adeline mientras se ponía de puntillas y besaba al hombre en la mejilla en el mismo momento en que Ertuğrul se volvía de examinar el jarrón.

Gabe sonrió y se llevó la mano de Adeline a los labios.

—Me alegra saber que no me has olvidado —dijo, y su mirada se dirigió a Ertuğrul—. ¿Cómo está, señor?

Adeline fue rápida con la presentación.

—Emir Ertuğrul Effendi, ¿puedo tener el honor de presentarle a mi buen amigo, Gabe Wellingham? Es el conservador del que le hablé.

Ertuğrul pareció relajarse visiblemente al conocer la identidad del joven que parecía que podría haber sido Cupido en sus años mozos, ya que Gabe aún tenía el pelo rubio rizado y, aunque sus mejillas ya no estaban redondeadas por la juventud, sus ojos azules tenían un atisbo de travesura.

—Encantado de conocerle, señor —dijo mientras le tendía la mano derecha.

Los ojos de Gabe se redondearon.

—Emir Ertuğrul, es un honor —dijo asombrado mientras le estrechaba la mano—. Recuerdo su llegada a Cambridge más o menos cuando yo estaba terminando mis estudios. Creo que debía de ser el estudiante más joven por aquel entonces. —Centró su atención en Adeline—. ¿Cómo es que estás acompañando a un şehzade?

Risueña, Adeline dijo:

—Porque Ertuğrul es nuestro invitado en Bostwick House. David y él son amigos.

—Ah, había oído rumores de que Bennett-Jones estaba de vuelta en suelo inglés. Es bueno saber que lo ha conseguido... de una pieza, supongo.

—En efecto —respondió Ertuğrul—. ¿Tengo entendido que se encarga de catalogar los artefactos griegos aquí en el museo?

Gabe se rio entre dientes.

—Sí, cuando no estoy buscando extremidades perdidas. —Señaló la mano extendida de la cariátide. Varios dedos estaban rotos donde debería haber estado el último nudillo—. He conseguido localizar uno —añadió—. No es la primera vez que los pierde.

—Dios mío —dijo Adeline—. ¿Puede la señora Wellingham volver a colocarlo?

Sabía que la mujer de Gabe trabajaba en el museo reparando y restaurando cerámica antigua.

—Tenemos un restaurador de mármol para esas reparaciones —respondió él. Arqueó las cejas—. Dijiste que estabais a punto de venir a buscarme. Decidme, ¿qué he hecho?

—¡Ah! Sí. Esperábamos que nos permitiera entrar en el ala este. Para ver la colección del rey —dijo Adeline con un tono de súplica en la voz—. Ertuğrul está muy interesado, y ha pasado una eternidad desde que estuve allí.

—Será un honor —respondió Gabe—. Vamos. Sobornaremos al guardia —dijo mientras esbozaba una sonrisa, que hizo que le apareciera un hoyuelo en la mejilla.

—¿Cuánto debemos darle? —preguntó Ertuğrul mientras sacaba su monedero del bolsillo del chaleco.

Gabe hizo una pausa.

—Oh, solo estaba bromeando, excelencia. Le dejará entrar con mi recomendación.

Ertuğrul pareció confundido por un momento, pero se unió a Adeline y Gabe que salían de la Sala Townley en dirección al ala este.

—¿Va a acudir al baile de los Weatherstone esta noche? —preguntó Adeline, disfrutando del hecho de ir del brazo de un hombre mientras conversaba con otro.

—No me lo perdería —respondió Gabe—. Pero no nos quedaremos hasta muy tarde. Tenemos que ir a trabajar mañana, y Frances está…

Meneó las cejas mientras sus manos dibujaban medio círculo sobre la parte delantera de su cuerpo.

—¿Embarazada? —adivinó Adeline, con evidente excitación.

—Efectivamente —dijo Gabe con orgullo.

—Enhorabuena —dijo Ertuğrul—. ¿Es el primero?

Gabe sonrió.

—Con este serán tres, nada más. ¿Y usted? Ya debe de tener unos cuantos.

La mirada de Adeline se desvió hacia Ertuğrul, curiosa por saber cómo reaccionaría. No se le había ocurrido preguntarle, pero tal vez tuviera hijos con las concubinas que su hermano decía que no tenía.

La idea la molestó por un momento.

A los veintitrés años, su padre probablemente había tenido más de un hijo.

—Todavía no soy padre —afirmó Ertuğrul—. Una situación que espero cambiar este año o el próximo.

—Ah, así que aún no ha empezado su harén —adivinó Gabe.

Ertuğrul negó con la cabeza.

—Bennett-Jones y yo hemos estado supervisando unos proyectos de construcción que por fin están terminados, así que hemos venido a pasar la temporada.

Gabe levantó un dedo antes de acercarse a un hombre que estaba de pie junto a unas puertas dobles. Al cabo de un momento, regresó en el mismo instante en que el guardia abría una de las puertas.

—Debo volver a mi despacho —dijo Gabe—, pero podéis quedaros aquí hasta que cierre el museo.

Adeline y Ertuğrul se despidieron y entraron en la sala, ambos mirando a su izquierda.

—Oh —murmuró Ertuğrul con asombro.

—¿Por dónde le gustaría empezar? —preguntó Adeline con una sonrisa iluminando su rostro.

El şehzade miró a su alrededor y luego levantó la vista.

—Parece que aún tendremos unas cuantas horas de luz —dijo él.

—Cerrará antes de que anochezca —replicó Adeline—. Pero siempre podemos volver otro día. Podemos empezar por este extremo y llegar hasta el final por este lado de la sala —sugirió—. Luego pasar al otro lado y continuar.

—Reto aceptado —dijo Ertuğrul con una sonrisa.

A diferencia del resto del museo, tenían esa ala para ellos solos. Después de unos minutos de examinar los objetos expuestos, Adeline comenzó ser consciente de algo. Estaba sola con un joven solo dos años mayor que ella. Sola en una sala lo bastante grande como para albergar dos o tres casas adosadas. A pesar de su tamaño, la situación era tan íntima como si se hubieran encerrado juntos en una alcoba. Sus comentarios ocasionales eran apenas susurros, lo que aumentaba el efecto.

—Aunque empezara ahora, no creo que pudiera coleccionar

tantos libros y demás como su rey acumuló en vida —murmuró Ertuğrul mientras estudiaba un reloj.

—Si lo hiciera, ¿tendría algún sitio en el que se pudiera exponer todo? —preguntó Adeline, mientras contemplaba una variedad de mariposas coloridas.

—Supongo que podría hacer que construyeran algo —respondió él riendo entre dientes—. Convertirlo en un museo.

Con solo el ruido de los tacones de las botas de él y el de las faldas de ella al rodear una hilera tras otra de vitrinas, los dos se dirigieron al otro extremo de la sala, maravillados por el esplendor de los objetos expuestos.

—Deberíamos irnos —dijo Ertuğrul de repente.

Adeline levantó la vista de un expositor de pistolas pequeñas.

—¿Qué ocurre?

—Hay un baile esta noche —le recordó él mientras sostenía su reloj de bolsillo.

—¡Ah! —respondió Adeline, guiándole inmediatamente a la salida más cercana—. Gracias por darse cuenta. Madre se preguntará qué ha sido de nosotros.

Los dos salieron solo un momento antes de que un guardia se acercara a informarles de que el museo cerraría en unos minutos. Fue fácil encontrar el coche de Bostwick entre los que se alineaban a lo largo de la calle Great Russell: era el único que llevaba un escudo dorado en la puerta.

Unos minutos más tarde, estaban a salvo en el interior mientras el cochero hacía todo lo posible para llevarlos a Bostwick House antes de las seis.

CAPÍTULO 16

UN VIAJE EN CARRUAJE
RESULTA MUY REVELADOR

U nos minutos más tarde

—Fue una suerte que el señor Wellingham nos encontrara esta tarde —comentó Adeline mientras se acomodaba en los cojines—. En lugar de tener que pedirle a un empleado del museo que le entregara una nota en nuestro nombre.

—Sí, claro. Me ha parecido muy amable —comentó Ertuğrul—. Estoy deseando conocer a su mujer. ¿Una alfarera, dijo?

—Sí. Se llama Frances Longworth. Vino a Londres desde Stowe, donde se fabrica la mejor cerámica. Además de su habilidad para reparar cerámica, es una artista por mérito propio. Acepta encargos para hacer hermosas pinturas sobre objetos de porcelana.

—Quizá debería empezar con una de sus piezas cuando comience mi colección —dijo Ertuğrul riendo entre dientes.

—Tu mujer estará encantada de recibir semejante tesoro como regalo —replicó Adeline, con la mirada brevemente dirigida hacia la ventanilla mientras pasaban un cruce de caminos. Aunque no quería parecer ansiosa, sabía que tendrían poco tiempo para vestirse una vez que llegaran a casa.

—Lady Rose tiene suerte de tenerte como amiga —dijo

Ertuğrul desde su lado del coche de caballos. Aunque hubiera preferido sentarse junto a Adeline, había ocupado el banco que daba la espalda al sentido de la marcha, ya que le parecía lo más apropiado. De camino al museo, David se había sentado junto a ella.

—Gracias —respondió Adeline—. Sé que está nerviosa por lo de esta noche, así que me disculpo en su nombre si parecía... preocupada.

En realidad, Adeline había pensado que el comportamiento de Rose era extraño. Normalmente estaba mucho más relajada en compañía de nuevos amigos. Mucho más interesada de lo que parecía mientras recorrían la Sala Townley.

¿Y si había decidido que no le gustaba el hijo del sultán? ¿Sería eso posible? Cuando los dos estaban juntos, formaban la pareja perfecta, ambos más guapos de lo normal. Ambos de familias ricas. Ambos nacieron en situaciones de responsabilidad.

—Parecía bastante agradable —comentó Ertuğrul—. ¿Tengo entendido por su padre que la semana que viene habrá un baile para ella? Pensé que hoy nos contaría algo más al respecto. Me parece un acontecimiento trascendental en la vida de una joven.

Adeline miró por la ventana en un esfuerzo por determinar cuánto tiempo más podría durar el viaje. Tenía que vestirse para el baile de esa noche. Que la doncella de su madre le arreglara el pelo.

—Es modesta, eso es todo. Sus padres organizan el baile en su honor.

—¿Es eso... costumbre?

Adeline inhaló suavemente y dijo:

—Cuando una chica tiene su presentación en sociedad, sí. El duque y la duquesa organizaron un baile para ella en su día, pero de eso hace ya algunos años, así que creo que simplemente desean recordarle a la alta sociedad que aún no está prometida.

—Me parece curioso que no esté ya casada —dijo Ertuğrul—.

¿La hija de un duque? Habría esperado que una mujer tan buena se hubiera casado cuando era mucho más joven.

El şehzade pronunció esas palabras con recelo, y Adeline las interpretó como tal aun cuando un ramalazo de celos la hizo estremecerse.

—Yo también.

—¿Qué ocurre?

—Me pregunto si tal vez hay algo más —dijo ella, sin intención de que el hijo del sultán la oyera.

—¿Algo más?

Levantó la vista, sorprendida al ver la expresión de curiosidad de Ertuğrul.

—Es que... normalmente los jóvenes de aquí, de Inglaterra, esperan a ser mayores para casarse, pero hace unos años ocurrió algo...

—¿Todos esos jóvenes que se casaron a una edad más temprana? —adivinó él.

Los ojos de Adeline se abrieron de par en par.

—Pues sí. —Estaba a punto de preguntarle cómo lo sabía y se dio cuenta de que David se lo habría contado—. Siete de nuestros amigos varones, incluido el señor Wellingham, se casaron durante la primavera de ese año. Todos muy repentinamente.

—Porque temían que sus primeras opciones como esposas no estuvieran allí para casarse cuando fueran mayores —explicó él.

Adeline dio un respingo. Siete jóvenes se casaron con siete jóvenes damas que aparentemente no deseaban perder por otra, y sin embargo lady Rose no estaba entre ellas.

—Lo dice como si hubiera estado aquí cuando ocurrió —lo acusó.

—Tu hermano leía las cartas de tu madre. Por lo general, se alegraba mucho de las noticias que ella le daba, pero me dijo que una vez deseó no haber recibido su carta. Eso fue antes de venir al palacio del Egeo a rescatar a la sultana Charlotte.

—Hace tres años —dijo Adeline, dándose cuenta de que hacía

exactamente tres años que tantos de sus amigos comunes se habían casado—. Lord James y él solo llevaban fuera un par de meses cuando ocurrió todo aquello. Debía de sentir afecto por una de las jóvenes.

—Mi padre sintió su… inquietud —dijo Ertuğrul—. Le ofreció una concubina de su harén.

Adeline se esforzó por mantener una expresión impasible en su rostro.

—¿Ah, sí?

—Una de las vírgenes. Mi padre tenía varias concubinas que nunca se llevaba a la cama, eran regalos, así que tenía que aceptarlos, pero aún no había organizado sus matrimonios para que salieran de la casa.

Obviamente, el şehzade no era consciente de que su tema de conversación era totalmente inapropiado, pero la curiosidad de Adeline hizo que esperara que dijera algo más.

—¿Aceptó la oferta del sultán? —preguntó con despreocupación.

Ertuğrul negó con la cabeza.

—Nunca lo ha dicho, y yo no se lo he preguntado.

Adeline hizo todo lo posible por no dejar escapar un resoplido al oír la falta de curiosidad de Ertuğrul al respecto. Se suponía que los hombres eran más cotillas que las mujeres.

—Me pregunto si se habrá enamorado de ella —susurró Adeline antes de que sus ojos se abrieran de par en par—. ¿Crees que…?

—No —dijo Ertuğrul con firmeza—. Siempre ha deseado casarse con una chica inglesa. De hecho… —Repitió en su cabeza parte de la conversación que había tenido lugar durante el billar la noche anterior—. Tu padre tenía una lista de jóvenes disponibles…

—¿Mi padre? —interrumpió ella, dándose cuenta casi de inmediato de que debía de haberla escrito después de su discusión con ella en el estudio.

—Sí, y estoy segura de que David tiene en mente cortejar a una de ellas.

Adeline aguardó con la respiración contenida, esperando que él divulgara un nombre.

—¿Y? —preguntó.

—Bueno, David siempre ha sabido que debe cumplir con su deber. Sabe que debe permanecer en Inglaterra, aunque mi padre le ha asegurado que habría un puesto para él en Constantinopla si regresaba conmigo.

Decepcionada de que no compartiera un nombre, Adeline pensó que pronto sabría quién podría ser su cuñada algún día.

—¿Y qué hay de usted? —preguntó.

Ertuğrul se encogió de hombros.

—Yo también debo cumplir con mi deber. Para mí es diferente porque no tengo que tomar esposa, aunque lo preferiría, pero debo regresar al palacio de mi padre. Estoy a cargo de los edificios gubernamentales del imperio, y no puedo atenderlos estando fuera del imperio.

—Por supuesto que no —asintió Adeline. Se sentaron en un silencio agradable durante un momento antes de que ella notara que él fruncía el ceño—. ¿Qué le preocupa?

Ertuğrul se inclinó hacia delante y dijo:

—No he podido evitar oírle mencionar a lady Rose que se reuniría con ella en su lugar habitual esta noche. ¿Podría saber dónde es para poder encontrarla a usted para el segundo vals?

Adeline parpadeó.

—¿El segundo vals? —repitió. Por lo que le había dicho a Rose, Adeline tenía la idea de que su madre sería la pareja de Ertuğrul para el segundo vals, lo cual, después de pensarlo un momento más, era ridículo ya que su padre siempre bailaba el baile de la cena con su madre.

Ertuğrul asintió.

—Quería preguntárselo antes, y entonces lady Rose...

Dejó la frase en el aire.

—Sería un honor —respondió Adeline. Se enderezó en el asiento. —Normalmente se me puede encontrar con las marginadas.

Él se quedó mirándola un momento.

—¿Marginadas? —Ertuğrul sacudió la cabeza con los ojos, como si tratara de encontrar la traducción adecuada—. ¿Y dónde puedo encontrar a las marginadas? —preguntó él.

Adeline soltó una risita.

—Las marginadas son las jóvenes, y algunas no tan jóvenes, que no tienen muchas parejas de baile. Nos ponemos cerca de la pared donde lord Weatherstone seguro que tiene expuestas sus preciadas palmeras en maceta.

Un recordatorio de que estaría de pie mucho más tarde esa noche la hizo considerar qué zapatos podría ponerse. Aunque sus pies no le habían molestado demasiado mientras estuvieron de pie ante la miríada de objetos expuestos, sabía que sus zapatos de baile habituales no le resultarían cómodos.

—No me puedo creer que no tenga pareja de baile —murmuró Ertuğrul.

Una extraña sensación recorrió a Adeline en ese momento, y estuvo a punto de decir: «Bendito seas», pero lo pensó mejor.

—Como mencionó lady Rose, nunca hay suficientes hombres dispuestos a bailar en estos entretenimientos, así que los que tienen algún tipo de... —Hizo una pausa e hizo una mueca—. Dolencia o que no son bendecidos con semblantes agradables se quedan apartados y lo único que hacen es estar de pie, mirando.

—¿Dolencia? —repitió Ertuğrul, con las cejas fruncidas como si no reconociera la palabra.

—Ah, eh. Un brazo atrofiado o un pie zambo, por ejemplo.

Ertuğrul reflexionó sobre esta información durante un momento.

—Parece especialmente preocupada por los que son menos afortunados que usted.

Adeline inclinó la cabeza hacia un lado.

—Sí. Supongo que porque mi madre se ha comportado así con los hombres heridos en su institución benéfica.

—¿Conoce a esos hombres heridos?

Adeline no estaba segura de por qué motivo preguntaba, pero se encogió de hombros.

—Por supuesto. Trabajo en la oficina con mi madre unos días a la semana. Busco en los periódicos puestos que puedan convenirles y les ayudo a rellenar sus solicitudes si no saben escribir. —Hizo una pausa y se permitió una sonrisa—. A veces incluso acompaño a mi madre cuando se reúne con algún patrono. Algunos no aceptan a un hombre con una discapacidad a menos que les garanticen que puede hacer el trabajo, así que madre los soborna.

Ertuğrul parpadeó.

—¿Los soborna? ¿Quiere decir…?

—Les paga para que contraten a nuestros clientes, como una especie de seguro.

El joven volvió a parpadear.

—¿De dónde saca los fondos?

La sonrisa de Adeline se ensanchó.

—Somos una organización benéfica, así que tenemos benefactores. Cuando madre empezó, utilizó su propio dinero. Pero entonces mi padre, antes de conocerla, se enteró de que había ayudado a su mejor amigo…

—Barón Streater —adivinó Ertuğrul, recordando la conversación en la sala de billar.

—Sí, a él. Le falta el brazo derecho, pero podía desempeñar sus funciones de empleado de banca sin él. Así que mi padre empezó a proporcionarle fondos, al igual que su padre, y… —Se encogió de hombros—. A partir de ahí fue creciendo. Y ahora algunos de los fondos proceden de los hombres que han recibido ayuda. Cuando pueden permitírselo, reembolsan a la organización benéfica el dinero que se gastó en hacerles un traje o nos devuelven el dinero del soborno. Como resultado, nunca hemos tenido que rechazar a nadie por falta de fondos.

Aparentemente impresionado, Ertuğrul se acomodó en los cojines y la miró con expresión curiosa.

—Me gustaría visitar su organización benéfica —dijo.

—Será bienvenido —le aseguró ella, volviendo a mirar por la ventana.

—¿Qué ocurre? —preguntó.

—Ah, solo quiero ver dónde estamos. Me temo que a mi madre no le gustará que haya pasado tanto tiempo en el museo.

—Yo asumiré la culpa —afirmó Ertuğrul.

Adeline soltó una risita.

—Bueno, puede intentarlo, pero ella sabe que no nunca me voy del museo hasta que no me vea obligada a hacerlo.

Ertuğrul sonrió.

—En eso coincidimos.

Se llevó un dedo a la frente y se rascó, con el anillo para el arco en la base del pulgar brillando a la luz del atardecer.

Al recordar el hermoso diseño del anillo, Adeline se preguntó si lo llevaría siempre. Hubo un momento en que se lo imaginó deslizándose sobre uno de sus pezones, el frío metal provocándole escalofríos de placer en los pechos y el vientre. Un momento en el que se preguntó qué sentirían los labios de él al besarle un pezón. Si lo succionara y lo chupara. Y luego, al repetir todo el proceso con el otro pezón.

¿Cómo se sentiría el frío metal contra el resto de su piel? Si lo presionaba contra su carne, ¿dejaría marca la tugra? ¿La marcaría como suya?

Imaginó la sensación que experimentaría si él deslizara las manos por su torso. Bajando por el muslo hasta la rodilla y doblándola antes de mover su boca para besarle el interior del muslo. Tal vez besarla ahí abajo.

Se suponía que ella no debía saber de esas cosas, por supuesto. Pero, ¿cómo no iba a saberlo si su madre le había hecho comentarios lascivos a su padre durante el desayuno haciendo alusión a que habían hecho el amor la noche anterior?

Todos en la casa sabían que su padre y su madre disfrutaban el uno del otro. Tendrían que haber estado ciegos, ya que ambos eran muy abiertos con sus afectos. Tan bromistas el uno con el otro antes de subir corriendo las escaleras para disfrutar de otra sesión de sexo.

Durante mucho tiempo, Adeline pensó que los padres de todo el mundo estaban locamente enamorados el uno del otro. No fue hasta que llegó a la escuela secundaria cuando se enteró de que algunos apenas se hablaban. O eran tan educados en compañía que parecían distantes en sus sentimientos.

Si se casaba, pensaba que preferiría un marido atento. Uno que coqueteara con ella y la llevara a su alcoba en pleno día. Seguramente eso sería mejor que un marido que se comportara como un simple amigo.

«Nada de amigos», decidió.

Si iba a casarse, sería con un hombre que no tuviera reparos en mostrar su pasión. Cuyos ojos se oscurecieran, dando a conocer sus intenciones sin necesidad de pronunciar palabras.

Como los de Ertuğrul estaban haciendo en ese mismo momento.

Adeline dio un respingo, dándose cuenta casi de inmediato de que el carruaje se había detenido. Envolviéndose más en su chal, saludó al hijo del sultán con una inclinación de cabeza.

—No quiero ser descortés, pero debo subir a mi habitación para cambiarme de ropa —dijo ella en un esfuerzo por ocultar su vergüenza por lo que había estado imaginando.

Él se encogió de hombros.

—Lo entiendo —dijo él—. Yo debo hacer lo mismo, así que la sigo.

Segura de que su cara estaba muy roja, Adeline se preguntó por la expresión de desconcierto de él y recordó que era imposible que le hubiera leído el pensamiento.

Entonces, ¿por qué su pulgar golpeaba contra su muslo tamborileando ansioso?

CAPÍTULO 17
EL COMIENZO DE UN BAILE

Una hora más tarde
—¿Quién es Fred?

David se inclinó hacia un lado y miró el reflejo de Ertuğrul en su espejo.

—¿Qué Fred?

El hijo del sultán se adentró en la alcoba de David, moviendo los hombros como si el caftán tradicional que llevaba le quedara pequeño. La prenda azul marino, hecha de lana muy fina y bordada con hilos dorados y rojos, rivalizaba con cualquiera de los trajes formales que los aristócratas llevaban a los bailes. Debajo llevaba un largo chaleco dorado, cuyos botones parecían gemas de ámbar. Los bajos de las perneras holgadas del şalvar blanco se ceñían a los tobillos con un dobladillo dorado. Completaban su atuendo cortesano unas zapatillas doradas con la puntera puntiaguda hacia arriba.

—Mientras estábamos en el museo, tu hermana le dijo a lady Rose que la encontraría de pie con Fred.

Haciendo una pausa mientras intentaba pasar un gemelo por el agujero de la manga, David se volvió y miró a Ertuğrul con el ceño fruncido.

—No tengo ni la menor idea —murmuró. Maldijo en voz baja, y Ertuğrul se apresuró a arrebatarle el gemelo. Terminó lo que David había estado intentando hacer y dio un paso atrás.

—Es evidente que lady Rose lo conoce —comentó.

David le dio a Ertuğrul el otro gemelo, pero la mención de Rose hizo que se enderezara.

—Espero que no haya pedido un vals con ella —dijo él.

Ertuğrul dio un respingo.

—¿Quieres cortejar a lady Rose?

—¿Y tú? —replicó David.

El hijo del sultán bajó la mirada.

—Solo la he conocido esta tarde. No creo haber pasado suficiente tiempo en su compañía como para saber una cosa u otra. —Hizo una mueca—. He pedido el primer vals con ella. —Al ver la mirada de alarma de David, entornó los ojos—. Sí deseas cortejarla.

David suspiró sonoramente.

—Han pasado tres años desde la última vez que la vi.

—Pueden cambiar muchas cosas en tres años —comentó el şehzade—. Como tú.

Por un momento, una mueca apareció en el rostro de David.

—Cuando me fui, había tres chicas a las que pensaba cortejar a mi regreso. Dos de ellas se han casado desde entonces —explicó mientras observaba a su amigo terminar con el gemelo—. No sé qué haré si Rose acaba con otro.

—No la cortejaré —prometió Ertuğrul—. Si hay una forma educada de concederte el vals que tengo…

—No, no cambies nada —dijo David mientras levantaba una mano—. Con un poco de suerte, ella no habrá prometido el baile de la cena a nadie.

—No lo había hecho cuando hablamos con ella esta tarde —dijo Ertuğrul.

David pareció relajarse visiblemente.

—Por favor, no le digas a nadie de la familia que Rose es una de mis opciones. Ni siquiera la he visto…

—Es muy atractiva —afirmó Ertuğrul—. Lo que me hizo preguntarme si hay alguna otra razón, aparte de su accidente, para que aún no se haya casado.

David pensó en las palabras de su amigo.

—Es hija de un duque. Ariley habrá espantado de los cazafortunas y, bueno… —Se encogió de hombros—. Podría haber mencionado mi interés por ella antes de mi partida. Tal vez… —Por un momento, pensó que Ariley podría haber disuadido a otros posibles pretendientes en su nombre. Sacudió la cabeza, llegando a la conclusión de que no era más que una ilusión—. Nunca seré más que un vizconde.

—Debe respetarte —murmuró Ertuğrul—. Le debes de gustar, incluso —añadió en tono de burla. De pronto se puso serio—. ¿O conoces algo que desea mantener en secreto?

David parpadeó, dándose cuenta casi de inmediato de lo que su amigo insinuaba.

—No sé nada —respondió con un resoplido—. Ni chantajearía al hombre para conseguir a su hija. —Bajó la mirada hasta los zapatos de Ertuğrul y luego la elevó lentamente—. Vas mejor vestido que la mayoría de las mujeres que estarán allí esta noche —lo acusó—. Y que todos los hombres, maldita sea.

Ertuğrul hizo una mueca.

—Probablemente sea la única vez que me veas con el atuendo tradicional turco —dijo—. No lo tenía previsto, pero tu madre afirma que los invitados de lord Weatherstone se sentirán decepcionados si no parezco lo bastante real.

David rio entre dientes.

—Si todos los ojos están puestos en ti, entonces no estarán puestos en mí, y eso es exactamente lo que me gusta.

Ertuğrul frunció el ceño, luego siguió a David por la puerta y escaleras abajo.

George y Elizabeth ya estaban en el vestíbulo, el vizconde

colocando un manto de terciopelo negro sobre los hombros de su esposa.

—No llegamos tarde, querida. Llegarán en cualquier momento, y... —Levantó la vista al oír a Ertuğrul y a David bajar las escaleras—. Aquí están —añadió, y el cambio en su voz hizo que Elizabeth se volviera y se quedara boquiabierta.

—Excelencia —dijo mientras hacía una profunda reverencia.

—Milady —respondió él mientras se inclinaba—. Esta usted preciosa —añadió antes de llevarse la mano a los labios.

George se aclaró la garganta.

—Ya has practicado bastante. Lo harás bien esta noche —dijo con una sonrisa burlona—. ¿Has visto a tu hermana ahí arriba?

David negó con la cabeza.

—Vi entrar a la dama de compañía justo después de que volviera del museo.

Dirigiéndose a la base de la escalera, George estaba a punto de llamarla cuando un apresurado pero suave golpeteo de pies sonó desde arriba.

—David, ayuda a tu madre a subir al carruaje. Llegaremos enseguida.

Cuando Adeline apareció finalmente en el último tramo de escaleras, George inhaló suavemente.

—Pareces una princesa de cuento de hadas —le dijo, sabiendo que la burla le molestaría. En lugar de los habituales vestidos de baile blancos que se había visto obligada a llevar durante sus primeras temporadas, que no favorecían en nada su cutis, Elizabeth había anunciado que este año podría llevar un vestido de un color pálido. La falda completa de seda azul estaba adornada con una serie de volantes de color azul más oscuro por encima del dobladillo, con versiones en miniatura a lo largo del escote y en el borde de las mangas fruncidas. Los largos guantes de seda blanca terminaban justo por encima de los codos.

Pero era su pelo lo que la hacía parecer mucho mayor de sus veintiún años. Le habían planchado una serie de rizos en el pelo, que delineaban un moño que, de lo contrario, estaría desordenado en lo alto de la cabeza, a excepción de un mechón rizado que colgaba y descansaba sobre su hombro.

—Oh, padre. ¿Te puedes creer lo que me ha hecho Perkins? —se quejó, refiriéndose a la doncella de su madre.

George se echó a reír.

—Me encargaré de que le suban el sueldo.

Adeline le dirigió una mirada de reproche.

—Esta noche no me voy a llevar el chal.

—De acuerdo —dijo mientras la acompañaba a la puerta—. Tendrás que sentarte entre los chicos. No hay sitio para tu vestido y el de tu madre en el mismo lado del carruaje.

Elkins asintió mientras ambos se marchaban y observó con una sonrisa reprimida cómo Adeline se esforzaba por meter las faldas en el carruaje. Una vez que los caballos comenzaron a mover el coche, Elkins cerró la puerta y soltó una risita.

—¿*S*e han vuelto los vestidos más anchos mientras estaba fuera? —preguntó David mientras Adeline se sentaba entre él y Ertuğrul.

—Obviamente —respondió Adeline una vez sentada. Observó cómo su padre ocupaba su lugar junto a su vizcondesa y se dio cuenta de que podía respirar.

Al hacerlo, un aroma inundado por una extraña combinación de especias, ámbar, cuero, ron de laurel y lima le invadió la nariz.

Después de un momento, determinó que los tres hombres llevaban colonias diferentes. Sin embargo, el que estaba a su derecha era el que mejor olía, y giró la cabeza en esa dirección para descubrir a Ertuğrul mirándola con la misma expresión de desconcierto con la que la había dejado.

—Su vestido es precioso, señorita Bennett-Jones.

Ella parpadeó.

—Gracias, Eminencia. Su traje es magnífico —replicó ella, sin poder ver gran cosa de él, dado lo apretados que iban en el carruaje. Por lo poco que podía ver a la luz de los faroles del carruaje, el bordado parecía exquisito.

¿Todos los hombres del imperio llevaban ropas tan bonitas para las ocasiones formales? ¿Y olían tan bien?

Sonrió al imaginar a lord Weatherstone como anfitrión de un baile en el Imperio Otomano. Organizando un baile para Ertuğrul. Podía imaginarse la puesta de sol sobre el majestuoso palacio del sultán, sus tonos rojos y dorados reflejándose en los intrincados mosaicos y las grandiosas columnas de mármol. Dentro del palacio, Ertuğrul se estaría preparando para el baile que se celebraría en su honor.

A medida que se acercaba la noche, esperaba ansioso la llegada de una misteriosa desconocida que le había sido prometida como invitada sorpresa.

Lady Rose.

Poco sabía Ertuğrul que esta desconocida pronto sería la causa de un destructivo y apasionado romance entre él y la bella hija del vizconde que también había sido invitada al baile.

Adeline parpadeó.

¿De dónde había salido ese último pensamiento?

—¿Addy?

Sacudida por la ensoñación, Adeline miró fijamente a su hermano, que ya no estaba sentado a su lado, sino que la observaba desde el otro lado de la puerta del carruaje.

—¿Qué?

—Ertuğrul no puede salir del coche hasta que tú lo hagas —dijo resoplando.

—¡Ah! —Ni siquiera se había dado cuenta de que el carruaje se había detenido, y mucho menos arrancado. Vio la mansión Weatherstone a través de la ventanilla y no se sorprendió al ver que estaba llena de luces—. Perdóname.

Adeline dejó que su hermano la ayudara a bajar y se volvió para ver cómo la seguía el şehzade. Inhaló suavemente al ver su atuendo a la luz de los faroles que bordeaban el camino hacia la puerta principal. En el salón de baile, prácticamente brillaría con todo el oro que llevaba.

Cuando le ofreció su brazo cubierto de seda, Adeline vaciló y luego soltó una risa nerviosa mientras colocaba el suyo sobre el de él.

—Me siento como una reina mal vestida —murmuró con voz burlona.

—A menos que me inviten a un evento organizado por su reina, no volveré a ponerme esto —dijo Ertuğrul en voz baja.

—Pero está muy elegante —replicó ella—. Y si le sirve de consuelo, aquí habrá hombres vestidos como pavos reales. —Ella volvió a reírse mientras el rostro de él delataba su confusión—. Ya verá lo que quiero decir.

Como era habitual en los bailes de los Weatherstone, lord y lady Weatherstone formaban la primera fila de recepción, que incluía a su hijo y heredero, Sebastian, y a su nuera, Vivian.

—Vivian, la condesa Cougham, es la mejor amiga de mi hermana —le susurró Adeline a Ertuğrul.

—¿Te refieres a Christina? —adivinó él, recordando que David solo tenía dos hermanas.

—Efectivamente.

Asintió con la cabeza, aparentemente satisfecho de tener algo que decir a la morena alta que estaba junto al aún más alto vizconde Cougham.

George se encargó de las presentaciones, y Adeline observó encantada cómo lady Weatherstone adulaba la ropa de Ertuğrul. Cuando él le preguntó si podía acompañarle en el baile escocés, si es que no se lo había prometido ya a otra persona, Adeline pareció cabizbaja.

—No hay ninguno programado, pero puede que tenga que pedir a la orquesta que añada uno —respondió.

Adeline miró a su hermano y se dio cuenta de que le costaba reprimir la risa. Obviamente, le había dicho a Ertuğrul que pidiera ese baile en particular, sabiendo perfectamente que los Weathertones nunca ofrecían un baile escocés en sus veladas.

Una vez en la fila, George informó al anunciador de sus identidades, y el hombre abrió los ojos de par en par al enterarse de que el hijo de un sultán estaba entre los invitados.

—¿Qué está pasando?

Adeline se inclinó hacia Ertuğrul.

—Nos anunciará y luego bajaremos las escaleras —murmuró —. Simplemente intento no parecer demasiado asustada por si tropiezo y me caigo de bruces.

Hizo el comentario tan en serio que Ertuğrul le puso la otra mano en el brazo y le dijo:

—La cogeré antes de que eso ocurra.

En el mismo momento en que ella abrió la boca para mencionar que él bajaría las escaleras solo, el anunciador declaró:

—Su excelencia, el emir Ertuğrul Effendi del Imperio Otomano y la señorita Bennett-Jones.

*E*rtuğrul miró a Adeline antes de guiarla escaleras abajo, asintiendo primero a la izquierda y luego a la derecha en reconocimiento de los aplausos que sonaron entre los asistentes.

Por un momento, se sintió un poco abrumado por la emoción y la grandeza. Todos iban ataviados con sus mejores galas, las mujeres con hermosos vestidos, el pelo adornado con turbantes o plumas o tiaras brillantes, y los hombres con fracs y chalecos de todos los colores. Al parecer, los que llevaban los colores brillantes eran los pavos reales.

Vagamente consciente de que el anunciador pronunciaba los nombres de sus anfitriones y de David, Ertuğrul se sintió momentáneamente aliviado de no haber tenido que descender solo. Con un rápido vistazo a Adeline pudo ver que mostraba una expresión agradable, aunque tenía el rubor acentuado por lo que supuso que era nerviosismo.

A mitad de la escalera, se fijó en la iluminación. Varias lámparas de araña, candelabros y apliques de pared iluminaban la gran sala con un resplandor dorado. Aunque el baile aún no había comenzado, una pequeña orquesta instalada en una esquina llenaba el ambiente con música. Una mesa a un lado sostenía una enorme ponchera, y varios lacayos con bandejas cargadas de champán se movían entre la creciente multitud.

Cuando llegaron al final de la escalera, ya se habían reanudado las conversaciones y las risas, y el ambiente bullía de energía.

—¿Y ahora qué hacemos? —preguntó él mientras se apartaban para dejar paso al resto de la familia.

—Tú conmigo —dijo David mientras se dirigía hacia la multitud.

Ertuğrul volvió a mirar a Adeline.

—¿Y usted?

—Con las marginadas, ¿recuerda? —respondió ella con una sonrisa, indicando el extremo de la sala donde había una hilera de palmeras en macetas frente a un mural que representaba una escena de ninfas en un bosque. Varias jóvenes formaban pequeños grupos, con las cabezas gachas, conversando en voz baja.

Ertuğrul asintió, recordando su descripción de las marginadas y se preguntó cómo podía estar ella entre las que permanecían al margen y observaban. Por el tiempo que había pasado con ella aquella tarde, no la habría considerado torpe o incómoda entre la multitud. De hecho, por la forma en que la saludaron las otras jóvenes, era evidente que no era tímida.

—¿Te apetece champán?

Dando un respingo, Ertuğrul se dio cuenta de que David debía de haber hecho la pregunta dos veces.

—No bebo licores —dijo.

—Como quieras —respondió David, cogiendo una copa de la bandeja de un lacayo. Antes de que pudiera dar un trago, su mirada se dirigió a lo alto de la escalera—. Ya está aquí.

La estruendosa voz del anunciador dio los nombres de unos

recién llegados, y la mayoría de las cabezas de la sala levantaron la vista para ver al duque y la duquesa de Ariley bajar los escalones seguidos de lady Rose y su hermano, William, conde de Waverley.

—No tenía ese aspecto esta tarde —comentó Ertuğrul. Lady Rose, ataviada con un vestido de raso marfil ribeteado de encaje belga, el pelo adornado con una tiara enjoyada, era un diamante de primera. Lo había sido todos los años desde su presentación en sociedad. Con la barbilla alzada y los labios curvados en una sonrisa pálida, parecía regia.

—Parece una maldita princesa —dijo David antes de beberse el champán de un trago.

Ertuğrul se volvió para mirar a su amigo con cara de confusión.

—¿Eso no está bien?

—No quiero tener que disputarme sus atenciones con otros veinte malditos pavos —gruñó David.

—Dudo que tengas que hacer tal cosa. Sobre todo si te diriges a ella ahora mismo y le pides el baile de la cena.

Estaba a punto de preguntar por qué habría pavos en el salón de baile, pero se lo pensó mejor. Seguramente sus anfitriones no permitían animales salvajes en el interior.

Decidiendo aparentemente que Ertuğrul tenía razón, David se dirigió de nuevo a la base de la escalera, saludando al duque y a la duquesa antes de adelantarse para ofrecer su brazo a Rose.

—Bennett-Jones —dijo William sorprendido, deteniéndose en el último escalón—. Por fin has vuelto.

—Aquí estoy —reconoció David. Volvió su mirada hacia Rose, decidido a asegurar el baile de la cena antes de perder los nervios —. Lady Rose, me alegro mucho de volver a verla —dijo mientras le cogía la mano enguantada. Aunque la reconoció de inmediato, había diferencias en su aspecto. Había madurado hasta convertirse en una joven encantadora.

—Señor Bennett-Jones —dijo ella mientras hacía una reverencia—. Confío en que su viaje haya ido bien.

—Temía haberme ido demasiado tiempo.

—Yo diría que sí —contestó ella con un resoplido.

—Por favor, no me lo tenga en cuenta, milady —dijo él con voz tranquila—. Odiaría enterarme de que ya no piensa bien de mí.

Ella levantó un hombro y lo dejó caer, encogiéndose de hombros de forma de exagerada.

—Tres años, dos meses y diez días es demasiado tiempo para estar alejado de la sociedad civilizada, señor Bennett-Jones —declaró, con la mirada perdida como si buscara a alguien.

La decepción se apoderó de David como si le hubieran echado un jarro de agua fría. Al parecer, había perdido su oportunidad con la hija del duque.

Entonces cayó en la cuenta.

«Tres años, dos meses y diez días».

Ella había llevado la cuenta de su ausencia.

—Eso es bastante específico —replicó él—. También es exacto —añadió mientras alzaba las cejas.

Fingiendo indiferencia, Rose se limitó a encogerse de hombros otra vez, lo que atrajo la atención de David hacia la extensión de piel blanca y lechosa que asomaba por encima de su escote. A la insinuación de escote creada por un par de pechos que él había creído más pequeños la última vez que la vio.

Su mirada se desvió hacia arriba para descubrir que su mandíbula estaba más definida y sus pómulos eran más evidentes. Los ojos que una vez lo habían mirado con picardía, ya que habían jugado juntos de niños, ahora lo miraban con un desafío tácito.

—Me has echado de menos —murmuró David sorprendido.

A punto de negar su afirmación, Rose levantó la barbilla y pensó mejor lo que iba a decir.

—Tal vez.

—¿Puedo tener el honor de bailar el segundo vals contigo?

David cogió la tarjeta de baile de ella y el lápiz que colgaba de esta.

Los ojos de Rose se redondearon, y se detuvo un momento antes de quitar la tarjeta de su muñeca.

—Es el baile de la cena —dijo a modo de advertencia.

—Soy consciente —respondió mientras escribía su nombre en la tarjeta, sonriendo al ver cómo había escrito el nombre de Ertuğrul—. ¿Dónde te encontraré?

Ella miró hacia la hilera macetas de palmeras.

—Probablemente estaré por allí con Fred.

Al oír hablar de Fred, David parpadeó.

—¿Fred? —repitió.

—La palmera de tu hermana —respondió ella mientras ponía los ojos en blanco—. Siempre hay una a la que parece favorecer en estos bailes.

La risita de David se convirtió en una carcajada estruendosa.

—No es tan gracioso —dijo Rose, abriendo de par en par su abanico como si quisiera esconderse detrás de él.

—Probablemente no —convino él—. Pero conozco a alguien que se sentirá muy aliviado al saber que se trata simplemente de una maceta y no de un tipo de más de dos metros.

Rose sonrió a pesar de su intento de permanecer molesta.

—Al menos las plantas no tienden a decepcionar, señor Bennett-Jones.

—David, por favor —respondió—. Y haré todo lo que esté en mi mano para que nunca te sientas decepcionada conmigo. —Antes de que ella pudiera responder, él se inclinó y tomó la mano de ella entre las suyas una vez más—. Espero con impaciencia nuestro baile.

Ella hizo una reverencia y se marchó a toda prisa.

David esperaba que Ertuğrul hubiera presenciado la conversación, pero se volvió y descubrió que el hijo del sultán ya no estaba cerca. Echó un rápido vistazo a su alrededor y lo encontró rodeado de un interesante elenco de aristócratas, entre ellos James, duque de Ariley, y su esposa, presentándose con valentía.

Como deseaba hablar con el duque, David se acercó a los hombres y a lady Ariley.

—Ah, Bennett-Jones —dijo Ariley mientras David se inclinaba—. Es bueno ver que has vuelto a Londres de una pieza.

—Gracias, excelencia. Ertuğrul y yo llegamos ayer. Como tal, me temo que su excelencia aún no ha asegurado muchos bailes para esta noche.

Ariley rio entre dientes.

—Ya se ha asegurado uno con mi duquesa —dijo—. Pero no el baile de la cena. Ese es mío —dijo mientras Helen le dirigía una mirada de aprecio.

—Si me disculpa, excelencia, me despido para ir en busca de bailes con las marginadas —dijo Ertuğrul mientras hacía una reverencia.

Ariley y los demás se inclinaron y sonrieron al ver cómo el hijo del sultán se dirigía a la pared donde había una hilera de palmeras.

—Es un detalle por su parte —dijo Ariley con una sonrisa—. Incluso me pidió permiso para bailar con mi hija.

David inhaló suavemente, una pizca de celos le hizo estremecerse. Tuvo que recordarse a sí mismo que Ertuğrul le había prometido no cortejar a Rose.

—Por eso busco su compañía esta noche, señor. Yo también deseo bailar con lady Rose. El baile de la cena, si me lo permite.

Ariley lo miró, evaluándolo.

—Siempre eres bienvenido a bailar con Rose —dijo—. Creí haberlo dejado claro hace varios años.

Con los ojos muy abiertos al escuchar la respuesta del duque, David dijo:

—Gracias, señor. Como ha pasado tanto tiempo, pensé que era mejor volver a preguntar.

—Tengo entendido que te has convertido en una especie de experto en la fabricación e instalación de mosaicos —dijo Helen—. ¿Estás disponible para una consulta con mi decorador?

David parpadeó.

—Por supuesto, excelencia. Estaré encantado de ayudarle. ¿Qué desea que le haga? —preguntó, pensando que ella quería una pequeña escena de caza en un vestíbulo o en la sala de billar.

—El suelo de nuestro salón rojo —respondió ella—. Es nuestro salón más grande. Quiero cambiarle el nombre por salón griego, y quiero que sea como si entrara en el salón de un rico mercader griego. Uno antiguo, por supuesto. Y habría columnas de mármol veteado, y sofás griegos, y telas elegantes, y estatuas. Muchas estatuas.

Al notar la expresión de alarma del duque al oír la lista de ideas de su esposa, David dijo:

—Por supuesto, señora. Creo que puedo ayudarla. Hay algunas referencias de magníficos mosaicos en el norte de África. Muy asequibles.

Reprimió una sonrisa al notar la expresión de alivio del duque.

—Tiene previsto asistir a nuestro baile la semana que viene, ¿verdad? —preguntó—. Sería un honor que el emir asistiera también.

—Por supuesto, excelencia. Mi madre me informó de su baile cuando regresamos ayer a Londres. No nos lo perderíamos. —Se dio cuenta de que la música había terminado y otro baile estaba a punto de comenzar—. Oh, perdóneme. Le he prometido este baile a alguien.

—Disfrutad de la velada —dijo Ariley, arqueando una ceja—. He oído que los jardines están especialmente bonitos esta noche.

—Me aseguraré de dar una vuelta, excelencia.

David hizo una reverencia y se alejó, aliviado de no haber perdido la buena opinión de los duques de Ariley.

En cuanto a la sugerencia de que diera una vuelta por los jardines, estaba bastante seguro de que el duque no pretendía que los recorriera él solo.

Entonces, ¿por qué creía que sería difícil acompañar a cierta joven entre las flores de principios de primavera?

CAPÍTULO 18
LAS MARGINADAS

*E*n el otro extremo del salón de baile

Cuando Rose llegó al final del salón, donde ya se habían reunido la mayoría de las chicas tímidas, el primer baile había comenzado. El baile a lo largo de la sala requería que los grupos de las que estaban conversando se apartaran a los extremos del salón para despejar el camino a los que habían conseguido pareja.

—Ahí estás —dijo Adeline al darse la vuelta. Una de las otras jóvenes había hecho un gesto al ver a Rose abriéndose paso entre la multitud.

—Esto no pasaba desde mi primer baile —dijo Rose mientras mostraba su tarjeta de baile.

Adeline arrugó una ceja al mirar la tarjeta de cartón blanco. Sus ojos se abrieron de par en par.

—Tienes casi todas las filas ocupadas —comentó asombrada, dirigiendo su atención a la fila del baile de la cena. Inmediatamente reconoció la firma garabateada de David.

—No lo entiendo —dijo Rose—. Se me acercaron casi todos los jóvenes del salón desde la base de la escalera hasta que llegué aquí. Empezando por tu hermano.

—¿Por qué no pareces contenta? —preguntó lady Lucy—. Estaría encantada de tener la mitad de mis líneas ocupadas —añadió mientras mostraba su tarjeta. Solo habían solicitado cuatro bailes, pero dos de ellos habían sido reservados por el futuro vizconde Mark Cunningham.

—Algo me dice que serás una futura vizcondesa —susurró Adeline feliz—. Rica, además.

—Simplemente estoy sorprendida, eso es todo —dijo Rose mientras Lucy mostraba una brillante sonrisa de emoción al escuchar la valoración de Adeline.

—Yo también —comentó lady Patience, agitando su tarjeta casi llena—. Gratamente sorprendida. Es toda esta emoción del «primer baile de la temporada».

—En realidad —dijo su hermana, Faith Fulton, levantando un dedo—, es porque no habrá una sala de cartas abierta hasta después del baile de la cena.

—¡¿Qué?!

El coro de sorpresa hizo reír a las damas cuando los que estaban cerca se volvieron para mirarlas con diversas miradas de desaprobación y diversión.

—Fue una sugerencia de lady Cougham, y lady Weatherstone estuvo de acuerdo, por supuesto, porque adora a Vivian, sin duda —explicó Hope Batey.

Adeline sonrió ante la idea de que la mejor amiga de su hermana Christina se hubiera asegurado de que hubiera más hombres jóvenes para bailar, al no tener una sala de cartas en la que pudieran esconderse durante el baile.

—Aunque supongo que la biblioteca está abierta.

Miró a su alrededor en busca de sus abuelos maternos. Todo el mundo sabía que el marqués y la marquesa de Morganfield disfrutarían de un encuentro amoroso en algún momento del baile.

Un coro de carcajadas siguió a su comentario. Las parejas mayores parecían preferir la biblioteca a los jardines cuando se trataba de encuentros concertados, probablemente porque en ella había un gran sofá de cuero. Sin embargo, solo una pareja podía ocupar la biblioteca a la vez, lo que significaba que algunos de los aristócratas más amorosos se veían obligados a buscar una alcoba en la que llevar a cabo sus aventuras ilícitas.

El parloteo a su alrededor se acalló de repente, y Adeline notó cómo las jóvenes empezaban a hacer reverencias más profundas de lo habitual. Se volvió para descubrir a Ertuğrul haciendo una reverencia.

—Ertuğrul —dijo mientras se apresuraba a acercarse a él. Los gritos ahogados a sus espaldas le recordaron que aún no había hablado a las chicas del hijo del sultán—, ¿puedo tener el honor de presentarte a mis amigas? —preguntó ella

—Me gustaría mucho —respondió él, sonriendo a las jóvenes que ahora estaban en línea recta entre dos palmeras. Parecían haber pasado a formar parte de la decoración, dado el mural pintado que tenían detrás, aunque sus expresiones oscilaban entre el asombro y el humor—. Y espero asegurarme un baile con cada una de ustedes.

Adeline le hizo un gesto de aprobación con la cabeza, y su mirada se desvió hacia Rose.

—Emir Ertuğrul Effendi, esta es... —Adeline comenzó mientras se movía hacia el extremo izquierdo de la línea—, lady Lucy Turnbridge, hija del conde y la condesa de Fennington... —Hizo un pausa mientras él tomaba la mano de Lucy le besaba en el dorso—. Las damas Patience y Faith Fulton, hijas del conde y la condesa de Wadsworth... —Adeline puso los ojos en blanco cuando el emir les besó las manos enguantadas y examinaba las tarjetas de baile que colgaban de sus muñecas—. La señorita Hope Batey, hija del vizconde y la vizcondesa Lancaster... —Hizo lo posible por no reírse al ver que los ojos de Hope se ponían como platos cuando el emir le besó el dorso de la mano—. Y, por supuesto, lady Rose, a quien ya conoce. Su excelencia es nuestro invitado en Bostwick House para la temporada.

Las muchachas murmuraron saludos mientras Ertuğrul les preguntaba si podían ofrecerle un baile. Cuando se enderezó después haber completado sus tarjetas, miró a su alrededor.

—Tengo entendido que puede haber un rival de mis afectos en algún lugar cercano. ¿Dónde está Fred?

Rose dio un grito ahogado y se tapó la boca con una mano enguantada mientras las demás jovencitas volvían a soltar una carcajada.

—Está aquí mismo —dijo Adeline con una sonrisa mientras señalaba la palmera más cercana—. Pero, por favor, no le rete a un duelo. Está completamente indefenso. No sabe sostener una pistola y se pudre con la espada.

—Pero sabe escuchar —dijo Rose encogiéndose de hombros.

—Nunca discute —comentó Lucy.

—Y es uno de los favoritos de lord Weatherstone. Siempre está aquí, año tras año —añadió Faith, juntando las manos mientras las levantaba hacia el pecho e inclinaba la cabeza hacia un lado.

Ertuğrul parpadeó mientras miraba la planta que apenas era más alta que él.

—Bueno —dijo mientras colocaba las manos en las caderas e hinchaba el pecho—, supongo que esta vez puedo concederle un indulto —dijo, tratando de permanecer lo más serio posible. Pero soltó una risita, aparentemente aliviado. Se volvió hacia Adeline —. ¿Podría tener el honor de concederme otro baile esta noche?

Adeline dio un respingo.

—¿Está seguro de que tiene un hueco? —bromeó ella.

El hijo del sultán cogió su tarjeta y el pequeño lápiz y escribió una «E» en letra de imprenta en dos líneas, una de ellas el baile de la cena.

—Ya no —dijo con orgullo. Se inclinó más hacia ella—. Lo que significa que no tengo que intentar recordar los nombres de todos esos hombres que insisten en hablar conmigo de asuntos del imperio.

—Ah, ¿quiere decir de política? —adivinó ella.

—Exacto. Conozco nuestros edificios, eso es todo.

Ertuğrul se dio cuenta de que el último baile estaba terminando y se movió para escoltar a Faith hasta el final de la fila para un baile country inglés. El resto de las jóvenes observaron divertidas su partida.

Bien consciente de que Rose estaba a su lado, Adeline dijo:

—Bueno, ¿qué opinas de nuestro estimado invitado?

Rose la miró y se encogió de hombros.

—Es muy agradable —comentó.

Adeline hizo una mueca.

—Oh, vaya. Quizá el primer vals mejore tu opinión sobre él —replicó. Tenía muchas esperanzas puestas en su amiga y en el hijo del sultán. Hacía solo un momento que estaban juntos y parecían de la realeza—. No he podido evitar fijarme en que la firma de mi hermano está en tu tarjeta de baile.

Rose agachó la cabeza y examinó la tarjeta antes de volver a encogerse de hombros.

—Fue el segundo en reclamar un vals —dijo—. El baile de la cena.

Adeline consideró el comentario.

—¿Te sorprendió?

Rose la miró con el ceño fruncido y luego dejó que su mirada recorriera el salón de baile.

—A decir verdad, esperaba hablar con él esta noche. Reñirle, más bien, cosa que hice a conciencia.

Adeline se sobresaltó.

—¿Por qué?

Un joven que le hizo una reverencia, le impidió responder. Rose devolvió el saludo, lanzó una mirada a Adeline y se encogió de hombros, antes de apresurarse a unirse al baile que ya estaba en marcha.

A punto de volver con las tres chicas restantes, ya que Adeline tenía curiosidad por saber qué cotilleos habían oído desde su último té juntas, descubrió que todas estaban del brazo de hombres jóvenes y se dirigían en dirección al baile.

Suspirando, se acercó a Fred, pero su hermano la interceptó antes de que diera dos pasos.

—Baila conmigo —le ordenó él, ofreciéndole el brazo. Sobresaltada, Adeline fue con él. Apenas se habían incorporado a la fila cuando él se inclinó más y dijo—: Debo descubrir lo que sabes.

El baile, ya en marcha, le obligó a apartarse y ponerse delante de otra pareja, así que Adeline no pudo preguntarle a qué se refería hasta que los pasos volvieron a acercarlo a ella.

—¿Saber de qué? —preguntó ella.

—Lady Rose.

Entonces él estaba detrás de ella y se dirigió a la pareja de su derecha para la siguiente parte del baile. Ella asintió con cortesía a un caballero mayor que en ese momento estaba frente a ella. Echando un vistazo a la fila, descubrió que Ertuğrul estaba ejecutando los pasos como si llevara toda la vida haciéndolo.

¿Cómo era posible?

¿Había bailado en Cambridge más de lo que había admitido?

¿O su hermano le había dado clases de última hora aquella tarde?

—¿Está completa su tarjeta?

Adeline parpadeó, sorprendida al ver que su hermano volvía a estar emparejado con ella.

—La mayor parte, pero creo que todavía tenía una o dos líneas vacías. ¿A qué viene esto?

—¿Alguien la está cortejando? —preguntó antes de que el baile le llevara de nuevo a otra pareja y la dejara a ella con Gabe Wellingham.

—Nos volvemos a encontrar en este día —dijo Gabe con una sonrisa.

—Pues sí. ¿Cómo está la señora Wellingham? No vi su llegada.

—Se ha quedado en casa esta noche. Ha comenzado su reclusión —logró decir entre respiraciones agitadas—. Deseaba informar a mis padres, y sabía que los encontraría aquí —explicó—. Con un poco de suerte, volveré a ser padre en los próximos días.

Su brillante sonrisa hizo reír a Adeline.

—Dele recuerdos de mi parte —dijo antes de que su hermano volviera a estar frente a ella—. Esperaba que Ertuğrul cortejara a Rose —dijo ella. La mirada de David la hizo saltarse un paso—. ¿Qué ocurre?

—Prometió que no lo haría —dijo David cuando el baile le hizo acercarse más a ella.

Por un momento, la confusión hizo que Adeline deseara que se hubieran quedado con Fred para tener lo que se estaba convirtiendo en una discusión muy inconexa.

—Pero nadie la está cortejando —argumentó.

En ese momento, David se saltó un paso, agarró la mano de Adeline y la sacó de la fila.

—Disculpe —dijo Adeline a modo de disculpa al señor mayor que había estado a punto de cogerla de la mano. Dejó que David tirara de ella aunque solo fuera porque le estaba abriendo camino a través de lo que se había convertido en una multitud.

Cuando llegaron a una zona despejada cerca de las puertas de estilo francés que daban a los jardines, David se detuvo y la miró con una expresión de enfado mezclada con incertidumbre.

—¿Qué pasa? —preguntó ella, deseando que los faldones de su vestido no fueran tan anchos. Tuvo que inclinarse para mantener la conversación en privado.

—Lady Rose. ¿La has visto hoy?

Adeline asintió.

—Vino al museo. Le envié una nota anoche haciéndole saber que estaría allí.

—¿Cuánto tiempo estuvo allí? —preguntó él, evidentemente perturbado por la noticia.

—No mucho —dijo ella encogiéndose de hombros—. Pasó algún tiempo con nosotros en la Sala Townley y luego se marchó. ¿Qué pasa?

Por un momento, David no pareció que fuera a darle una respuesta, pero finalmente suspiró.

—Espero que nada —dijo. —Ella… no me saludó como esperaba a su llegada esta tarde.

Adeline frunció el ceño.

—¿Qué esperabas exactamente? Has estado fuera tres años…

—Tres años, dos meses y diez días —dijo él resoplando.

Recordando el comentario de Rose en el museo aquella misma tarde, Adeline entornó los ojos.

—Eso es bastante específico —murmuró ella—. Y es exactamente lo que me dijo Rose.

David dio un respingo.

—A mí también —admitió—. Entonces, ¿está enfadada conmigo?

Adeline parpadeó, comprendiendo lentamente por qué David parecía tan molesto. De todas las jovencitas disponibles, no había pensado que él estaría interesado en Rose Burroughs. Aunque la conocía desde que eran niños, ella era la hija de un duque. Él era el hijo de un vizconde. Nunca sería más que un vizconde.

—¿Le… le hiciste algún tipo de promesa antes de marcharte a tu *Grand Tour*? —preguntó ella.

Él negó con la cabeza.

—Por supuesto que no.

—¿Le escribiste?

David inclinó la cabeza hacia un lado y le dirigió una mirada de reproche, pero no respondió.

—Solo era una pregunta —dijo mientras resoplaba. Después de un momento, añadió—: Si está enfadada contigo, no lo ha expresado. Al menos a mí no.

—Entonces, ¿por qué dijo lo que dijo sobre el tiempo que estuve fuera?

Adeline le miró fijamente durante un rato antes de que una sonrisa apareciera lentamente en su rostro.

—Al parecer, nuestra querida lady Rose te ha echado de menos —murmuró.

—El duque me ha dado permiso para bailar el segundo vals con ella.

Adeline inhaló suavemente mientras recordaba que Ertuğrul había escrito su firma dos veces en su tarjeta de baile, pero no había examinado la tarjeta para saber qué bailes había pedido. Levantó la muñeca y miró la tarjeta con una risita.

—Parece que bailaré ese vals con Ertuğrul al mismo tiempo.

Bueno, él había dicho que deseaba bailar el baile de la cena con ella.

—El duque me comentó que no había que perderse los jardines —comentó David mientras arqueaba una ceja oscura.

—Ah, he oído que las primeras flores de primavera son... —Adeline dejó de hablar, sus ojos se abrieron y una sonrisa volvió a dibujarse en su rostro—. Oh, David. Te ha dado permiso para... —Se detuvo de nuevo, preguntándose si Ertuğrul esperaba recorrer los jardines con ella.

—¿Para qué crees?

—Bueno... besarla, por supuesto. Pídele que te acompañe a pasear por el parque. Pregúntale si puedes acompañarla a Rotten Row. Pídele... que se case contigo —añadió en un susurro.

—Bueno, no nos adelantemos —dijo él.

—¿Por qué no? ¿No es eso lo que quieres? ¿A ella? —le desafió Adeline.

David cogió aire para responder, pero agachó la cabeza.

—Todavía no lo sé con seguridad —respondió.

—¿Cómo puedes no saberlo? —inquirió ella—. O la quieres o no la quieres.

—Llevo fuera tres años, dos meses y diez días —le recordó él—. Y ella no está contenta conmigo.

Adeline se llevó los puños a las caderas.

—Entonces… haz que esté contenta contigo —argumentó—. Llévala a los jardines, bésala hasta dejarla sin sentido y… —Cerró la boca, sorprendida por lo que le estaba diciendo a su hermano que le hiciera a su mejor amiga—. Conviértela en mi hermana —susurró.

Levantó los ojos para mirar a su hermano y se sorprendió de lo que vio en ellos.

Humor.

Bueno, y un poco de miedo.

CAPÍTULO 19
EL PRIMER VALS

*M*edia hora después

Cuando Ertuğrul se acercó a Rose para bailar el primer vals de la noche, esperaba que se comportara como lo había hecho cuando estuvieron en el Museo Británico.

La hija del duque le había parecido bastante agradable, pero su comportamiento había sido distante, casi orgulloso. Familiarizado con las rosas, una de las flores más codiciadas de Anatolia, decidió que hacía honor a su nombre. Toda rosa tiene espinas, y era evidente que lady Rose las tenía.

En cambio, la hija del duque parecía feliz de verle, con los ojos brillantes mientras ocupaban sus lugares en torno al círculo vacío del salón que se había formado una vez finalizado el último baile. Recordando sus lecciones, le puso una mano en la cintura y sostuvo la otra en alto, complacido cuando las manos enguantadas de ella se posaron en su hombro y en su mano. Con un rápido vistazo al salón descubrió que no eran más que una de las docenas de parejas que estaban a punto de participar en un baile que en otros tiempos se había considerado escandaloso.

Nunca supo por qué. Las parejas estaban tan separadas, probablemente porque las faldas de las damas eran tan amplias, que era imposible que se produjera ningún comportamiento ilícito.

Cuando la orquesta de cinco músicos empezó a tocar a tres tiempos, él asintió con la cabeza y la guio en los tres primeros pasos.

—Si me tropiezo, ¿me cogerá? —preguntó Rose.

Ertuğrul frunció una ceja.

—No soy tan mal bailarín —respondió él.

—Oh, no estaba insinuando que lo fuera —dijo ella sacudiendo la cabeza—. Tuve un accidente de carruaje y me rompí una pierna. A veces parece como si no estuviera completamente curada.

—¿Le duele al bailar? —preguntó él, con las cejas fruncidas por la preocupación.

—Todavía no —le aseguró ella, dedicándole una sonrisa insegura.

—La cogeré, por supuesto, pero si bailar le causa dolor, por favor, infórmeme. Haré lo que pueda para salir del círculo sin llamar demasiado la atención.

Rose sonrió.

—Gracias. —Dio una vuelta por debajo del brazo de Ertuğrul y, cuando volvió a ponerle la mano en el hombro, le preguntó—: ¿Disfrutó de la tarde en el museo?

—Oh, mucho —contestó él, con la mirada perdida para asegurarse de no chocar con otra pareja—. El señor Wellingham se unió a nosotros poco después de que se fuera y nos permitió el acceso al ala este.

Rose abrió los ojos y preguntó:

—¿No está cerrado al público?

—Efectivamente —dijo él, y tuvo que esperar un momento mientras ella giraba bajo su brazo para añadir—: Pero parece que la señorita Adeline tiene cierta influencia sobre el conservador.

—Ah, me imagino que fue usted quien convenció al señor

Wellingham, su excelencia —replicó Rose—. ¿Cómo podría rechazar tal petición de un importante dignatario?

Ertuğrul rio suavemente.

—Todavía no soy sultán, milady —dijo él—. Por eso no deseo engañar a ninguna de las jóvenes haciéndoles creer que soy un... ¿un buen partido? Creo que así es como lo llaman.

La expresión agradable de Rose vaciló.

—Pero usted es un emir, lo que sugiere que tiene algún cargo de importancia en su país.

—Cierto —convino él. Una vez más, llegó el momento de que Rose pasara bajo su brazo, y a mitad de la vuelta, pareció tropezarse. Sus ojos se abrieron de par en par cuando su mano se dirigió a la parte superior del hombro de él y lo agarró, como si necesitara su apoyo para mantenerse erguida.

—Disculpe —susurró.

—¿Le duele algo?

Ertuğrul escudriñó de inmediato la zona que los rodeaba, buscando un hueco en la aglomeración por el que pudieran salir bailando del círculo.

—No. No, estoy bien. Creo que me he pisado el dobladillo del vestido —respondió.

—Si está segura —dijo él. Cuando ella asintió, él se esforzó por pensar de qué podrían hablar. David le había advertido que debía conversar mientras bailaba—. ¿Puedo preguntarle qué piensa del matrimonio? —preguntó él—. Concretamente, ¿a quién de la lista le interesa más cortejar?

Rose miró fijamente al hijo del sultán, haciendo todo lo posible para no quedarse con la boca abierta ante la atrevida pregunta.

—¿La lista? —repitió ella. Estuvo a punto de maldecir el hecho de tener que volver a pasar por debajo de su brazo, pero se dispuso a reanudar la conversación inmediatamente después de volver a ponerle la mano en el hombro—. ¿Qué lista?

Ertuğrul parpadeó.

—La lista de jóvenes aristócratas disponibles que han terminado la universidad, han regresado de su *Grand Tour* y aún no se han casado —respondió él—. Y para usted, la hija de un duque, supongo que deben ser hijos de cargos más altos dentro de la aristocracia, ¿o un príncipe, tal vez?

Rose parpadeó.

—Eso es muy específico —respondió, haciendo todo lo posible por no ofender al emir con una risita. Pero tenía razón. Había una lista, aunque ella hubiera evitado enfrentarse al tema desde el final de la última temporada—. En cuanto a los hijos de aristócratas de alto rango, no hay muchos en este momento —añadió ella—, así que no tengo expectativas al respecto.

Ertuğrul, curioso por saber si podría revelar sus preferencias, insistió en la cuestión.

—Seguro que tiene a alguien en mente, y si no es así, ¿puedo hacerle una recomendación? —preguntó.

Por un momento, Rose temió que fuera a sugerirse a sí mismo, y se sintió aliviada cuando tuvo que dar otra vuelta bajo su brazo. Sabía que la música estaba llegando a su fin. Tal vez se salvaría de tener que dar una respuesta.

—Todo depende, señor.

—¿De qué? —preguntó Ertuğrul, frunciendo sus cejas oscuras.

—De su motivación, supongo.

Miró a su alrededor, observando cómo los movimientos de las otras parejas se habían ralentizado ahora que la música se estaba apagando.

—La esperanza de un amigo, eso es todo —dijo en voz baja.

—¿Un amigo? —repitió ella sorprendida.

Ertuğrul estaba a punto de mencionar el nombre de David, pero un joven se había acercado y les hacía una reverencia.

—Perdone, señor, pero vengo a recoger a lady Rose para el próximo baile.

La seriedad del hombre hizo pensar a Ertuğrul que estaba acostumbrado a salirse con la suya.

—Por supuesto, milord —dijo con un movimiento de cabeza.

Rose respondió con una profunda reverencia a la de Ertuğrul.

—Gracias por el baile —dijo antes de volverse hacia Mark Fitzsimmons—. ¿Cómo está, lord Chamberlain?

Le cogió del brazo y le dirigió a Ertuğrul una mirada de disculpa antes de que la llevaran a comenzar el cotillón.

CAPÍTULO 20
EL SEGUNDO VALS

Una hora más tarde
—Nunca pensé que agradecería tanto ver a Fred en mi vida —dijo Rose mientras se acercaba a Adeline que estaba junto a la palmera. Miró a su alrededor, sorprendida al descubrir que las otras chicas no estaban donde solían estar—. No había bailado tanto desde mi presentación en sociedad.

Adeline sonrió.

—Parecía que te lo estabas pasando bien, y eso es lo importante —dijo mientras se ponía de puntillas en un intento de ver por encima de la multitud—. Y por lo visto, Patience, Faith, Hope y Lucy también se lo están pasando bien. No las había visto desde el primer vals.

—Fueron a buscar ponche. O más bien, las acompañaron hasta allí —murmuró Rose, moviendo las cejas—. Creo que el vizconde Chamberlain ha elegido a su candidata a vizcondesa Chamberlain —añadió, refiriéndose a lady Lucy—. El baile de la cena es el siguiente.

—¿Sí? —preguntó Adeline alarmada. Aunque no había bailado tanto como las otras jóvenes, había disfrutado de la velada observando las idas y venidas de varias parejas que se abrían paso a través de las puertas de estilo francés que daban a los jardines.

Tal vez no se daban cuenta de que estaban siendo observados. O tal vez no les importaba ser descubiertos. Aunque no llevaba la cuenta del tiempo que ciertas parejas pasaban fuera, era evidente que la mayoría de los hombres estaban haciendo lo que querían con las mujeres. Solo las parejas mayores regresaron antes que las jóvenes, la mayoría quejándose de que hacía demasiado frío para estar en los jardines sin abrigo.

Ninguna de las parejas más jóvenes hizo comentarios similares, lo que hizo pensar a Adeline que o bien eran inmunes al frío o estaban tan absortos en sus aventuras que no se dieron cuenta.

Estaba a punto de preguntarle a Rose qué tal tenía la pierna cuando apareció su hermano David.

—Adeline —dijo con una inclinación de cabeza. Se volvió hacia Rose e hizo una reverencia—. Vengo a recogerla para el segundo vals, milady.

Rose hizo una reverencia y, dirigiendo a Adeline una rápida mirada y una sonrisa, puso la mano en el brazo de David y desapareció entre la multitud.

—Hacen muy buen pareja —dijo una voz masculina por detrás y a su derecha.

Adeline dio un respingo y se volvió para descubrir a Ertuğrul que se dirigía hacia ella.

—Supongo que sí —respondió con una sonrisa—. ¿Se lo ha pasado bien?

Él asintió.

—Desde luego. Este es un ritual muy extraño, pero hay mucha alegría en él —dijo—. He venido al dominio de las marginadas para solicitar el baile de la cena.

—¡Ah! —exclamó ella—. Casi lo había olvidado. —No pudo evitar notar el atisbo de decepción que cruzó el rostro de Ertuğrul

—. Me refiero a que iba a ser este baile. La noche ha pasado volando.

Al parecer, Ertuğrul se consoló con su comentario, pues le ofreció el brazo.

—¿Vamos?

Adeline colocó su brazo sobre el de él y se fundieron en la pista de baile utilizando el mismo camino que se había despejado para su hermano y Rose.

—¿Cuál ha sido su baile favorito hasta ahora? —preguntó Adeline mientras colocaba una mano en la de él. A pesar de sus guantes, podía sentir el calor de su mano y el intrincado bordado de su caftán en la yema de los dedos.

—El vals, aunque solo sea porque no hay tantos pasos que aprender —respondió él. Comenzó la música y, después de tres compases, los guio al círculo interior de bailarines. Con tantas parejas bailando el segundo vals, el círculo exterior había crecido demasiado, por lo que era necesario que algunas parejas bailaran en el centro.

—Nunca había estado en el centro —dijo Adeline con cierta emoción.

—Me preocupaba que pudiéramos chocar con otra pareja —dijo él, manteniendo su atención tanto en ella como en los que les rodeaban.

—¿Ha ocurrido eso durante el primer vals? —preguntó alarmada.

Él se echó a reír.

—No, pero creo que hice que lady Rose... tropezara un poco.

—¿Le falló la pierna?

—No. Dijo que se había pisado el dobladillo.

Adeline miró a su izquierda, encontrando fácilmente a su hermano guiando a Rose.

—Oh, eso era de esperar —respondió ella—. Especialmente si se agachó demasiado para pasar por debajo de su brazo.

En el mismo momento en que hizo el comentario, pasó por

debajo del brazo de Ertuğrul. Dada su diferencia de altura, no fue necesario que ella se inclinara hacia un lado para caber bajo su brazo.

—Es más fácil bailar con usted —dijo Ertuğrul.

—Gracias —respondió ella mientras se permitía una sonrisa brillante—. Tanto baile debe haberle aumentado el apetito. ¿Tiene hambre?

—Sí. ¿Estoy en lo cierto al suponer que el término «baile de la cena» significa que hay una comida asociada a él?

Adeline se rio entre dientes.

—En realidad, un bufé.

Él arrugó una ceja.

—Creo que no reconozco esa palabra.

—Imagínese montones de alimentos diferentes alineados en una larga mesa con platos vacíos en cada extremo. Como nuestro desayuno por la mañana, pero... con muchas más opciones.

—¿Habrá rollitos de langosta?

Adeline arrugó la nariz.

—Sí, y pasteles de langosta.

—¿No le gusta la langosta? —preguntó sorprendido.

—Antes sí. Pero es muy común, y no siempre está bien hecha —explicó ella—. Sin embargo, el cocinero de los Weatherstone hace un trabajo decente con ella. La especialidad aquí es la carne asada, y suele haber uno o dos platos de curry, ya que los Weatherstone visitaron la India hace mucho tiempo.

Bailaron en un silencio agradable durante un rato antes de que Ertuğrul se diera cuenta de que algunas parejas habían salido bailando del círculo exterior y se habían mezclado entre la multitud.

—¿Adónde cree que van? —preguntó él.

—A comer —respondió Adeline—. Siempre hay quien quiere ser el primero en la cola para la comida.

—¿Qué es eso que he oído de una sala de cartas?

Ella hizo una mueca.

—Ah, el recordatorio de que perderemos a la mitad de nuestras parejas de baile —comentó—. Hay una sala aparte con mesas para jugar a las cartas. Sobre todo al *whist*, pero también a otros juegos. A los hombres les gusta apostar, así que jugarán por dinero.

Ertuğrul meditó sobre su explicación durante un rato antes de preguntar:

—¿Cree esperan que me una a ellos?

Adeline se lo pensó un momento.

—¿Alguien le ha retado a una partida?

Él negó con la cabeza.

—No que yo sepa.

—Bien. Entonces será libre de bailar o ir a los jardines si lo desea.

—Los jardines parecen ser un lugar muy popular esta noche —repitió—. ¿Tan grandes son?

Con una risa nerviosa, Adeline dijo:

—Probablemente no para sus estándares, pero son los jardines más notables de todo Park Lane.

—¿No está demasiado oscuro para distinguir las plantas?

La risita de Adeline se convirtió en carcajada.

—La mayoría de las parejas no van allí para admirar las flores, sino que buscan un lugar oscuro para…

Cerró la boca de golpe.

Los ojos de Ertuğrul se desviaron hacia un lado.

—¿Besarse? —adivinó.

Ya caliente por el baile, Adeline supo que el color de sus mejillas se había intensificado.

—Probablemente.

Su mirada siguió a una joven pareja que se dirigía apresuradamente hacia las puertas de estilo francés.

—¿Hacer el amor? —sugirió él

Los ojos de Adeline se abrieron de par en par.

—Tal vez, aunque no estoy segura de que haya ningún lugar donde se pueda hacer... cómodamente —dijo en voz baja.

—Supongo que no. Para eso está la biblioteca.

—¡Ertuğrul! —le regañó ella, aunque su mueca se ensanchó hasta convertirse en una sonrisa brillante—. ¿Quién le ha hablado de la biblioteca?

El hijo del sultán se puso serio.

—David podría haber mencionado a sus... abuelos. Suelen pasar algún tiempo allí, ¿no? No pude evitar notar que el tono en el rostro de lord Morganfield parecía especialmente acentuado cuando su madre me lo presentó.

—No puede ser —respondió Adeline con un resoplido

—Lady Morganfield es especialmente encantadora. Nunca hubiera imaginado que fuera tan mayor como para tener nietos de la edad de David y usted.

—Ah, eso es porque es italiana —dijo Adeline. Estuvo tentada de añadir que eso ayudaba a que la marquesa hiciera frecuentes visitas a la biblioteca, pero se lo pensó mejor.

Ertuğrul sonrió.

—Tiene sus ojos —dijo él.

Adeline inhaló un poco más hondo de lo que requería el baile.

—Gracias.

Un momento después, los últimos acordes del baile de la cena se desvanecieron. Una vez que Adeline hizo una reverencia para responder a la de Ertuğrul, se dirigieron al comedor.

CAPÍTULO 21
LOS JARDINES

M *ientras tanto...*
         Incluso antes de que la música del segundo vals llegara a la mitad, David sintió que Rose estaba teniendo dificultades para bailar. Viendo un hueco entre la multitud, le dijo:

—Quédate conmigo y no te alarmes —le advirtió.

Rose parpadeó.

—¿Qué vas a...? ¡Oh!

A pesar del impulso que la habría hecho caer de no ser por el firme agarre de David mientras los sacaba bailando del círculo, Rose consiguió frenar hasta caminar y hacerlo sin cojear.

—Te pido disculpas, pero me preocupaba que tu pierna pudiera sentir alguna molestia después de bailar tanto, y no quería que te doliera —le explicó mientras la acompañaba hacia las puertas de los jardines.

—Mi pierna está bien —respondió ella, a punto de insistir en que reanudara el baile. ¿Y si alguien veía su precipitada retirada de la pista de baile? Una punzada de dolor la hizo estremecerse y decidió que David había hecho lo correcto—. Pero te agradezco tu consideración.

Cuando salieron por las puertas, inhaló profundamente en un esfuerzo por calmar su respiración agitada.

—Espero que no te importe —dijo David mientras se alejaban de las puertas y caminaban a lo largo de los adoquines que atravesaban los jardines—. Hacía mucho tiempo que no venía a estos jardines, y me han dicho que lord Weatherstone ha hecho mejoras.

La miró, sorprendido al descubrir que había pasado el brazo alrededor del suyo y que su otra mano estaba ligeramente apoyada en su antebrazo. Quizá había acertado y su pierna estaba a punto de fallarle.

—Más de tres años, dos meses y diez días, me imagino —le reprendió ella con suavidad, mostrando una sonrisa burlona cuando David la miró con el ceño fruncido.

Al ver que ella sonreía, se echó a reír.

—Ha pasado al menos ese tiempo —convino.

Caminaron despacio por los oscuros jardines, con el único ruido de las faldas de Rose contra la pierna de David. En el aire primaveral se percibía el sonido de los grillos y el dulce aroma de las flores. Las sombras de los tres árboles del jardín trasero bailaban sobre la hierba cuando pasaban por debajo de ellos, la luz de la luna y algunos farolillos japoneses proporcionaban la luz suficiente para seguir los adoquines desgastados, hundidos en el césped cortado.

Deteniéndose de vez en cuando para admirar la belleza de la noche y las estrellas que centelleaban en lo alto, David se sintió invadido por una profunda sensación de paz mientras disfrutaba de la romántica atmósfera del jardín.

Esperaba que Rose experimentara la misma sensación de paz. La misma sensación de calma que se había apoderado de él desde que habían salido del vals.

Una brisa le alborotó el pelo, lo que le hizo salir del ensueño que había estado experimentando durante los últimos minutos.

—¿Tienes frío? —preguntó él.

—Hace un poco de frío aquí fuera —respondió Rose. Aunque llevaba guantes largos, tenía los brazos y los hombros descubiertos. Las mangas del vestido de satén de color marfil, ribeteadas con un fino volante de satén, estaban fruncidas y apenas le llegaban al hombro. El corpiño entallado era más bajo que la mayoría de los vestidos que llevaban las jóvenes, pero dado que ya no era una debutante, resultaba apropiado para la ocasión formal.

David se detuvo inmediatamente para desabrocharse el abrigo. Se sacudió para quitárselo y se lo echó sobre los hombros a Rose, que se animó cuando olisqueó discretamente el cuello de lana elegante y sonrió.

—¿Huele a mi colonia? —le preguntó.

—Llevas este perfume desde que tengo uso de razón —respondió ella.

—Pero, ¿te gusta? —insistió él.

Ella asintió.

—Por supuesto. No serías David Bennett-Jones si llevaras otra colonia —dijo ella.

David volvió a ofrecerle su brazo, reconfortado por sus palabras.

—Me aseguraré de que Floris guarde la receta para el resto de mi vida —dijo riendo entre dientes. —Caminaron en silencio unos pasos más antes de que David mirara a su alrededor y dijera —: ¿Es mi imaginación, o los setos son más cortos de lo que solían ser? En otros tiempos, las parejas podían esconderse detrás de los setos y darse una ronda de besos antes de volver al salón de baile.

Rose soltó una risita.

—Son más cortos porque lord Weatherstone se ha vuelto más bajo estos últimos años —dijo ella.

—Se ha encorvado bastante —convino David—. También ha hecho otros cambios. ¿No había aquí atrás una estatua y una fuente?

—¿Te refieres a Cupido? —preguntó ella mientras pasaban bajo un enrejado cubierto de hiedra.

—¿Lo conoces? —preguntó él, con una pizca de celos que le recordaba que ella tenía su edad. Que sin duda había estado en los jardines con otros jóvenes durante los años que él no estuvo en Londres.

—Vengo aquí todos los años, si no durante un baile, durante una de las veladas de lady Weatherstone —dijo ella. Le tiró suavemente de la manga de la camisa para que se girara a la derecha. Siguieron el débil sonido del chapoteo del agua hasta llegar a la fuente de piedra blanca.

Cupido seguía montado en lo alto de la columna central, con el arco cargado con una flecha, como si estuviera a punto de disparar a alguna pobre alma desprevenida.

Un banco circular rodeaba el estanque y David la condujo hasta él. Rose tomó asiento, evidentemente aliviada por no tener que estar de pie durante unos minutos. David se sentó a su lado, con cuidado de dejar unos centímetros de distancia entre ellos por si acaso los veía alguien.

Lo último que quería era ser el tema de cotilleo en el próximo número de *The Tattler*.

—Cuando vienes aquí durante un baile... ¿quién suele acompañarte? —preguntó, tratando de no sonar celoso.

Rose se volvió y lo miró con expresión de desconcierto.

—¿Detecto un atisbo de celos? —bromeó.

La mirada de David se desvió hacia un árbol cercano y luego hacia un narciso.

—¿Lo detectas?

Juntó las manos y apoyó los codos en las rodillas.

Rose se sobresaltó e inclinó el cuerpo para mirarle mejor.

—Me sorprendería, ya que te conozco de casi toda la vida y nunca me habías parecido que fueras celoso. —Hizo una pausa antes de preguntar—: ¿Pasó algo mientras estabas en Turquía?

Él se enderezó.

—¿Sí? Quiero decir… ¿Alguien te cortejó? ¿Se te propusieron? —inquirió él.

Rose inhaló suavemente mientras se debatía entre mostrarse molesta al escuchar su pregunta o retirarse al salón de baile.

—No es que sea de tu incumbencia, pero sí, alguien me cortejó. —Casi disfrutó viendo la reacción del futuro vizconde—. Era un cazafortunas, sin embargo, y rechacé su oferta.

—¿El hijo de un duque? —preguntó él—. Un príncipe o…

—Era el tercer hijo de un conde, si realmente necesitas saberlo. Se ha marchado al continente, al parecer huyendo.

Dijo esto último con bastante sorna y, por un momento, David se alegró de no haber aceptado ninguna de las ofertas que le habían hecho para unirse a otros caballeros en la sala de cartas que iba a abrir en cualquier momento.

Entonces recordó lo que les ocurría a las jóvenes a las que cortejaban hombres mayores, a veces antes de estar prometidas.

—¿Tomó tu virtud?

—¡David Bennett-Jones! —le regañó ella—. Soy la hija de un duque. Mi padre le habría disparado si hubiera intentado algo así.

David agachó la cabeza, aparentemente disgustado.

—Siento que te haya pasado eso —dijo—. Me refiero… al cortejo. Por un cazafortunas.

—¿Por qué lo sientes? —dijo ella a modo de desafío, incapaz de reprimir el posterior resoplido que tanto le había costado ocultar toda la noche cada vez que sus compañeros de baile habían intentado entablar conversaciones inútiles.

Él inhaló y soltó el aire de golpe, con evidente frustración.

—Te mereces algo mejor, milady. Te mereces lo mejor —corrigió.

Rose inhaló suavemente al oír sus palabras.

—Eres muy amable al decirlo.

—Por eso nunca te pregunté si podía cortejarte —dijo él, ignorando su comentario.

Conteniendo la respiración al oír su confesión, Rose lo miró sorprendida.

—Eres mejor, David. Mejor que la mayoría de esos depravados de ese salón de baile. Al menos... lo eras antes de irte de viaje —añadió en voz más baja.

Aunque se sintió alentado al oír su opinión de él, David negó con la cabeza.

—Soy el hijo de un vizconde. Nunca seré más que un vizconde.

La mirada de Rose se desvió hacia el mismo narciso que él había estado mirando antes.

—Lo dices como si fuera algo malo.

—¿No lo es?

Incapaz de discernir lo que quería decir David, ella lo miró, estudiando su perfil a la tenue luz de un farol cercano. De repente comprendió.

«Era la hija de un duque. Nunca sería más que un vizconde».

—Hay situaciones mucho peores en las que encontrarse, David —argumentó ella—. Podrías ser un pobre. O un sastre. O uno de los gemelos Fitzwilliam —dijo en voz baja.

David dio un respingo.

—¿Qué tienen de malo los gemelos Fitzwilliam? —preguntó alarmado.

Rose resopló.

—En realidad, nada. Pero sigo sin poder distinguirlos. Ni siquiera puedo imaginarme ser cortejaba por ellos. Nunca estaría segura de cuál me llevaría a montar a caballo y cuál me citaría en un jardín de rosas para una cita.

A pesar de su expresión seria, David no pudo reprimir la risita que se le escapó un momento después.

—Así que te enteraste de lo que pasó con su madre, supongo —comentó, recordando una historia que su madre le había contado sobre el padre de los chicos y su hermano gemelo.

—¿Cómo dices? —preguntó Rose, abriendo los ojos de par en par.

La sonrisa de David se desvaneció lentamente.

—Lady Norwick...¿los gemelos Fitzwilliam originales? Al parecer, el gemelo más joven la cortejó, pero ella terminó casada con el gemelo mayor. Ella no podía distinguirlos —explicó encogiéndose de hombros.

—¡Qué horror! —replicó Rose, con los ojos entornados por la sorpresa.

—Al final todo salió bien —le aseguró David—. Acabó casada con el correcto cuando el equivocado murió en una especie de accidente de tráfico. El actual conde de Norwick es quien engendró a Duncan y David, y es Duncan quien heredará.

Rose miró fijamente a David durante un largo momento antes de decir:

—Al final, el título de un hombre no importa realmente.

Él tragó saliva, preguntándose si ella le estaba dando algún tipo de indirecta o permiso para perseguirla. Decidió arriesgarse e intentó besarla, pero no lo consiguió porque una risa cercana le hizo ponerse en pie.

—Debería acompañarte al comedor —dijo mientras le tendía una mano para ayudarla a levantarse.

—De acuerdo —dijo ella, aunque había un deje de decepción en su voz.

Habían dado solo tres pasos desde la fuente cuando una pareja mayor apareció en el claro e inmediatamente se detuvo.

—¿Eres tú, Rose?

Con un grito ahogado, Rose se volvió para descubrir a su madre y a su padre de pie, cogidos de la mano junto a la fuente.

—Hola —consiguió decir.

—Ah, Bennett-Jones. Me alegra ver que eres tú quien acompaña a mi hija —dijo James, duque de Ariley—. ¿Disfrutaste el vals?

—Mucho, excelencia —respondió David mientras se inclinaba

—. He sacado a lady Rose a tomar el aire, pero nos dirigimos de nuevo al interior para cenar.

—Bueno, no hace falta que os deis prisa en volver a entrar —replicó el duque—. La cola es bastante larga en este momento. Puedes tomarte tu tiempo. Disfruta de las últimas adiciones que ha hecho Weatherstone a los jardines.

David parpadeó.

—¿Adiciones, señor?

Helen tomó el relevo y dijo:

—Los jardines del lado oeste son magníficos. Tienes que ver los tulipanes. Acabamos de venir de allí.

Mirando a Rose, David dijo:

—Bueno, si insisten, iremos allí ahora mismo.

—Disfrutad de la velada —dijo Ariley mientras se quitaba el abrigo y lo colocaba sobre los hombros de su mujer—. Gracias por el recordatorio —dijo en voz más baja, señalando con la cabeza lo que David había hecho con su propio abrigo.

—De nada, excelencia. Buenas noches.

David le ofreció el brazo a Rose y retrocedieron bajo el enrejado. A su espalda, el duque y la duquesa volvían a reírse, al parecer retomando la conversación donde la habían dejado cuando se encontraron con David y Rose.

Rose soltó una risita.

—¿Qué ocurre? —preguntó David, siguiendo un conjunto de adoquines que conducían al extremo oeste de la casa.

—Creo que esa fuente es donde se besaron por primera vez —dijo ella—. Y si no me equivoco, probablemente lo estén haciendo de nuevo ahora mismo.

Relajándose ahora que estaban fuera de la vista de sus padres, David se rio entre dientes.

—Pareces celosa —la acusó con una sonrisa.

—Tal vez lo esté —respondió ella. No había humor en su voz, y David cogió la mano que descansaba sobre su brazo y se la llevó a los labios. Le besó el dorso.

Rose se detuvo en seco y lo miró fijamente.

—¿Por qué has hecho eso?

David tragó saliva.

—Quería hacer mucho más —susurró— cuando estábamos en la fuente. Decir algo más. Conocer tus pensamientos sobre el asunto.

Cuando estaba a punto de responder, Rose escuchó de repente de voces lejanas y risitas suaves. Un grupo de parejas salía del salón por las puertas de estilo francés. Agarrando a David de la mano, tiró de él por el camino hacia el oeste hasta que la casa los ocultó de la vista. Dada la ausencia de altos setos y la amplitud del nuevo jardín, no creía que los fueran a interrumpir.

—¿Qué he dicho? —preguntó David cuando estuvieron lo bastante lejos y habían aminorado el paso.

Rose se volvió y le puso una mano en el pecho.

—Dime la verdad, David. ¿Estás intentando incitarme a un... noviazgo con el hijo del sultán?

David parpadeó.

—¿Qué? ¡No! —respondió mientras la miraba fijamente—. No es que... no es que estuviera mal, por supuesto. Es el equivalente a un príncipe. Te mereces un hombre con esa clase de posición en la vida.

Rose resopló y le soltó la mano.

—¿Quieres dejar de hablar de títulos y por un minuto pensar en mí como una... como una mujer?

David echó la cabeza hacia atrás, confundido, y la miró con el ceño fruncido.

—De acuerdo, señorita Burroughs...

—Rose. Llámame Rose.

Puso una mano sobre la que ella aún tenía apretada contra su pecho.

—¿Significa eso que vas a hacer lo mismo por mí, Rose?

Ella suspiró audiblemente.

—Sí, señor Bennett-Jones...

—David —interrumpió él—. Llámame David —insistió, a pesar de que ella lo había estado haciendo la mayor parte de la noche.

—Me da igual que seas el hijo de un vizconde.

David cerró los ojos un momento, como si estuviera pensando qué decir.

—Entonces, ¿significa eso que me permites besarte?

No estaba preparado para lo que ocurrió a continuación. Para que ella de repente se apretara contra la parte delantera de su cuerpo, para que sus brazos rodearan su cuello, y su cara estuviera a pocos centímetros de la suya. Para que los labios de ella tocaran los suyos.

Sus labios se abrieron más por la sorpresa que por su intención de besarla, pero consiguió capturarlos en el mismo momento en que sus manos rodeaban la cintura de Rose.

Al principio, el beso fue lento y suave. Solo existía una pizca de pasión mientras sus labios se movían en perfecta armonía, fundiéndose el uno con el otro. Un momento después, él perdió la conciencia de lo que les rodeaba. Se perdió en la sensación de los suaves y mullidos labios apretados contra los suyos.

David sintió los latidos del corazón de ella aumentar contra su pecho, su ritmo iba a la par con el suyo mientras el calor le inundaba. Cuando por fin se separó, los efectos del beso persistían. Consciente de que su polla le había respondido incluso antes de que ella se lanzara sobre él, se alegró de que sus faldas y enaguas le impidieran sentir su excitación.

—Supongo que eso significa que la respuesta era sí —susurró él.

Ella parpadeó pero no se apartó.

—Sí —dijo ella.

Decidido a volcar cada gramo de pasión en su siguiente beso, ya que sabía que no sería capaz de expresarlo con palabras, volvió a capturar los labios de Rose con los suyos. Como si un fuego se hubiera encendido entre ellos, el suave roce se intensificó rápidamente, la intensidad aumentó y, durante unos instantes, se sintió desorientado. Mientras sus labios se movían en perfecta sincronía, primero la lengua de él y luego la de ella exploraban y se enredaban con tímidos roces.

Al mismo tiempo, una de las manos de Rose se deslizó por su pelo, sus dedos enguantados alborotaron las sedosas hebras. Una de las manos de él se movió hacia la cintura de ella para estrecharla más contra su cuerpo, mientras la otra se movía hacia arriba y sobre la turgencia de sus pechos.

Aunque el beso pareció durar una eternidad, pasó menos de un minuto cuando ambos se separaron y se miraron fijamente.

—Ojalá no me estuviera muriendo de hambre ahora mismo —susurró David mientras su respiración se ralentizaba.

Rose sonrió con los ojos brillando de placer.

—Supongo que depende para lo que tengas hambre —bromeó.

—Bueno, de comida, por supuesto —respondió él, dándose cuenta demasiado tarde de que ella esperaba una respuesta diferente—. Porque, aunque tengo hambre de otra cosa, no me atrevo a probar nada más aquí fuera. Contigo.

Rose tragó saliva y volvió a bajar los talones al suelo, pero mantuvo los brazos alrededor del cuello de David.

—¿Quieres volver dentro? —le preguntó ella.

Él negó con la cabeza.

—No. —Le puso las manos a ambos lados de la cara, como había visto hacer al sultán con Charlotte, y le dio un beso en la frente. Dejó que sus labios permanecieran allí antes de apartarse de mala gana—. Pero llevamos aquí demasiado tiempo. No quiero que tu reputación se resienta por mi culpa —murmuró.

Rose parpadeó y miró a su alrededor, como si hubiera olvidado dónde estaban.

—Claro —susurró ella.

Él le ofreció su brazo, pero antes de llevarla de vuelta a la casa, reflexionó sobre qué decir. Qué hacer a continuación. Recordó lo que su hermana le había dicho que hiciera.

—¿Te gustaría ir a montar conmigo al parque mañana por la tarde? Podría pasarme a las dos —le ofreció.

Ella asintió.

—Tengo que tomar el té con tu hermana a las tres.

—Ella lo entenderá —interrumpió él—. Haré que... lo entienda —tartamudeó.

Rose soltó una risita.

—Está bien. A las dos. Pero mi padre probablemente pedirá que nos acompañe un mozo —advirtió.

David sonrió.

—Tal vez no —respondió él.

—¿Por qué piensas que no? —preguntó ella mientras se acercaban a las puertas que daban al salón de baile.

—Creo que tengo permiso de tu padre para cortejarte —dijo.

Rose lo miró confundida. Cuando estaba a punto de preguntarle cuándo había logrado semejante hazaña, no pudo hacerlo porque se encontraron de nuevo entre la multitud de asistentes, rodeados de telas elegantes, aromas de perfumes y colonias y los acordes de la música orquestal.

CAPÍTULO 22
EL FINAL DE UNA NOCHE

*U*na hora más tarde, en el carruaje de los Bostwick George Bennett-Jones se aferró a la mano enguantada de su esposa cuando ella subió al coche. Ertuğrul y Adeline ya estaban acomodados en sus asientos, enfrascados en una tranquila conversación.

—¿Dónde está David? —preguntó Elizabeth en cuanto se dio cuenta de que había desaparecido.

—Ha dicho que se va andando a casa —respondió Ertuğrul.

Con los ojos desorbitados, Elizabeth se volvió hacia George, pero él ya había levantado una mano para dar unos golpecitos en la suya.

—No pasa nada. Ha hablado conmigo. Necesita tiempo para estar solo —murmuró.

—Pero… ¿qué pasa con los ladrones? —preguntó alarmada.

—La casa no está tan lejos —le aseguró él—. Probablemente llegará antes que nosotros.

Ertuğrul se inclinó más hacia Adeline.

—¿Suele ir andando a casa después de los bailes?

Adeline se encogió de hombros.

—A veces. Sobre todo si son en Park Lane. Mi padre tiene

razón cuando dice que David probablemente llegará antes que nosotros. Solo vivimos a unas casas de distancia.

Al recordar que no había tardado mucho en llegar a la mansión Weatherstone, Ertuğrul asintió con la cabeza.

—¿Deberíamos haber caminado? —preguntó, apenas asintiendo en dirección a George y Elizabeth. Los dos murmuraban en voz baja y, por el ángulo de sus cuerpos, no creyó que estuvieran discutiendo sobre el baile. Antes de que pudiera apartar la mirada, fue testigo de cómo George mordisqueaba una de las orejas de Elizabeth.

Adeline, esforzándose por reprimir una sonrisa, se llevó una mano enguantada a un lado de la boca y dijo:

—Quizá lo hagamos la próxima vez.

Ertuğrul sonrió por la gracia que había hecho ella. Pensó que quizá había bebido demasiado champán durante la cena. Aunque nunca se había mostrado reservada con él desde el momento en que se conocieron, esa noche se había comportado como si se hubieran hecho muy amigos.

Amigos íntimos o algo más, aún no lo tenía claro. Aún no sabía si estaba preparado para saberlo.

A pesar de haber bailado casi todos los bailes de la velada con una pareja diferente, no se había sentido tan cómodo con ninguna de las otras jóvenes como con Adeline.

Sabía la razón, por supuesto.

Habían pasado horas juntos en el museo. Sus intereses comunes tenían mucho que ver con su charla durante el vals. Cuanto más tiempo pasaban juntos, más enamorado estaba de ella.

Aunque entre ellos no surgiera más que una amistad, esperaba con impaciencia la mañana siguiente, cuando se parase deliberadamente frente a la estatua de Afrodita esperando que ella lo encontrara. Esperaba que ella lo regañara por su interés en la estatua semidesnuda. Esperaba con impaciencia su descenso a la sala de desayunos.

Interesado por saber qué le había parecido la velada, se giró para preguntarle y descubrió su cabeza apoyada en su hombro. Una rápida mirada a George, y se dio cuenta de que su vizcondesa estaba profundamente dormida en sus brazos.

George se encogió de hombros.

—Suelen hacerlo después de todos los bailes. Y el teatro —susurró con voz ronca—. Si te sientes incómodo con ella así, puedes simplemente apartarla.

Los ojos de Ertuğrul se abrieron de par en par.

—Oh, no señor. Está bien. Ella está bien así.

Seguro de que su rostro se había puesto de un color rojo brillante, se alegró por el interior oscuro del carruaje.

Un momento después, estaban frente a Bostwick House.

*M*ientras tanto, en el carruaje de los Ariley

—Creo que no estoy tan preparada para esta temporada como pensaba —dijo Helen, duquesa de Ariley, al subir al carruaje. Con los pies doloridos por llevar zapatos nuevos, prácticamente se dejó caer en los asientos de terciopelo azul claro mientras suspiraba aliviada.

La nueva capa de laca negra del carruaje relucía bajo la luz de la luna, con el escudo de Ariley pintado en oro en la puerta.

—Creo que sé a qué te refieres —respondió James mientras ayudaba a su hija a subir al coche—. El primer día de Parlamento seguido del mayor baile de la temporada le recuerda a uno su mortalidad.

—A mí me recuerda por qué no he echado de menos el cortejo —dijo Rose con un resoplido.

La siguió William, que permaneció inusualmente callado mientras se acomodaba en el banco junto a Rose.

Al marcharse ellos de la mansión Weatherstone parecían haber concedido una especie de permiso para que los demás se marcharan, ya que un rápido vistazo por la ventanilla del coche de caballos mostró un flujo constante de parejas saliendo de la mansión.

Cuando el reloj del salón dio la una, los presentes comenzaron a despedirse unos de otros, pero pasó otra hora antes de que James y su familia dieran las gracias a sus cansados anfitriones y se dirigieran hacia el carruaje que los esperaba fuera.

William dio unos golpes a la trampilla que había sobre él. Un momento después, cuatro caballos negros a juego, de complexión musculosa y brillante pelaje, testimonio de su cuidado y adiestramiento, se pusieron en movimiento. La algarabía de los asistentes al baile se desvaneció, sustituida por el sonido de ruedas de carruajes y el repiqueteo de cascos sobre el adoquinado.

—¿No te lo has pasado bien? —preguntó Helen a su hija.

Rose se enderezó en el asiento.

—Oh, sí que me lo he pasado bien. Bailé más de lo habitual, pero me recordaron que hay algunos jóvenes de esta ciudad que parecen haber olvidado sus lecciones de baile.

—¿Quién te ha pisado? —preguntó William.

Inhalando suavemente, Rose dijo:

—Nadie, en realidad.

—¿Cómo está tu pierna, cariño? —preguntó su madre—. ¿Te ha dolido?

Al recordar lo que David había hecho durante el segundo vals, se dio cuenta de que sus padres no habían presenciado cómo salió del baile. Quizá ya habían salido a los jardines.

—En absoluto —respondió ella.

—Confío en que Bennett-Jones haya sido un perfecto caballero esta noche —preguntó James—. Disculpa si interrumpimos vuestra conversación en la fuente.

William resopló mientras se giraba para mirar a su hermana.

—¿Estuviste con Bennett-Jones cerca de Cupido? —preguntó incrédulo.

Rose lo fulminó con la mirada.

—Estuve, sí. Y no tengo por qué disculparme. Simplemente

estábamos tomando el aire —añadió, volviendo a centrar la atención en su padre—. Gracias por la recomendación sobre los jardines del extremo oeste de la casa. Creo que tendré que verlos de día para apreciar sus colores.

A decir verdad, apenas se había fijado en las flores de principios de primavera. Su atención se había centrado por completo en David, y al parecer la de él en ella, porque no podía recordar nada más que el beso que se habían dado.

Besos. Se habían besado dos veces.

¿Habría pensado que había ido demasiado rápido al haberle besado? No sabía qué la había poseído para casi lanzarse contra su cuerpo, para juntar sus labios a los de él.

Sin embargo, él no había dudado en devolverle el beso.

¿Había pensado que necesitaba su permiso? ¿Esperó a que ella hiciera el movimiento que los sumió en unos instantes de felicidad?

Nadie la había besado así antes. Nadie le había metido la lengua en la boca. Nadie la había acercado tanto que prácticamente podía sentir la excitación de ambos a través de sus faldas.

—Tendrás que despertarte al mediodía —dijo Helen, interrumpiendo su ensoñación—, si quieres estar lista para salir a las dos.

Rose parpadeó.

—¿Qué?

—Tu paseo a caballo por el parque —dijo su padre—. Bennett-Jones me informó de sus intenciones de llevarte a montar a caballo. Le di mi permiso, sobre todo porque a tu caballo gris le vendría bien un poco de ejercicio —añadió, refiriéndose al caballo que ella montaba desde que era pequeña.

—Por supuesto —respondió ella. Tendría que enviar una nota a Adeline para hacerle saber que no podría tomar el té con ella—. ¿Iremos a cabalgar a Rotten Row a las cinco?

—Puedes ir a caballo, cariño —afirmó Helen—. Tu padre me llevará en su faetón.

Sonreía encantada y batía las pestañas, como si aún fuera una joven señorita deseando dar su primer paseo con un pretendiente.

—Cuidado, cariño, o escandalizarás a nuestros hijos —se burló James.

Tanto Rose como William resoplaron al unísono.

—Estás bastante callado esta noche —dijo James, dirigiendo la mirada a su hijo—. Waverley —añadió con una sonrisa—. No sé si alguna vez me acostumbraré a llamarte así.

William se encogió de hombros.

—Ha sido un día largo —murmuró él.

—No te he visto bailar —comentó James.

—Pero he bailado —insistió su hijo—. El cotillón y la danza country inglesa. He jugado a las cartas.

Helen ahogó un grito, pero James le dio un suave apretón en una de las manos.

—No te preocupes. No perdió —susurró.

Ella suspiró suavemente, cerrando los ojos y apoyando la cabeza en el hombro del duque.

Una vez que James confirmó que se había dormido, dirigió la mirada a su hijo.

—¿Qué ha pasado realmente esta noche? —preguntó.

William miró por la ventanilla del carruaje en un intento de determinar cuánto les quedaba para llegar a Ariley Place.

—Ella no estaba allí —respondió.

—¿Quién no estaba? —preguntó Rose mientras se enderezaba en el asiento.

William inhaló profundamente y dirigió una mirada de fastidio a su padre.

—Lady Eva.

Los ojos de Rose se abrieron.

—Volverá a tiempo para mi baile —respondió—. ¿Estás... estás pensando cortejarla? Porque si es así...

—Preferiría que no le dijeras nada —comentó su hermano, interrumpiéndola antes de que pudiera ofrecer algún tipo de ayuda—. Lleva fuera todo el invierno. Puede que ya esté casada, con dos hijos y un perro —se quejó.

A pesar de la seriedad del comentario de su hijo, el duque soltó una carcajada.

—Eso no ocurre tan deprisa —dijo, aunque al recordar su situación le recordó que a veces se había sentido así con sus dos primeras hijas—. Además, lord y lady Sommers solo se marcharon de Londres unas semanas antes de Navidad —añadió, refiriéndose a los padres de lady Eva. Se habían llevado a su hija y a su sobrina, lady Helen Tennison, a su finca de Shropshire—. Sé de buena tinta que el barón volverá al Parlamento antes de que acabe la semana.

Cuando William se dio cuenta de la expresión de felicidad de Rose, preguntó:

—¿Por qué estás tan contenta?

Rose suspiró.

—Aunque me hubiera encantado tener a Adeline como cuñada, creo que lady Eva será una buena sustituta.

William se quedó mirándola un momento.

—¿Adeline? —repitió él—. Pero ella no podría serlo. No es más que la hija de un vizconde —añadió.

Inhalando bruscamente, Rose se volvió para mirar primero a su hermano y luego a su padre, recordando inmediatamente lo que David le había dicho aquella noche en los jardines.

«Soy el hijo de un vizconde. Nunca seré más que un vizconde».

A pesar de la escasa iluminación del interior de la carroza, pudo ver la mueca que mostró el duque al oír el comentario de su hijo.

—A diferencia de hace cien años —dijo James en tono uniforme y cortante—, el ducado de Ariley está en buena posición. No hay necesidad de que tu matrimonio tenga importancia financiera o política.

William frunció sus oscuras cejas.

—¿Qué estás diciendo, padre?

James suspiró suavemente, su mano cubriendo una de las de su esposa.

—Cásate por amor, maldita sea. Hizo una pausa antes de dirigir su mirada directamente a su hija—. Los dos.

La mirada de William pasó de su padre a Rose y luego de nuevo a su padre, y luego resopló.

—Bueno, esto ciertamente cambia las cosas —dijo él. Se acomodó en los cojines, con una sonrisa alzando sus mejillas.

De repente, Rose se dio cuenta de que lady Eva no sería su cuñada.

CAPÍTULO 23

DESAYUNO DESPUÉS DEL BAILE

A la mañana siguiente

Solo una hora más tarde de lo habitual, Adeline se despertó y se vistió rápidamente, rechazando la oferta de la doncella de peinarla.

—Lo dejaré suelto por ahora. No quiero llegar tarde al desayuno. En realidad, quería escuchar los comentarios de todos sobre el baile de la noche anterior.

Salió de su dormitorio y se dirigió por el pasillo hacia las escaleras. Con las prisas, casi choca con Ertuğrul cerca de la estatua de Afrodita.

—Oh, mis disculpas, excelencia —dijo mientras daba un paso atrás y hacía una reverencia.

La sonrisa inicial de Ertuğrul se transformó en ceño fruncido.

—No hay necesidad de formalidades entre nosotros —dijo—. ¿Verdad?

Ella agachó la cabeza.

—Por supuesto que no. Viejos hábitos, supongo. Quiero disculparme por... haberme dormido sobre ti anoche en durante el viaje de vuelta.

Cuando repitió las palabras en su cabeza, hizo una mueca de dolor y un rubor calentó sus mejillas.

Fue el turno de Ertuğrul de bajar la cabeza.

—Como dije anoche, no me importa —dijo—. Siempre eres bienvenida a dormir en mi hombro. —Al notar su rubor, añadió —: Tienes el pelo muy largo. Muy bonito. Me recuerda al cobre de Chipre.

Ahora contenta de haber despedido a Perkins, Adeline dijo:

—Gracias. —Cogió aire—. ¿Ibas a bajar a desayunar?

Ertuğrul asintió.

—Sí. Estoy ansioso por escuchar todas las historias del baile. ¿Y tú?

—Prácticamente vivo para ellas —dijo ella con una risita.

Él le ofreció el brazo y ella lo cogió.

—Me alegro de haber sido un mero espectador la pasada noche —comentó el joven—. Me dio la oportunidad de observar además de participar, aunque me pregunto cómo me juzgaron.

Inhalando suavemente, Adeline dijo:

—No pensé que nadie te estuviera juzgando —respondió—. Creo que la mayoría tenía curiosidad, eso es todo. —A mitad de la escalera, preguntó—: ¿Lo disfrutaste? Tuviste que participar en casi todos los bailes.

—Puede que me perdiera alguno —dijo él mientras se acercaban a la sala de desayunos—. Pero creo que el baile de la cena fue mi favorito.

Adeline sonrió mientras un rubor volvía a colorear su rostro.

—El mío también. —No pudo decir más cuando tres pares de ojos somnolientos se volvieron para mirarlos—. Buenos días — dijo antes de dirigirse al aparador.

Ertuğrul saludó a los demás. Una expresión de diversión apareció en su rostro cuando su mirada se detuvo en David.

—¿Has dormido algo?

David hizo una mueca.

—Unas horas —respondió, antes de casi tragar de golpe su

café—. Pero el paseo hasta casa me sentó bien. Me dio tiempo para pensar.

—¿Sobre qué? —preguntó Adeline mientras se unía a ellos en la mesa con un plato lleno de huevos cocidos y tostadas. Un lacayo le sirvió una taza de té y esperó a que Ertuğrul pidiera su bebida.

—En la temporada, supongo. Y cómo algunas personas han cambiado tanto mientras que otras no han envejecido ni un poco —dijo David—. Yo solo estuve fuera... tres años, dos meses y diez días —añadió, recordando el comentario mordaz de Rose al respecto.

La duración exacta de su ausencia hizo que Adeline arqueara una ceja, sabía exactamente quién había dicho esas palabras por primera vez, pero no dijo nada en respuesta.

—¿Qué tal el baile de la cena? —preguntó Ertuğrul, meneando sus cejas oscuras.

—Corto —respondió David—. Lady Rose estaba sintiendo algunas molestias, así que nos saqué bailando del círculo.

—¿Se encuentra bien? —preguntó Elizabeth, apartando su atención de la correspondencia que le habían entregado esa misma mañana.

Antes de que David pudiera responder, Elkins apareció en la puerta con una bandeja de plata en la que había una nota. Se aclaró la garganta.

—¿Qué ocurre, Elkins? —preguntó George, levantando la vista de un ejemplar de *The Times*.

—Un lacayo de Ariley Place ha entregado una nota. —David y George se sobresaltaron, como si pensaran que el mensaje podía ser para ellos, y ambos fruncieron el ceño cuando el mayordomo añadió—: Para la señorita Bennett-Jones.

—Ah, entonces será de parte de Rose —dijo mientras cogía la nota de la bandeja—. He invitado a mis amigas a tomar el té esta tarde.

David frunció las cejas, y Ertuğrul lo notó, pero se limitó a fingir indiferencia mientras Adeline abría y leía la breve misiva.

—¿Se encuentra bien lady Rose? —volvió a preguntar Elizabeth.

Adeline asintió.

—Sí, pero no me vendrá a tomar el té. Al parecer, ha aceptado una oferta para dar un paseo a caballo por el parque esta tarde.

—Oh, su madre estará encantada —comentó Elizabeth, ajena tanto a las miradas de Ertuğrul como a las de Adeline en dirección a David—. Creo que la duquesa empezaba a pensar que su hija acabaría como una solterona.

—Tonterías —murmuró George, aunque se le vinieron a la cabeza los comentarios del duque de Ariley sobre el asunto de la falta de cónyuges de sus hijos mayores cuando se habían reunido por última vez en el White's—. Está en una lista bastante corta —añadió.

Elizabeth dio un respingo.

—¿De qué lista estás hablando?

—La lista de todas las jóvenes que nacieron entre mil ochocientos diecisiete y mil ochocientos veintitrés que aún no tienen a nadie que las corteje —contestó George, ignorando el leve grito ahogado de Adeline—. Y que vivan aquí, en la capital.

Al reflexionar sobre las condiciones por un momento, su vizcondesa arrugó una ceja.

—Eso es demasiado específico —comentó. Su mirada se posó en su hija antes de volverse de repente hacia su marido—. ¿Addy está en esa lista?

George hizo una mueca.

—Por supuesto que está.

Ertuğrul se inclinó más hacia Adeline y susurró:

—No soy yo. —Ante la mirada de confusión de ella, añadió—: No soy yo quien lleva a lady Rose a dar un paseo por el parque.

Adeline se encogió de hombros. Aunque estaba segura de que Rose iría con David, le resultaba sorprendente que intentara cortejar a la hija de un duque. Sin embargo, la confirmación de que no era Ertuğrul quien iba a cabalgar con Rose le produjo una sensación de alivio.

—Pero, ¿tú montas a caballo? —preguntó, con una combinación de fastidio y vergüenza, ya que al saber que estaba en una lista le dificultaba mantener la voz suave.

—Sí —respondió él—. ¿Y tú?

—Sí, claro.

—Quizá podamos ir alguna tarde. Cuando no tengas que recibir a tus amigas.

Antes de que Adeline pudiera responder, George dejó a un lado el periódico y dijo:

—Daremos una vuelta por el parque esta tarde para el desfile en Rotten Row a las cinco —anunció—. Subiremos a la calesa y tomaremos el aire antes de cenar algo rápido y luego nos dirigiremos a Worthington House para la velada de esta noche.

—La cocinera está preparando un tentempié frío para nosotros esta noche, así que no nos moriremos de hambre cuando lleguemos —dijo Elizabeth.

Se escucharon murmullos de aprobación alrededor de la mesa, pero David dijo:

—Como cabemos muy justos cinco en la calesa, probablemente vaya a caballo esta tarde, si no os importa.

Su padre se encogió de hombros.

—Tenemos varias monturas a las que les vendría bien ejercicio —dijo a modo de acuerdo—. Mientras tanto, me voy a Westminster.

Besó a Elizabeth en la mejilla y se marchó de la sala. Una vez que se hubo marchado, ella se inclinó hacia delante y dijo:

—No puedo creer que no os lo haya preguntado, pero yo sí lo quiero saber. ¿Qué pasó anoche en el baile? Quiero oírlo todo —dijo mientras extendía los dedos en señal de anticipación.

David, Adeline y Ertuğrul intercambiaron miradas rápidas.

—Esperábamos que nos lo contaras tú —dijo Adeline.

Elizabeth se resopló y fingió decepción.

—Oh, si es necesario empezaré yo.

Su madre procedió a describir lo que había visto y de lo que se había enterado la noche anterior.

Aunque podría haber sido más interesante para aquellos que realmente conocían a alguna de las personas que mencionó, Ertuğrul pensó que el cotilleo seguía siendo entretenido. Le divertía escuchar lo que contaba, y a pesar de la seriedad de algunas cosas, la mujer se mostró comedida en sus descripciones. No decía nada malintencionado, a menos que se tratara de un conocido deshonesto.

Era evidente que David y Adeline conocían a todos los que ella mencionaba, pues se reían cuando era oportuno y parecían preocupados al enterarse de los problemas de alguien. Estaba reviviendo su vals con Adeline en su cabeza cuando se mencionó su nombre.

Ertuğrul miró a Adeline.

—¿Quién? —preguntó él.

—Lady Lucy. Estaba muy contenta de bailar contigo —repitió Elizabeth—. Es bastante tímida, así que mucha gente se dio cuenta de cómo sacaste a bailar a todas las chicas que no suelen participar y lo apreciaron mucho.

Ertuğrul se encogió de hombros.

—Fue… un placer, milady —respondió él—. Estaré encantado de volver a hacerlo en el próximo baile.

Incluso mientras pronunciaba las palabras, tuvo la impresión de que a cierta joven no le hacía ninguna gracia oírlas.

CAPÍTULO 24
COMIENZA EL CORTEJO

Más tarde, ese mismo día

Tras una breve búsqueda en su armario, David encontró una chaqueta de montar de tweed y unas calzas que aún le quedaban bien. Tras un breve forcejeo con la ayuda de Elkins, consiguió calzarse un par de botas de estilo hessiano. De pie frente al espejo de su alcoba, decidió que ya estaba preparado para su primer día de cortejo a lady Rose.

El sol brillaba con fuerza cuando David entró en los establos que había detrás de Bostwick House. Un caballo capón de color castaño relinchaba suavemente mientras un mozo de cuadra le ponía la silla.

—Buenas tardes, Thompson —dijo David mientras se colocaba delante del caballo.

—Me alegro de verle de vuelta, señor —respondió el mozo de cuadra, sin apenas detenerse mientras aseguraba las correas de cuero de la silla.

—Me alegro de estar de vuelta —comentó David—. No lo reconozco —añadió mientras miraba al caballo, la mancha blanca en el centro de la frente una característica común entre los caballos de carreras que habían sido criados en la propiedad de

Bostwick en Sussex. También era más grande, su estructura musculosa sugería que no había sido criado para el hipódromo.

—Este es Ares, señor. El caballo de montar de su padre. Me sugirió que se lo ensillara, ya que el suyo está pastando en el sur.

David hizo una mueca al darse cuenta de que su ausencia de Londres había significado que su montura habitual había carecido de atención y ejercicio.

—Ares —dijo—. ¿Te apetece dar un paseo por el parque?

Una serie de relinches indicaron que el caballo estaba deseando salir.

—Estaré fuera mucho tiempo, supongo —dijo David mientras montaba al caballo—. Si no regreso antes del desfile en Rotten Row, es porque he ido directamente allí desde mi cita.

—Muy bien, señor.

David puso a prueba a Ares mientras salían del establo, manteniendo al caballo moviéndose a un medio galope hasta que estuvieron en Park Lane. Luego aflojó las riendas mientras se dirigían al norte, hacia Ariley Place.

Encontró a un mozo de cuadra sujetando las riendas de un caballo irlandés frente a la gran casa georgiana.

—¿Es esa la montura de lady Rose? —preguntó David según se acercaba.

—Efectivamente, señor —respondió el criado en el mismo momento en que se abría la puerta principal para revelar el motivo de la presencia de David.

—Tu puntualidad es digna de elogio —dijo Rose mientras él desmontaba y se apresuraba a llevarse la mano de la joven a los labios.

—Como la tuya, milady —respondió él. Iba vestida con un vestido de montar de lana azul brillante. El corpiño ajustado, decorado con cercos de cordones negros trenzados y un pequeño cuello, le recordó a la noche anterior, cuando había sostenido su cintura con las manos mientras la besaba.

—¿Qué tal estás hoy?

Después de besarle el dorso de la mano enguantada, se inclinó hacia delante y le besó la mejilla.

Rose inhaló suavemente y su mirada se posó en su ropa de montar con aprecio. Hizo una reverencia.

—Admito que me hubiera gustado dormir una hora más —respondió mientras se dirigía a su caballo—. Pero es bueno ver el sol.

—¿Fue tu familia la última en abandonar el baile? —preguntó él. Aunque el mozo de cuadra se había agachado y entrelazado las manos para que ella pudiera montar más fácilmente en la silla de montar, David le hizo un gesto para que no lo hiciera. Le puso las manos en la cintura y la subió fácilmente a la silla, ignorando su grito de sorpresa.

No pudo evitar el extraño fastidio que sintió al imaginársela bailando con otros jóvenes después de haberse marchado de la mansión Weatherstone. Sin embargo, el paseo hasta casa había sido necesario. El aire fresco de la noche ayudó a aplacar su ardor. Después de probarla en los jardines, la cena no le había saciado el apetito. Sabía que si se quedaba, lo pasaría peor.

David enganchó la pierna de ella en el borrén delantero, asegurándose de que su pie estaba en el estribo, luego Rose observó cómo montaba fácilmente a su capón, mucho más grande.

—No fuimos los últimos en irnos —respondió—, pero no pude evitar notar que te habías marchado. ¿Ocurrió algo?

David dio un respingo, lo que hizo que su caballo se dirigiera hacia la calle.

—Es más bien lo que podría haber pasado si no me hubiera marchado cuando lo hice —respondió frunciendo el ceño cuando se dio cuenta de que el mozo no tenía montura. El caballo de Rose ya se había colocado junto al suyo.

A punto de preguntarle a qué se refería, Rose miró hacia atrás para seguir su mirada.

—Padre me informó de que no necesitaba carabina cuando estoy contigo.

David abrió los ojos y se encogió de hombros.

—¿Supongo que debo tomarlo como un cumplido de mi honor? —preguntó. Teniendo en cuenta lo que le hubiera gustado hacer con ella en el baile de la noche anterior, no se sentía como si se hubiera ganado la confianza del duque.

—Le gustas, David. Siempre le has gustado —respondió ella.

—¿Y a ti?

A pesar de la brillante luz del sol, el color de las mejillas de Rose se acentuó visiblemente.

—Te conozco desde que éramos niños —le recordó—. Así que... sí.

David sonrió y decidió guardar el resto de sus temas de conversación hasta que estuvieran bien adentrados en Hyde Park. Entraron por Cumberland Gate, en la esquina noreste, el sonido de los cascos en el sendero se mezclaba con el susurro de las hojas y el piar de los pájaros en los árboles.

David iba delante cuando el camino no era lo bastante ancho para los dos caballos, maniobrando con seguridad entre otros jinetes y peatones mientras Rose le seguía de cerca en su yegua gris.

Mientras cabalgaban, hablaban del baile, disfrutando de la libertad del espacio abierto y de la belleza del parque. Se detuvieron y desmontaron para dejar que sus caballos pastaran en la frondosa hierba. A lo lejos, el palacio de Kensington ofrecía una vista impresionante.

David cogió las riendas de los dos caballos y los condujo hasta un banco situado junto a un seto; las hojas que susurraban con la brisa acallaban el ruido del lago Serpentine.

Atando las riendas a las ramas del seto, David se aseguró de que los caballos pudieran alcanzar la hierba antes de reunirse con Rose en el banco.

—Me fui después del baile de la cena porque si me hubiera

quedado... —David hizo una pausa y tragó saliva—. No habría sido tan honorable como tu padre me cree.

Con expresión de sorpresa al oír su confesión, Rose se enderezó en el banco.

—¿Qué habrías hecho? —le preguntó. Cuando él parecía como si no fuera a contestar, ella dijo—: No soy una señorita recién salida de la escuela. —Como él aún parecía reacio a responder, añadió—: De hecho, me gustaría oír una confesión así, sobre todo si es una especie de cumplido. No oigo muchos de esos en estos días.

—Rose —dijo él suspirando.

—Cuando te fuiste a tu *Grand Tour*, fue como si de repente fuera una solterona...

—No, Rose —murmuró él.

—...Y el único hombre que se mostró interesado en mí resultó ser el cazafortunas del que te hablé.

David hizo una mueca.

—No era mi intención ausentarme tanto tiempo. Si hubiera sabido entonces que tu padre...

Rose inhaló suavemente.

—Continúa —le animó—. Por favor, cuéntamelo. Sea lo que sea.

—¿Me prometes que no pensarás mal de mí?

Rose respiró hondo, frunciendo el ceño.

—Lo prometo.

—Está bien. Te deseaba —afirmó él, ignorando cómo los ojos de ella se abrían en sorpresa—. Parte de la razón por la que me fui con lord James fue porque pensé que el tiempo me cambiaría. Que para cuando volviera, te habrías casado con alguien, y una vez que supiera que no podía tenerte, perdería el interés, o mi pasión se habría enfriado, o habría conocido a alguien más.

Rose agachó la cabeza y se puso una mano delante de la cara en un intento de ocultar la boca abierta. Su confesión fue tan chocante como bienvenida.

—¿Todavía... me deseas?

—Por supuesto —respondió David—. Creí que lo había dejado claro anoche.

Ella bajó la mano mientras lo miraba y luego tragó saliva.

—¿Qué me habrías hecho anoche? ¿Si no te hubieras ido?

David hizo una mueca y miró a su alrededor como si pensara que alguien pudiera estar escuchándoles.

—Te habría llevado a una alcoba, o a un dormitorio vacío, o a la biblioteca, o... o de vuelta a los jardines. Te habría besado hasta dejarte sin sentido. Quizá más.

Jadeando, Rose se ruborizó y dijo:

—Te lo habría permitido. —De repente se puso seria—. Supongo que eso me hace parecer bastante rápida.

Él negó con la cabeza.

—Sé que has dicho que no eres una señorita, pero te habría mancillado, Rose —le advirtió—. A conciencia.

—Te lo habría permitido —respondió ella en un susurro.

David tragó saliva y negó con la cabeza.

—¿Sabiendo que te verías obligada a casarte conmigo? —rebatió—. Como dije anoche, nunca seré más que un vizconde.

Recordando lo que su padre había dicho en el carruaje de madrugada, Rose soltó una suave risita.

—A mi hermano y a mí nos informaron a las dos de la mañana de que no nos casaremos por motivos económicos o políticos.

David frunció el ceño.

—¿Eso ha dicho el duque?

Ella asintió.

—Padre dijo, en términos muy claros, que nos casaríamos por amor. —Frunció una ceja al considerar su afirmación anterior—. Sin embargo, no dijo nada sobre la lujuria.

Parpadeando, David se aclaró la garganta.

—Deseo cortejarte como es debido, lady Rose.

La afirmación hizo que Rose experimentara una mezcla de excitación y decepción.

—No estoy rejuveneciendo —le advirtió ella.

—Pero ciertamente te estás volviendo más hermosa —contraatacó él.

—David —murmuró ella suavemente—, podrías haber empezado por ahí —bromeó. Tras un momento de silencio compartido, Rose bajó la cabeza—. ¿Me dirás por qué te mantuviste alejado tanto tiempo?

Al oír la pregunta, David se sobresaltó, cogió aire y lo soltó.

—Cuando James y yo partimos, teníamos un itinerario para explorar toda Italia, la isla de Sicilia, la Grecia continental y algunas islas en dos años —explicó—. Estábamos en Rodas cuando nos enteramos de lo de lady Charlotte y los piratas, y... resulta que no hizo falta salvarla, pero entonces James conoció a Sevinc, la hermana gemela de Ertuğrul, se casaron y se fueron de viaje de novios. Yo habría vuelto a Inglaterra entonces, pero Ertuğrul y yo habíamos empezado a trabajar en los planos de los edificios, y el sultán me invitó a quedarme... así que lo hice. —Tomó una de las manos de Rose entre las suyas—. No pensé que tuviera ninguna razón para volver a casa. Al menos, no de inmediato.

Rose se sobresaltó, sus palabras le recordaron que no había hecho más evidente su aprecio por él.

—Entonces... ¿valió la pena el viaje?

Había pronunciado las palabras en voz tan baja que David apenas las oyó.

—Por un lado, no me arrepiento; he vivido experiencias que ningún otro hombre aquí en Inglaterra ha tenido —respondió él.

—Mujeres hermosas, supongo.

Ella no pudo evitar la punzada de celos que sintió al pensar en él con mujeres exóticas en tierras lejanas.

David dio un respingo.

—¿Qué? No —afirmó mientras negaba con la cabeza—. Es decir, allí hay mujeres hermosas, pero ninguna me interesaba.

—¿Te acostaste con alguna?

David la miró con incredulidad, con los ojos como platos.

—Rose —la regañó.

—Solo tengo curiosidad —dijo ella—. He oído que las mujeres turcas aprenden a hacer el amor con un hombre como parte de su educación. ¿Es cierto?

Con la boca abriéndose y cerrándose como un pez, David no sabía qué responder.

—He oído que las concubinas de un harén aprenden esas habilidades, pero no sé nada del resto —balbuceó.

Conocía eso, pero no porque se hubiera acostado con una. Había estado en compañía de una concubina por una razón completamente distinta. Una que esperaba que le ayudara a la hora de acostarse con su futura esposa.

—¿Te hizo el amor una concubina?

Él negó con la cabeza.

—No. —Puso los ojos en blanco—. Ziyaeddin me ofreció una, una vez. Una que aparentemente aún era virgen. Pero la rechacé tan educadamente como pude.

Rose lo miró con incredulidad.

—¿Por qué?

Él inhaló suavemente y luego dijo.

—Porque no eras tú.

Rose lo miró fijamente durante mucho tiempo antes de parpadear. Un momento después él la tenía en sus brazos, sus labios capturando los de ella en un suave beso.

—Ojalá pudiera hacerte el amor ahora mismo.

Miró a su alrededor, contento de descubrir que nadie había sido testigo de su demostración pública de afecto.

—Vas a tener que pedirme matrimonio para que eso ocurra —le advirtió ella en un susurro.

El joven sonrió.

—Como hija de un duque, ¿no eres tú quien tiene que proponerme matrimonio? Teniendo en cuenta que yo no soy más que el hijo de un vizconde.

A punto de asentir, Rose recordó haber oído que Elizabeth Carlington había sido quien le propuso matrimonio a George Bennett-Jones antes de casarse. Rose resopló.

—David Bennett-Jones, si crees por un minuto que vas a recibir una propuesta de matrimonio como la que recibió tu padre, bueno… —Inhaló y mostró una expresión de indecisión.

¿Y si alguien más le proponía matrimonio durante la temporada? ¿Y si había alguien más que quería casarse con ella? Si aceptaba la propuesta y luego cambiaba de opinión, sus posibilidades de otro compromiso serían aún menores que en ese momento.

A pesar de su evidente enfado con él, David no la había abandonado en la fuente ni en la pista de baile. Había aceptado cada reprimenda que ella le había echado como si ya se las hubiera echado él a sí mismo.

Los recuerdos de la noche anterior revolotearon en su mente. Los recuerdos de sus besos. De cómo la había abrazado. De su sueño con él aquella madrugada.

—Bueno, entonces, supongo que lo harás —dijo Rose en un susurro, dándose cuenta de que él realmente creía que tenía que ser ella quien le propusiera matrimonio—. ¿Quieres casarte conmigo?

David parpadeó mientras se le escapaba una risita.

—¿Me… me acabas de proponer matrimonio?

—Lo hice, pero tu ventana de oportunidad para responder se está cerrando muy rápido —advirtió ella con un resoplido.

—Sí —respondió él, con cara de asombro durante varios segundos—. Me casaré contigo. Lo haré —añadió, con una expresión de asombro aún evidente.

—¿Qué pasa? —le preguntó ella.

David cogió aire.

—Creo que estoy enamorado —susurró.

Rose le golpeó el hombro con un guante mientras sus ojos se redondeaban.

—¿De quién?

David volvió a parpadear, sorprendido y, finalmente, se echó a reír.

—De ti, por supuesto.

Sonriendo de felicidad, Rose le dio otro golpe con el guante.

—Más te vale —le advirtió antes de que él volviera a estrecharla entre sus brazos—. No se lo digas a Adeline —dijo al cabo de un momento.

—¿Qué? ¿Por qué no? —preguntó él, posando una mano en la mejilla de ella.

Rose apartó la mirada.

—Está empeñada en que Ertuğrul me corteje mientras esté en Inglaterra —explicó—. Parece creer que deberíamos casarnos.

—Bueno, eso no va a ocurrir —afirmó David. Ante la mirada de preocupación de ella, añadió—: Porque ya tengo la certeza de que Ertuğrul no te va a cortejar. Me lo prometió.

Ella se enderezó en su abrazo.

—¿Lo hizo? —preguntó asombrada.

—Por supuesto. No iba a permitir que mi mejor amigo se casara con la mujer de la que estoy enamorado —insistió él.

Una sonrisa brillante apareció en su rostro antes de que Rose lo besara.

—¿Y ahora qué hacemos? —le preguntó ella cuando terminó de besarle.

Él sacó su reloj de bolsillo del chaleco.

—¿Te apetece dar una vuelta por Rotten Row? El desfile empezará dentro de una hora.

Rose lo miró sorprendida.

—¿Tanto tiempo hemos estado fuera? —preguntó con incredulidad

—Así es. Aunque tendré que devolverte a Ariley Place justo después. Tenemos una velada a las ocho.

—Yo también —respondió ella.

—¿Se lo decimos a nuestros padres?

Rose negó con la cabeza.

—¿Y si esperamos hasta mi baile? Solo faltan unos días —sugirió—. Mi padre puede anunciarlo antes del baile de la cena.

—¿Bailarás conmigo? —preguntó él.

—Por supuesto —dijo ella, a punto de golpearle el hombro con el guante. Él entrelazó su mano con la de ella y se la llevó a los labios.

—¿No vas a cambiar de opinión? —preguntó David con suspicacia antes de posar los labios en el dorso de sus dedos desnudos.

Ella inhaló suavemente.

—¿Vas a cambiar tú la tuya? —replicó.

Él se rio.

—No —le aseguró. Volvió a besarle los dedos—. Pero dada nuestra edad, quizá no deberíamos esperar demasiado para casarnos —sugirió.

—¿Estás diciendo que soy vieja? —preguntó ella con un resoplido, apartando la mano.

Él la recuperó y besó la palma. Luego negó con la cabeza.

—No estoy rejuveneciendo.

—Prométeme que no dirás a los hombres de tu club que te casas con una solterona.

David frunció el ceño.

—No me caso con una solterona, ¿por qué iba a decirles algo así? —Al ver su expresión de preocupación, la agarró con más fuerza—. ¿Crees que alguna vez podrías amarme?

Ella negó con la cabeza.

—No creo —respondió antes de que apareciera una brillante sonrisa y soltara una risita—. Si hubieras visto la cara que acabas de poner —bromeó. Poniéndose seria, le rodeó el cuello con los brazos y le besó. Cuando por fin se separó, suspiró—. Admito que estoy enamorada de ti. ¿Será suficiente?

David rio entre dientes.

—Bastará —respondió—. Por ahora. —El joven tragó saliva—. Díselo a tus padres —dijo de repente.

Rose agachó la cabeza.

—Se lo diré. —Ante la mirada de sorpresa de David, añadió—: No habría sido capaz de mantenerlo en secreto durante tres días.

Permanecieron en el banco del parque unos minutos antes de enderezarse y mirar a su alrededor como si hubieran olvidado dónde estaban.

Los dos cogieron sus caballos y se dirigieron hacia el sur, a Rotten Row, conscientes ambos de que recordarían ese paseo para siempre.

CAPÍTULO 25
UNA TARDE EN EL SALÓN

ientras tanto, en la residencia de los Bostwick

Consciente de que Ertuğrul había sido testigo de la llegada de sus cuatro invitadas a tomar el té aquella tarde, le había visto detenerse cuando subía por las escaleras mientras Elkins se ocupaba de los chales de sus amigas, Adeline le recordó que era bienvenido a unirse a ellas si deseaba tomar una taza de té y una galleta. Él rechazó la oferta, aunque parecía intrigado.

—¿Es habitual que un hombre participe en la fiesta de té de una dama? —preguntó en un susurro.

Adeline soltó una risita.

—No, pero serías bienvenido. Ya las conoces a todas —le recordó—. Has bailado con ellas. Pero desde luego entiendo que no te sientas cómodo entre tantas jovencitas.

Ertuğrul no estaba seguro de si le estaba tomando el pelo o no. Tal vez ella no sabía que él había pasado sus primeros años en un harén. Aunque en aquella época había algún que otro muchacho con él, había estado rodeado de concubinas, sirvientas y parientes femeninas del sultán.

—Puede que esté más cómodo de lo que deseas —le advirtió,

moviendo las cejas. Reanudó el ascenso, y la expresión de confusión de Adeline le hizo sonreír.

Al fin apartó la mirada de su trasero en retirada, ¿tenía idea el joven de cómo se movían los músculos de sus muslos bajo los pantalones de piel de ante? Adeline inhaló suavemente y centró su atención en las cuatro mujeres que Elkins escoltaba hasta el salón delantero.

El elegante salón estaba muy iluminado, tanto por la ventana delantera como por la araña de gas que brillaba como si estuviera hecha de diamantes. El grupo de cinco mujeres jóvenes estaba sentado en cómodos sillones tapizados, tomando té y mordisqueando delicadas galletas. Vestidas con sus mejores trajes de día, adornados con lazos, encajes y volantes, aún disfrutaban del resplandor del baile de la noche anterior.

—¿Eras tú a quien vi hablando con lord Waverley anoche? —pregunto Lucy Turnbridge dirigiendo una mirada a su anfitriona, con los ojos verdes brillantes de picardía—. Parecía bastante prendado de ti.

Adeline se mofó.

—Creo que me confundes con otra persona —replicó, sin recordar haber visto a William Burroughs en el baile—. Ahora es realmente un lord, al menos según mi padre. Le ofrecieron una orden de aceleración y ahora está en el Parlamento.

—Si Rose estuviera aquí, estoy segura de que nos diría que tiene muchos humos —murmuró Patience Fulton.

—Yo hablé con él —anunció Hope Batey. Cuando las demás volvieron los ojos hacia la hija del vizconde Lancaster, esta se ruborizó visiblemente. Bajando la mirada, añadió—: Oh, no fue nada, en realidad. Solo le pregunté por sus viajes.

Lucy se volvió hacia Faith Fulton.

—¿Y qué hay de ti, Faith? Mi madre dijo que estaba segura de haberte visto en compañía de lord Waverley. Dijo que parecía muy enamorado de ti —afirmó.

Faith negó con la cabeza, sus rizos castaños rebotando alrededor de su rostro enrojecido.

—¿Yo? Soy una marginada. Es guapo, pero ¿qué podría ver en mí?

—¿La hija de un conde, tal vez? —preguntó retóricamente su hermana Patience—. Podríamos preguntarle a Rose si estuviera aquí. ¿Dónde está? —añadió, sirviéndose una galleta cuando Adeline le tendió la bandeja.

—Recibí una nota suya durante el desayuno. Le han pedido dar un paseo a caballo por el parque —explicó Adeline mientras movía las cejas.

Las jóvenes ahogaron un grito y comenzaron a reírse.

—¿Quién?

—Creo que lo sé —admitió Adeline—, pero estoy segura de que no debo decir nada.

Un gemido colectivo dio lugar a otra ronda de risitas. De repente, la habitación se quedó en silencio.

De espaldas a la puerta, Adeline se enderezó en su silla y dirigió una mirada interrogante a Faith.

—Excelencia —dijo Faith, poniéndose inmediatamente en pie.

Las otras jóvenes siguieron su ejemplo, con enormes sonrisas en sus rostros.

Adeline se volvió hacia el şehzade con una sonrisa.

—¿Cómo está, excelencia? —preguntó educadamente mientras le hacía señas para que entrara en la sala—. Creo que ya conoce a todas —añadió mientras le servía una taza de té.

—Ertuğrul, por favor —dijo él mientras hacía una reverencia. Las chicas hicieron una reverencia al unísono—. Espero que pasaran una velada agradable anoche —dijo mientras ocupaba la silla destinada a Rose.

—Todo gracias a usted —dijo Lucy con alegría.

Por un momento, Ertuğrul pareció un poco desconcertado.

—Me cuesta imaginar cómo un baile puede hacer disfrutar toda una noche —replicó.

La mayoría de las mujeres soltaron una risita.

—Todo el mundo le vio venir anoche a nuestro extremo del salón. Al venir a firmar nuestras tarjetas de baile, puso celosos a todos los jóvenes —explicó Patience—. Como resultado, tuve pareja para casi todos los bailes.

—Yo también —dijo Faith.

Hope se enderezó.

—Consiguió que William... quiero decir, lord Waverley... se diera cuenta de que tenía competencia —dijo, sus ojos se movían con nerviosismo por la habitación.

—¿Hope? —susurró Adeline con voz ronca, curiosa por saber por qué la hija del vizconde, e hija de la mujer que hacía de casamentera en su organización benéfica, parecía tan ansiosa.

—¿Supongo que lord Waverley dio a conocer sus intenciones anoche? —preguntó Ertuğrul con una sonrisa—. Me di cuenta de que no estaba contento conmigo cuando la entregué a él para el segundo vals.

La atrevida pregunta hizo que todas las demás jóvenes jadearan de asombro.

—¿Hope? —preguntó Patience con la boca abierta.

—No me ha pedido que me case con él. No exactamente —soltó Hope. Agachó la cabeza—. Solo soy la hija de un vizconde, así que no creo que siga cortejándome.

—¿Cortejarte? —repitieron varias sorprendidas—. ¿Desde cuándo te corteja?

Hope hizo una mueca.

—Solo unas semanas. Lo hemos mantenido en secreto porque... bueno, ha sido nuestro secreto. Pero después de anoche... —Suspiró—. Solo soy la hija de un vizconde —repitió.

—Tu madre era condesa antes de casarse con tu padre —afirmó Adeline, como si eso marcara la diferencia.

—Dijo... dijo que hablaría con su padre y enviaría un...

El sonido de un carraspeo hizo que todos se giraran para descubrir a Elkins de pie en la puerta con una bandeja de plata.

—¿Qué ocurre, Elkins? —preguntó Adeline.

—Un lacayo ha entregado esta carta para la señorita Hope. Se disculpó por el retraso. Intentó entregarla primero en Stanton House pero le dijeron que la señorita Hope se encontraba aquí.

Otro grito ahogado colectivo hizo que Ertuğrul riera suavemente mientras Hope se ponía en pie y cogía el sobre blanco de la bandeja.

—¿Quién la envía? —preguntó Faith con emoción.

—Tiene el sello de Ariley en el reverso. Puedo verlo desde aquí —comentó Adeline. No se atrevía a parecer demasiado contenta por si la misiva traía malas noticias.

Hope sostenía la carta como si fuera a explotar.

—No creo que me atreva a abrirla —murmuró, con una expresión de preocupación que sustituía a la alegría de hacía un momento.

—Milady, ¿puedo ofrecerle alguna ayuda?

Todas las miradas se volvieron hacia el hijo del sultán, y Hope se apresuró a ponerse delante de él.

—¿Puede leer inglés? ¿La caligrafía de un hombre? Porque la letra de William es malísima —dijo apresurada, sin saber que había usado su nombre de pila.

Ertuğrul le cogió la misiva, deslizó la uña del pulgar bajo la cera para que se despegara limpiamente del pergamino y se lo dio a ella.

—Un sello interesante —comentó mientras desdoblaba el papel—. ¿Quiere que lo lea en voz alta?

—Oh, por favor, déjale que lo haga —suplicó Lucy—. Me muero de curiosidad.

Hope asintió y Ertuğrul levantó el papel.

—Mi queridísima Faith Hope…

Se detuvo y la miró confundido.

—Ah, es mi nombre completo. Me llaman Hope porque hay muchas Faiths —explicó mientras hacía un gesto hacia Faith Fulton—. Por favor, continúe.

Cogió aire y leyó en voz alta:

—Al salir de la mansión Weatherstone esta mañana temprano, mi padre me informó de que ni mi hermana ni yo debemos casarnos...

—¡Oh! —un sonido colectivo de decepción llenó el salón antes de que Ertuğrul levantara un dedo. Patience estaba a punto de levantarse y parecía que iba a desmayarse.

—...Por motivos económicos o políticos. Lo dijo muy serio. Ordenó que nos casáramos por amor.

Un grito ahogado colectivo de excitación invadió la sala en el mismo momento en que Elizabeth aparecía por la puerta. De pie junto al mayordomo, le dirigió una mirada interrogante.

—Ha llegado una misiva para la señorita Hope desde Ariley Place —susurró, su presencia en la puerta olvidada desde hacía tiempo por quienes escuchaban atentamente a Ertuğrul.

—Oí los «ohs» y «ahs» y jadeos en el piso de arriba. Empezaba a pensar que un mirón se estaba exhibiendo en la ventana principal.

Los ojos de Elkins se abrieron de par en par.

—Jamás lo permitiría, milady —afirmó.

—¿Y todas esas rosas de ahí fuera? ¿Para quién son?

Sus cejas grises se fruncieron, Elkins parecía confundido por primera vez en todo el tiempo que había servido en Bostwick House.

—¿Rosas? —repitió en un suave susurro. Se alejó de su lado, aparentemente para descubrir de qué estaba hablando.

La atención de Elizabeth volvió a Ertuğrul, que parecía deleitarse con lo que estaba leyendo.

—No creo haber visto a mi padre mostrarse tan serio ante nada en toda mi vida —prosiguió el hijo del sultán cuando las chicas se hubieron tranquilizado. Arrugó una ceja cuando vio que Lucy sacaba un pañuelo del bolsillo. Se lo llevó al rabillo del ojo—. ¿Se encuentra bien, milady? —preguntó alarmado.

—Oh, no puedo evitar estar feliz o triste. Por favor, continúe —dijo ella mientras movía una mano en círculo.

Encontrando la línea donde la había dejado, Ertuğrul se puso una mano en el pecho y leyó:

—Lady Rose y yo hemos recibido la orden de casarnos y de hacerlo con gran premura. Después de nuestro beso en los jardines anoche...

—¡Oh! —exclamaron encantadas varias de las muchachas, aplaudiendo en su mutua excitación.

—...Te escribo para preguntarte si podría tener el honor de anunciar nuestro compromiso en el baile que mis padres organizarán dentro de tres días. —Ertuğrul miró primero a Hope y luego a Adeline antes de añadir—: Espero tu pronta respuesta. Con todo mi amor, Waverley.

Las lágrimas corrían por el rostro de Hope mientras los que la rodeaban juntaban sus manos y suspiraban.

—Nunca hubiera pensado que Waverley fuera tan romántico —susurró Patience en voz alta.

—¡Shh! —Faith se llevó un dedo a los labios—. ¿Hay más? —preguntó—. Siempre hay más.

—Posdata —dijo Ertuğrul mientras levantaba un dedo—. Sé que las rosas naranjas son tus favoritas, así que disculpa el color de estas. No había rosas naranjas en Chiswick.

—¿Rosas? —repitió Hope. Se dio la vuelta para descubrir a Elkins de pie en la puerta con un enorme ramo de rosas rojas.

—Milady, han llegado para usted —declaró el mayordomo con su voz de barítono—. Y un lacayo espera su respuesta.

Adeline se fijó en su madre, de pie junto a la puerta, y le dedicó una sonrisa llorosa. Sin embargo, la atención de Elizabeth estaba puesta en Ertuğrul, que miraba a las mujeres que lo rodeaban con una combinación de humor y curiosidad.

—¡Así que está loco por ti! —exclamó Lucy, con lágrimas derramándose por su rostro.

Patience tomó una de las manos de Lucy entre las suyas.

—¿Qué te pasa? Estás llorando como si... —Arrugó una ceja oscura—. ¿Sientes algo por Waverley?

Los ojos de Lucy se abrieron mientras moqueaba.

—¡No! —respondió ella—. Yo también tengo noticias, pero... —Exhaló un profundo suspiro— la proposición de Chamberlain no fue ni de lejos tan romántica como la de Waverley —se quejó —. Ni siquiera me besó hasta que acepté casarme con él.

—¿Te vas a casar con Marcus Fitzsimmons? —preguntó Adeline con asombro.

Lucy asintió y la mueca llorosa que tenía en su rostro se ensanchó en una sonrisa.

—Este verano. Prometió llevarme de viaje de novios al Peak District.

—Oh, eso es maravilloso —dijo Faith mientras se acomodaba en su silla—. Apenas ha comenzado la temporada y ya se os han propuesto a vosotras dos.

—¿Qué le digo al lacayo? —preguntó Hope de repente.

—¡Sí! —gritaron todas al unísono.

Una risita colectiva siguió a su respuesta mientras Hope salía del salón.

Adeline captó la mirada penetrante de Ertuğrul y arrugó una ceja en señal de pregunta.

—Lady Rose ha recibido la orden de casarse y de hacerlo a toda prisa —repitió él con voz tranquila—. Supongo que oiremos hablar de otra propuesta durante el baile de Ariley.

Aunque su comentario no lo escucharon de inmediato las muchachas que quedaban en el salón, todas lo miraron al oír la última frase.

—Acaba de regresar a Londres —replicó Adeline, pensando que su hermano no le propondría matrimonio tan rápidamente.

—¿Quién? —preguntó Patience, sirviéndose otra galleta.

—Mi hermano, David —dijo Adeline con voz lejana. Estaba segura de que estaba con Rose en ese mismo momento. En algún lugar del parque. Tal vez le estaba proponiendo matrimonio.

En cuestión de minutos, se había enterado de que la mitad de sus amigas íntimas estaban prometidas.

Patience y Faith intercambiaron miradas y Adeline se encogió de hombros.

—Así que solo seremos tres junto a Fred —dijo Faith con un suspiro.

—Tres, sí —respondió Adeline. Le tendió el plato de galletas —. ¿Quieres otra?

Patience rechazó la oferta mientras Faith cogía una galleta de limón. Sus miradas siguieron a Hope cuando volvió al salón, con el aroma de las rosas flotando a su alrededor.

—Me alegro de no haber venido andando hoy —dijo con una sonrisa—. No hay manera de que pudiera llevar todas esas rosas a casa conmigo.

—Me pregunto si alguna vez recibiré rosas de Chamberlain — dijo Lucy mientras cogía una galleta y dejaba que Adeline rellenara su taza de té.

Adeline miró hacia la puerta y descubrió que su madre ya no rondaba por allí.

—Podrías mencionar el regalo de compromiso de Waverley la próxima vez que lo veas —sugirió ella—. Puede que no sepa que te gustan las rosas.

—Preferiría tulipanes en esta época del año —dijo Lucy mientras sus ojos se redondeaban—. Tendré que recordárselo en la velada de esta noche.

La conversación se centró en torno a los otros solteros disponibles que asistieron al baile, y cada mujer compartió sus opiniones y observaciones. Se reían y suspiraban, como colegialas enamoradas, mientras Ertuğrul estaba allí sentado, tomándose su té. De repente, Lucy pareció recordar que él seguía allí.

—Oh, probablemente te estamos aburriendo con toda esta cháchara —afirmó con una risita.

—En absoluto —respondió él—. Ha sido un día muy educativo —añadió—. ¿Puedo preguntar, sin embargo, qué es Chiswick?

Todas las chicas intercambiaron rápidas miradas antes de reírse a carcajadas.

—Es un pueblo al suroeste de aquí —explicó Patience—. Donde los viveros cultivan todas las flores para las floristerías de aquí de Londres.

—Ah —respondió Ertuğrul, un segundo antes de que sonara el reloj.

—Debemos marcharnos ya para arreglarnos para esta noche —dijo Faith mientras se ponía de pie—. No sería bueno que Patience y yo llegáramos tarde, ya que nuestro tío Benjamin está casado con la hermana de lord Torrington —añadió, refiriéndose a Angelica Grandby Fulton y a la anfitriona de la velada de esa noche.

—Serán puntuales aunque solo sea porque viven al lado de Worthington House —le recordó Patience—. Nos vamos.

El resto de las jóvenes se levantaron de mala gana para marcharse, prometiendo volver a verse en el baile de Ariley.

Ertuğrul, que se había quedado solo en el salón, cogió la última galleta mientras reflexionaba sobre los próximos entretenimientos y todas las personas que había conocido durante el baile y el té de aquella tarde.

Puede que otras listas se estuvieran acortando, pero él solo tenía un nombre en la suya.

CAPÍTULO 26
UNA NOCHE EN LA BIBLIOTECA

L

a noche siguiente

Desde su silla en el extremo de la mesa del comedor, George se recostó y miró a los demás con una sonrisa de satisfacción. Aunque solo dos de sus cuatro hijos adultos estaban presentes, le pareció interesante que la incorporación de Ertuğrul a su hogar para la temporada le recordara a cuando su hijo menor aún residía allí.

El hijo del sultán era obviamente bien educado. Inquisitivo. Curioso. Podía haber parecido reservado, incluso tímido, a su llegada, pero se había adaptado a la vida en Bostwick House como si hubiera vivido allí toda su vida.

Sin embargo, la actividad diaria de la tarde parecía desconcertarle. George suponía que cualquier forastero se preguntaría por qué los aristócratas insistían en montar a caballo o pasear o montar en carruajes abiertos todas las tardes a las cinco por un camino serpenteante al sur de Hyde Park.

«Ver y ser visto» no le parecía lógico al joven, pero parecía disfrutar de las salidas. Había elegido ropa de estilo más europeo para los paseos en carruaje, lo que decepcionó a algunos de los que había conocido durante el baile de hacía dos noches, especialmente a las jóvenes a caballo que de vez en cuando pasaban junto a su carruaje, algunas lo hacían más de una vez.

—¿Dónde podría encontrar más información sobre el palacio de Brighton? —preguntó Ertuğrul—. Arquitectónicamente hablando. Supe de él durante la velada de anoche.

George se dio cuenta de que se había perdido parte de la conversación.

—Hay un libro sobre una propuesta de rediseño en la biblioteca. Sobre su decoración y demás —dijo él—. Podemos organizar una salida para ir a Brighton en algún momento de la temporada para que puedas verlo en persona, si quieres. Es uno de nuestros pocos ejemplos de arquitectura mogola aquí en Inglaterra.

Ertuğrul abrió los ojos de par en par.

—¿De verdad? Me encantaría, pero leer el libro será más útil por ahora.

David levantó la vista de su postre.

—¿Estás trabajando en otro proyecto? —le preguntó—. ¿Otro edificio?

Su pregunta le hizo sonar como si quisiera ser incluido en la planificación.

Ertuğrul asintió.

—En realidad, tres. A mi padre le gustaría construir palacios más pequeños para sus hermanos que supervisan algunas de las provincias exteriores —reconoció—. Anoche vi un dibujo del palacio de Brighton en el estudio de lord Torrington y pensé que podría ser un buen punto de partida para un diseño.

—Sé dónde está ese libro —dijo Adeline—. Puedo enseñártelo después de cenar. Es decir, si no vas a jugar al billar.

Ertuğrul miró primero a David y luego a George, sin saber si tenían planes para esa noche. Ya había visto el programa de las dos noches siguientes, el teatro y el baile de lady Rose, y le agradaba la idea de pasar una velada en la biblioteca.

—Puedo jugar yo al billar con mi padre —se ofreció David—. Tengo que discutir algo con él de todos modos.

Había estado ausente la mayor parte del día anterior, regresando a la casa solo una hora antes de que partieran hacia Worthington House, oliendo a caballo y lo único que había dicho era que su largo paseo por el parque había sido agradable. También afirmó haber montado a caballo en el desfile de Rotten Row mientras los demás habían ido en la calesa, pero no lo habían visto entre los muchos jinetes que se habían unido al primer paseo de la temporada.

En cuanto a este día, se excusó durante el desayuno y se marchó en el faetón, alegando que necesitaba más ropa nueva y colonia.

Elizabeth levantó la vista de su postre, llamando inmediatamente la atención de George. Él se limitó a asentir, comprendiendo que su mujer esperaba que compartiera con ella cualquier cosa de la que David hablara. Si no lo hacía, ella lo acosaría, y había aprendido hacía mucho tiempo que era mejor no tener secretos con su vizcondesa.

—Me apunto a una partida —dijo George—. Llevaremos el oporto allí.

—¿Puedo llevar el mío a la biblioteca? —preguntó Ertuğrul.

—Por supuesto —respondió George.

*A*unque había pasado varias veces por delante de la biblioteca durante su corta estancia en Bostwick House, Ertuğrul no había llegado a entrar en la sala. Se detuvo en el umbral y se tomó un momento para observar la escena. Inhaló profundamente, aspirando los aromas de encuadernaciones de cuero y páginas antiguas, vitela y vainilla.

—No es una colección demasiado grande, desde luego, pero hay algunos libros buenos —comentó Adeline cuando apareció por detrás de una de las estanterías centrales. Llevaba dos libros en los brazos y le hizo un gesto para que se acercara a ella donde la chimenea.

Ertuğrul se inclinó hacia un lado, sorprendido al descubrir que, además de las dos librerías independientes, había estanterías de libros en dos paredes enteras, desde el suelo hasta el artesonado. La chimenea situada en el extremo opuesto de la habitación tenía un fuego de leña, y el resplandor dorado que desprendía junto con dos apliques de gas iluminaban ese extremo de la habitación lo suficiente como para leer. Una gran alfombra turca cubría el suelo, absorbiendo la mayor parte del ruido. Sin embargo, el hijo del sultán seguía sintiendo la tentación de susurrar al hablar.

Había un sofá forrado de terciopelo, similar a uno que recordaba haber visto en el despacho, no era el tipo sofá recargado, sino más bien un sofá con cojines mullidos y almohadas con borlas doradas.

—Esto se parece a lo que tenemos en palacio —comentó.

—Es demasiado cómodo —dijo Adeline mientras le entregaba el libro «Diseños del Pabellón de Brighton», de Humphry Repton —. Esto muestra los cambios que este diseñador en particular había propuesto para el palacio, pero el hombre que realmente consiguió el trabajo debió utilizarlo como guía. Ese fue John Nash.

Ertuğrul abrió el libro y, asombrado al ver las láminas en color que había en su interior, se acomodó lentamente en el sofá.

—¿Has estado en este palacio? —preguntó.

—Sí —admitió Adeline, sentándose a su lado—. Aunque no vi todos los interiores en su momento. Es gratis entrar, pero hay que tener entrada.

Los dos se sentaron juntos, ambos en silencio durante un rato mientras Adeline leía una novela. Cuando Ertuğrul pasaba una página y de vez en cuando la miraba, le sorprendía lo diferente que parecía cuando no estaba en compañía de sus amigos o su familia.

Era una mujer delicada, de rasgos refinados y elegantes. Como de costumbre, llevaba el pelo caoba recogido sobre la cabeza, con mechones sueltos que enmarcaban su rostro en forma de corazón. Llevaba un vestido de satén color crema, de líneas sencillas y escote alto, que complementaba su elegancia natural.

Por un momento, le recordó a la sultana Charlotte. Aunque las dos no se parecían en nada, probablemente compartían una educación similar. Se criaron con las mismas expectativas. La misma consideración por los menos afortunados.

Sin embargo, ¿se esperaba que todas las jóvenes de Inglaterra dedicaran tiempo a obras de caridad? Charlotte le había hablado de su tiempo como enfermera voluntaria en el hospital San Bartolomé, especialmente cuando el hombre que se convertiría en su primer marido se recuperaba de sus terribles quemaduras.

Esa misma tarde, Elizabeth y Adeline habían ido a trabajar en la institución benéfica de la señora. Aunque, en ese momento, Inglaterra no estaba en guerra que hiciera que los soldados y marineros regresaran con heridas que les impidieran trabajar, la organización benéfica seguía ayudando a hombres a entrar al mercado laboral o encontrándoles esposas dispuestas a casarse con ellos.

—¿Te gusta trabajar en la institución benéfica de tu madre? —preguntó él.

Adeline se sobresaltó.

—Me gusta. —Volvió a mirar su libro—. ¿Por qué lo preguntas?

Él se encogió de hombros.

—¿Trabajas allí porque quieres o porque tu madre te lo exige?

Adeline inhaló suavemente.

—Lo hago porque me gusta, supongo. Me gusta ayudar a la gente —explicó ella—. Madre no requiere mi presencia, pero si algún día termino dirigiéndolo, es mejor que aprenda todos los entresijos ahora para poder continuar con su legado.

Ertuğrul asintió con la cabeza.

—¿Y tú? —preguntó—. ¿Te convertirás en el sultán porque tu padre lo desea, o porque tú quieres la responsabilidad?

Inclinando la cabeza, Ertuğrul consideró cómo responder.

—Porque no tendré elección —respondió—. Hay mucho que hacer para dirigir un imperio —añadió—. Tendré ayuda, por supuesto. Mis tíos y mis hermanos supervisan varios departamentos: el ejército, la armada, el tesoro, los alimentos, el transporte, las provincias... pero sé que tendré que tomar decisiones que afectarán a cada uno de nuestros ciudadanos.

Adeline escuchó las palabras del emir, con los ojos llenos de empatía y comprensión. Se daba cuenta de que se sentía agobiado por el peso de su futuro imperio, consumido por la enormidad de la tarea que tenía ante sí.

—Tu padre debe saber que eres capaz si te ha elegido como heredero —comentó.

Él resopló antes de contarle la época en la que no creía que su padre lo quisiera como posible heredero. No lo quería en su presencia. Ni siquiera en su palacio.

Por aquel entonces, siempre había creído que Ziyaeddin I le culpaba de la muerte de su madre. Él había sido el segundo de gemelos, empeorando un parto ya de por sí difícil. Una de las concubinas que había asumido la responsabilidad de alimentar a los recién nacidos le había contado que, a pesar de su cansancio, Afet había sostenido y alimentado tanto a él como a su hermana, Sevinc, antes de morir finalmente al día siguiente de su nacimiento.

—En realidad no creía que fuera culpa tuya que Afet muriera —dijo Adeline en un susurro.

Ertuğrul la miró.

—Desde entonces me ha dicho que no, probablemente porque la sultana Charlotte lo regañó a conciencia por ello.

A pesar de la seriedad de su conversación, a Adeline le costó reprimir un resoplido.

—Es una duquesa —dijo con una sonrisa.

—Le debo mucho —afirmó Ertuğrul—. Imagina mi sorpresa cuando mi padre me dijo que había decidido que yo sería su heredero. Dijo que era...

Hizo una pausa, esforzándose por encontrar las palabras correctas en inglés para describir lo que quería decir.

—¿Duro contigo? —adivinó ella.

—Sí —confirmó él—. Porque tenía grandes expectativas puestas en mí.

—¿Le odias por ello? —preguntó ella en voz baja.

Ertuğrul negó con la cabeza.

—No. Lo respeto. Lo respeto mucho. Es un buen gobernante. Un hombre de esperanza. Mira hacia el futuro. Haciendo cambios que son buenos para nuestro imperio —explicó—. Desearía... Me pregunto, sin embargo, si los piratas no nos hubieran traído a la sultana Charlotte... ¿me habría dicho alguna vez que no me culpaba por la muerte de mi madre?

Adeline se inclinó más hacia él.

—He aprendido que si deseas conocer la respuesta a una pregunta, debes formularla —murmuró él.

Ertuğrul meditó sobre sus palabras en voz baja.

—Creo que no lo hice porque temía la respuesta —admitió, con las cejas oscuras fruncidas haciendo que pareciera mucho mayor de lo que era.

—¿Qué es lo peor que podría haber dicho?

Ertuğrul parpadeó.

—Que sí, supongo.

Adeline resolló.

—Ziyaeddin seguramente habría sabido que no era lógico culparte —insistió ella—. Además, ¿quién puede culpar a un bebé de lo malo que puede ocurrir en esta vida?

Mirándola fijamente un momento, inhaló suavemente.

—Sí que le gustan los bebés —susurró él—. Está malcriando a Zehra y Ahmet, que lo sepas —añadió, refiriéndose a sus hermanos más pequeños.

Adeline soltó una risita.

—Charlotte hará lo que deba para evitar que se conviertan en unos mocosos —le aseguró. Dejando a un lado su novela, preguntó—: ¿Es el amor de tu padre por los bebés la única razón por la que tienes tantos hermanos y hermanas?

Él soltó un gruñido.

—Más bien porque siempre se ha esperado que un sultán tenga tantos hijos como sea posible.

—¿Aunque solo pueda heredar un varón? —preguntó ella.

Él asintió.

—Pero las hijas también tienen valor, porque se casan con... aristócratas u otros dignatarios importantes. Con gente importante de otros países.

—Entonces, ¿no se casan por amor? —preguntó ella—. ¿Solo por política?

—No siempre —replicó él.

—Entonces... ¿tienes un harén? Recuerdo que dijiste que no tenías hijos —dijo ella, dándose cuenta de que era una pregunta para la que no estaba segura de querer una respuesta.

—Oh, no tengo —contestó él—. Sé que ya debería haber empezado a tener una... ¿cómo lo llaman aquí? ¿Una guardería?

—Sí.

—Pero creo que me gustaría hacerlo con una esposa y no con concubinas.

Su respuesta sorprendió a Adeline.

—Pero, ¿acaso importa la legitimidad? —preguntó ella, recordando lo que su padre le había contado sobre los hijos de los sultanes.

—No se trata de legitimidad —respondió él—, aunque tienes razón en que no se tiene en la misma consideración que aquí. — El joven frunció el ceño—. He visto a mi padre cuando ha estado en compañía de sus concubinas, cómo las considera, cómo se comporta, y lo he visto con la sultana Charlotte. Las quiere a todas, pero es diferente con Charlotte.

—¿Diferente?

Él asintió.

—¿Comprometido con ella, tal vez? ¿Cómo cuando mi padre mira a mi madre? —sugirió Adeline, ruborizándose mientras agachaba la cabeza.

Él rio suavemente.

—Así, sí.

Mientras terminaban su conversación, perdidos en la tranquila comodidad de la biblioteca, Ertuğrul sintió que algo especial se agitaba entre ellos, una conexión profunda y tácita. Tal vez les unía su compromiso común con la mejora de sus dos mundos, su creencia mutua en el poder del amor y la acción, un vínculo que trascendía sus orígenes y culturas dispares.

O quizá simplemente estaba enamorado de ella.

Recordando su comentario sobre preguntar cuando uno quiere saber la respuesta a una pregunta, estaba a punto de preguntarle si ella compartía sus sentimientos cuando se dio cuenta de que la cabeza de ella estaba apoyada en su hombro.

Mirando hacia abajo, Ertuğrul descubrió que, al igual que dos noches antes en el carruaje, Adeline se había quedado dormida.

Ertuğrul decidió que era mejor no molestarla, podría despertarse sola, y volvió a concentrarse en su libro.

Pronto se perdió en la idea de diseñar un palacio, pero no uno adecuado para cualquiera de sus tíos. Uno en el que Adeline disfrutara viviendo. Uno desde el que pudiera dirigir una organización benéfica para ayudar a quienes hubieran sufrido heridas de guerra o accidentes que les incapacitaran para trabajar. Uno en el que sus hijos pudieran crecer aprendiendo la importancia de la empatía, de la caridad, del cuidado de los demás. Un jardín con tulipanes en primavera y rosas en verano.

Tal vez estaba de acuerdo con sus ideas, porque pronto

Adeline acomodó la cabeza su hombro y le puso una mano en el muslo.

Si antes había dudado lo más mínimo del aprecio que sentía por ella, ya no lo hacía. Su simple contacto y el sonido de su suave respiración le convencieron de que la quería.

Apoyó la cabeza en la de ella, cerró los ojos e imaginó su futuro.

CAPÍTULO 27
UN HIJO CONFIESA

ientras tanto, en la sala de billar

—No pude evitar notar tu ausencia cuando volví ayer del Parlamento —comentó George después de dar su primer golpe en la larga mesa de billar. Ninguna de sus bolas llegó a ninguna de las troneras, pero esa noche no jugaba para ganar—. Dijiste que habías estado en Rotten Row, pero tampoco te vi allí.

David agachó la cabeza.

—Estuve allí. A caballo —respondió—. Pero... Estaba con alguien.

George se enderezó y se volvió para mirar a su hijo con el ceño fruncido.

—¿Con una mujer, por casualidad?

Dando un respingo, David resopló.

—No fue así —respondió él—. Es decir, yo estaba... Estaba con mi prometida.

Dejó escapar un suspiro, como si hubiera estado conteniéndolo demasiado tiempo.

George colocó el taco sobre el fieltro verde, se cruzó de brazos y se apoyó en la mesa, con un cúmulo de emociones cruzando por su rostro.

—Esto es inesperado, al menos tan pronto después de tu regreso —dijo—. Te deseo lo mejor —añadió con una sonrisa.

—Gracias. —Los ojos de David se desviaron hacia un lado—. ¿No vas a preguntarme quién es?

—Bueno, viendo que Grace Foster ya está casada, espero que sea lady Rose. No hay otra joven en la lista por la que mostraras tanto interés cuando hablamos la otra noche.

David dejó a un lado su taco.

—Ella me propuso matrimonio. Ayer en el parque. —Al ver la amplia sonrisa de su padre, soltó una suave risita—. Tuvimos un comienzo un poco difícil, así que le dije que si quería casarse conmigo, tenía que ser ella quien me lo propusiera. Por ser la hija del duque y todo eso —añadió encogiéndose de hombros.

La risita de George estalló en carcajadas.

—Tendrás una historia que contarle a tu hijo —dijo cuando por fin se serenó—. Me imagino que será él quien reciba una proposición de matrimonio de una princesa.

David parpadeó.

—Creo que es demasiado pronto para hablar de herederos —dijo, y luego cerró la boca.

Aunque teniendo en cuenta lo que Rose y él habían hecho ese mismo día en un adosado de la calle Green, era posible que ella ya estuviera embarazada.

Él no había tenido la intención de tomar su virtud. No había tenido la intención de estar a solas con ella en una casa de la que Rose tenía llave. Ni siquiera había tenido la intención de ir a la calle Green cuando la fue a buscar a Ariley Place. Iban a pasar el día de compras en Jermyn, New Bond y hacer una parada en Ludgate Hill, seguida de una visita a la tienda de té de Gunter, en Berkeley Square, para tomar un helado.

Sin embargo, Rose tenía otros planes.

. . .

E se mismo día

—Gira a la derecha en la siguiente calle —dijo Rose mientras David maniobraba el faetón alrededor de un carro que se había detenido frente a una mansión de Mayfair.

—Iba a girar por la calle Oxford —respondió—. ¿No será más rápido?

Aunque habían pasado más de tres años desde que había conducido un faetón por las calles de Londres, no parecía que hubiera cambiado mucho la disposición de las calles en aquella parte de Mayfair.

—No vamos de compras —dijo Rose. Sacó una llave del bolsillo de su redingote y la levantó—. Vamos a mi casa.

—¿A tu casa? —repitió David mientras el caballo giraba hacia la calle Green.

—Bueno, es de mi padre, donde crio a sus dos primeras hijas, pero cuando le dije que iba a casarme contigo…

—¿Ya se lo has dicho? —preguntó David alarmado.

Ella lo miró con una expresión triste.

—Anoche habló conmigo después de cenar. Quería saber lo de nuestro paseo por el parque —explicó ella, poniendo de pronto la mano sobre el muslo de él—. Es ese, el de la puerta verde —añadió, señalando con la cabeza una casa adosada de estuco blanco con contraventanas negras y jardineras verdes.

David abrió los ojos de par en par.

—¿Estás segura? —preguntó, sintiendo con agrado cómo la mano enguantada de ella le apretaba el muslo.

—Bueno, claro que estoy segura —dijo ella—. Es una propiedad vinculada al ducado, por supuesto, pero padre siempre dijo que sería mía si yo lo deseaba, y anoche, cuando le conté lo que había hecho, dijo que ya que era yo quien te lo proponía, sería mejor que nos proporcionara un lugar donde vivir.

Poniendo los ojos en blanco, David resolló.

—Podríamos vivir en Bostwick House —dijo él—. Hay un montón de habit...

—Lo haremos después de que heredes —interrumpió Rose—. Insistiré en ello cuando sea tu vizcondesa. Pero por ahora, me gustaría tener mi propia casa. Mis propios sirvientes. —Se dio cuenta de dónde tenía la mano e intentó apartarla, pero una de las manos enguantadas de David la cubrió—. No te importa mucho, ¿verdad? —preguntó ella en voz más baja.

David detuvo el caballo delante de la casa, miró la fachada y dejó escapar un silbido. La miró y soltó una risita.

—Eres una descarada, ¿verdad?

Los ojos de Rose se abrieron.

—No sé a qué te refieres —dijo, aunque sus mejillas enrojecieron.

Él se inclinó y le besó la sien, contento de que su sombrero de fieltro estuviera inclinado en la otra dirección.

—Claro que no lo eres —susurró—. Y no, no me importa. De hecho, me gustaría que me dieras un tour. Me interesa especialmente ver cómo está decorada —añadió.

Un chico se acercó corriendo, con las mejillas manchadas de hollín y los pantalones demasiado cortos.

—¿Le sujeto el caballo, jefe?

David se rio mientras ataba las riendas al poste. La mayoría de los niños callejeros se habrían dirigido a él como «señor» o «caballero», pero supuso que en aquella parte de Mayfair todos los hombres que conducían faetones eran aristócratas. Le lanzó una moneda al chico.

—¿Puedes quedarte un rato?

—Por supuesto, jefe. Todo el día si me necesita.

David se bajó y rodeó el faetón para ayudar a bajar a Rose. Aunque ella parecía dispuesta a usar el escalón empinado, él simplemente la tomó por la cintura y la bajó a la acera.

—Te gusta hacer eso, ¿verdad? —preguntó ella.

David le ofreció el brazo.

—Eres ligera como una pluma —murmuró él—. Pero sí, me gusta hacerlo —añadió en voz baja—. Me da la oportunidad de aferrarme a ti.

Rose inhaló suavemente, redondeando los ojos mientras lo miraba.

La puerta principal se abrió antes de que pisaran el puente que cruzaba hasta la zona de la entrada. Una valla de hierro forjado pintada de verde envolvía la parte superior de la zona, para impedir que alguien pudiera caer. Un rápido vistazo hacia abajo mostró que estaba barrido, aunque era evidente que allí se hacían entregas de carbón.

—Ah, usted debe de ser Thompkins —dijo Rose cuando apareció un hombre mayor.

—Lady Rose, me alegro de verla de nuevo.

El mayordomo se hizo a un lado para permitirles entrar.

—¿Nos hemos conocido antes? —preguntó sorprendida.

Él asintió mientras agarraba su abrigo y el sombrero de David.

—Su excelencia les trajo a usted y a su hermano aquí cuando eran bastante jóvenes. Si mal no recuerdo, vino a recoger el resto de cosas que había dejado en el estudio.

Rose arqueó una ceja.

—Apenas recuerdo eso —murmuró ella.

—Y usted debe de ser el señor Bennett-Jones —dijo Thompkins mientras hacía una reverencia. Ante la mirada de sorpresa de David, añadió—: Su excelencia envió un mensaje diciendo que usted visitaría la casa.

—Muy amable por su parte —comentó David—. Supongo que el personal es muy limitado, dado que nadie vive aquí.

Thompkins asintió.

—Por ahora solo estamos el ama de llaves, mi esposa, la señora Thompkins, la cocinera y yo, pero me ocuparé de contratar a un personal más numeroso para cuando usted desee fijar su residencia aquí.

—Entonces debe hacerlo muy pronto, porque el señor

Bennett-Jones y yo nos casaremos a mediados de mayo —dijo Rose—. Hasta entonces, pretendo quedarme con la suite de la señora.

David parpadeó, pero no discutió. Le gustaba que Rose pareciera decidida a casarse rápidamente en lugar de optar por un noviazgo más largo. En cuanto a quedarse con la habitación de la señora...

—¿Te mudas hoy, cariño? —le preguntó.

Rose sonrió al oírle llamarla con un apelativo cariñoso.

—Mi dama de compañía ha empezado a empaquetar mi ropa —respondió ella—. Pensé que tal vez podría mudarme mañana.

No añadió que se mudaría a la casa aunque no estuvieran planeando casarse. Su padre había dicho que pensaba desahuciarles a ella y a su hermano si no se casaban esa temporada, y como prácticamente había renunciado a casarse, pensó que lo mejor era mudarse cuanto antes.

—Me pondré en contacto con la agencia de inmediato, milady —dijo Thompkins—. Si no necesita nada en este momento...

—Nos apañaremos —dijo David, dirigiendo al mayordomo una mirada comprensiva—. Guíame, milady

—No es muy grande...

—Tiene cuatro pisos —murmuró David—. Ocho chimeneas.

Ella ahogó un grito.

—¿Cómo lo sabes? —preguntó sorprendida cuando entraron en el gran salón.

—Las conté mientras llegábamos —respondió él—, y el exterior está en muy buen estado. El estuco está recién pintado, las jardineras y la puerta tienen pintura fresca. Probablemente las contraventanas también estén recién pintadas, pero no estuvimos allí el tiempo suficiente para poder examinarlas.

Rose parpadeó y sonrió al verle contemplar la serie de bustos de mármol montados sobre cariátides que bordeaban el vestíbulo entre las puertas. Contra la pared opuesta estaban las escaleras al primer piso. No había una mesa redonda central, sino una semicircular colocada contra la pared bajo la escalera, con un jarrón vacío como único adorno. El suelo era de grandes baldosas de mármol blanco y negro.

—Aquí podemos jugar una partida de ajedrez a lo grande —dijo él con una sonrisa.

Rose soltó una risa mientras lo conducía al salón delantero pintado de azul.

—Esta será mi habitación. Un lugar para leer mi correspondencia por las mañanas.

—¿Y para recibir a tus amigas? —insinuó David, recordando cómo Adeline tenía una habitación similar en Bostwick House—. ¿Te parecen bien los colores? —preguntó él, impresionado por la escayola del techo y a lo largo de las molduras. Una sencilla lámpara de gas iluminaba la habitación.

—¿No te gustan? —preguntó ella, frunciendo el ceño mientras estudiaba los azules de la alfombra y los rojos de la tapicería.

—Quiero que te gusten a ti —respondió él—. Ya que va a ser tu salón.

Ella agachó la cabeza.

—Excepto la tapicería de las dos sillas, me gusta mucho.

—Entonces haremos que cambien la tapicería —replicó él, mostrándose de acuerdo con su apreciación. Era evidente que la habitación tenía la decoración del siglo pasado.

—Te noto muy dispuesto, ¿no? —preguntó Rose al entrar en el despacho.

David se detuvo en el umbral.

—Mucho —murmuró asombrado. Su mirada se fijó en la habitación con paneles de roble y luego en el techo artesonado de roble. La madera dorada parecía casi brillar al incidir sobre ella la luz de la única ventana del estudio. Bajo sus pies, la alfombra de Aubusson parecía prácticamente nueva—. ¿Está recién renovado? —preguntó al entrar por fin en la habitación y contemplar con una mirada apreciativa el gran escritorio de roble.

—No creo —dijo Rose mientras se acercaba a las dos sillas que había cerca de la chimenea.

—Creo que puedo pasarme el día entero aquí dentro —dijo David mientras examinaba los libros que forraban casi todas las estanterías de una pared entera.

—No puedes —replicó Rose—. Al menos, hoy no.

David frunció el ceño. Algo en su voz le hizo erguirse cuando estaba mirando el escritorio. Estaba a punto de preguntarle qué quería decir, pero por la forma en que lo miraba, sus ojos azules casi plateados a la luz, tragó saliva.

—Es evidente que tienes planes para que esté en otro sitio —susurró.

Ella asintió.

—Dormitorio principal. En el segundo piso, creo.

David parpadeó.

—¿Ahora? —preguntó, alejándose del escritorio para acercarse a ella. Aunque había sido capaz de mantener a raya la excitación desde el momento en que la mano de ella le había agarrado el muslo en el faetón, su control estaba disminuyendo.

—Por favor… No me estoy haciendo más joven —susurró ella.

Él negó con la cabeza.

—Tal vez no, pero desde luego cada vez estás más guapa —dijo mientras le ponía una mano en un lado de la cara. Recordando cómo el sultán demostraba su afecto a la sultana Charlotte, besó la frente de Rose.

—Tienes que enseñarme. Lo que hay que hacer. Mi madre… me contó algo, pero…

—Aprenderemos… aprenderemos juntos —murmuró él.

—¿Me enseñarás lo que te hizo la concubina?

David dio un respingo y retrocedió para mirarla sorprendido.

—¿Qué concubina? —preguntó.

Por un momento, Rose pareció nerviosa.

—Dijiste que el sultán te había ofrecido una.

David suspiró.

—Lo hizo, y aunque no pude rechazar la oferta, eso no significa que me la llevara a la cama —dijo él.

Por un momento, ella no le creyó.

—¿No te... gustó?

—Era preciosa —respondió encogiéndose de hombros—. Pero lo que dije la otra noche iba en serio. Ella no eras tú, Rose.

Le pasó la mano por un lado de la cara y luego por la nuca para acercarla hacia él. Sus labios capturaron los de Rose en un ligero beso. Por un momento, pareció que el mundo entero se detenía. Como si el reloj de la chimenea hubiera dejado de sonar. Como si estuvieran completamente solos en el mundo.

Cuando por fin terminó el beso, dejó su frente pegada a la de ella.

—Recordaré por el resto de mis días este lugar, por ser donde te besé la primera vez en esta casa —prometió.

La mirada vidriosa de Rose se aclaró al parpadear varias veces.

—Está bien. ¿Dónde me besarás la próxima vez?

Los ojos de David se ensombrecieron.

—¿En esta casa? ¿O en tu cuerpo?

Con la boca abierta por la sorpresa, Rose inhaló bruscamente.

—¡David! —dijo en un susurro de sorpresa.

—Si estás pensando en regañarme otra vez —dijo él mientras estrechaba una de sus manos entre las suyas—, entonces debo informarte de que lo harás mucho —le advirtió.

—¿A qué te refieres? —preguntó ella, dejando que la sacara del estudio y la subiera por las escaleras.

Sin embargo, no las subió rápidamente. Decidido a estudiar la decoración en un intento de mantener a raya su excitación, David supo que estaba perdiendo la batalla cuando, a cada paso, su polla parecía comprender lo que estaba a punto de suceder.

Para cuando llegaron al segundo piso, ya tenía un plan de lo que podría hacer con los colores de las paredes y dónde podría instalarse un mosaico. Pensó en cómo quedarían algunas escayolas adicionales en el techo. Sin embargo, cuando abrió la puerta del dormitorio principal, lo único que le interesaba era la cama.

—¿Estás segura de esto, milady? —preguntó mientras cerraba y atrancaba la puerta.

Rose le dio la espalda.

—Desde que lo decidí esta mañana muy temprano —murmuró.

—Debía de saber que estabas pensando en mí —susurró él, recordando cómo había estado intentando dormirse cuando se dio cuenta de que su excitación no se lo iba a permitir.

Cada vez que pensaba en ella, su polla respondía endureciéndose, alargándose, hasta que se sentía tan incómodo que tenía que pensar en otra cosa.

Sin embargo, no había podido hacerlo a las dos de la mañana.

Tuvo que cogérsela e imaginar que hacía el amor con Rose. Imaginar su aspecto en plena pasión. Cómo sonaría mientras la complacía. Cómo sonaría cuando la llevara al borde de la liberación.

Se había corrido antes de oír cómo habría sonado cuando la llevara al límite.

Hoy no cometería ese error. Estaba decidido a saberlo. Decidido a aprender lo que debía hacer para complacerla. Para hacerla suya. El resto de sus vidas.

David miró la corta hilera de botones de la espalda de Rose. Pensó en rasgar los bordes del vestido, en lo que podría hacer su padre disfrazado de bandolero, pirata o lo que fuera que estuviera haciendo para seducir a su madre, pero no quería asustar a su futura esposa. Aunque tenía cierta habilidad con el florete de esgrima, no tenía ninguno a mano para arrancarle los botones de la espalda, ni había una doncella disponible para cosérselos.

Así que se limitó a desabrochar cada botón con los dedos y luego separó lentamente los bordes del vestido. Deslizó una mano sobre su cálida piel, apartándole las mangas de los hombros. Cuando le dio un beso en la nuca, Rose inhaló suavemente.

—Me haces cosquillas —susurró ella.

—Eres tan cálida y suave —dijo exhalando mientras sus manos empujaban las mangas de sus brazos y luego la envolvían en un abrazo. El vestido no cayó del todo gracias a las enaguas que lo sujetaban.

Rose puso una mano sobre la de él y la guio hasta la parte superior del corsé, donde un lazo mantenía los cordones en su sitio. David tiró del extremo de uno y tanteó con la punta de los dedos para aflojar los cordones.

—No del todo —le advirtió ella—. Se tarda una eternidad en volver ponerlos.

—De acuerdo —susurró él, mirando hacia abajo, donde estaban atadas las enaguas. Desató tres lazos y tanteó en busca de otro mientras metros de tela se deslizaban por sus piernas.

Aprovechó para desabrocharse el abrigo y tirarlo en una silla cercana.

Rodeada todavía por sus faldas y enaguas, con el corsé abierto por delante, se dio la vuelta para mirarle. Colocó una de sus manos sobre la de él, que había empezado a desabrocharse los botones del chaleco.

—Déjame a mí —susurró ella.

La mirada de David se dirigió a la extensión de piel blanca y cremosa por encima del escote de su camisola. Podía ver la silueta de sus pezones a través de la fina tela y, por un momento, le costó respirar.

—¿Puedo desnudarte entera? —preguntó en un susurro.

Rose le quitó el chaleco de los hombros y se puso a trabajar en su corbata.

—No del todo —murmuró ella—. Las medias las quiero puestas. Siempre.

Él frunció el ceño, pero no iba a discutir con ella. En lugar de eso, le levantó el corsé por encima de la cabeza, lo que significaba que ella tenía que hacer una pausa en su intento de liberar la corbata de su cuello.

Él percibió cómo las manos de la muchacha temblaban cuando volvió a acercarlas al nudo de seda, y cubrió una de ellas con las suyas.

—Por favor, no me tengas miedo —susurró él.

—No lo tengo —insistió ella—. Estoy... nerviosa, eso es todo. Nunca he hecho esto antes.

David sonrió y tiró de un extremo del lazo de la camisola que llevaba hasta que se soltó.

—Espero que no. —Deslizó la tela desde la parte superior del hombro de Rose y la bajó por su brazo hasta que uno de sus pechos quedó al descubierto. David inhaló suavemente—. Yo tampoco —suspiró.

Rose estaba a punto de preguntar cómo era posible, pero decidió que no le importaba en ese momento. Todo su cuerpo temblaba de expectación. Su cuerpo ardía con un deseo que había sentido hacía mucho tiempo, antes de la partida de David, un deseo que a veces la perseguía hasta altas horas de la noche y que se hizo aún más evidente la noche del baile, en los jardines.

Ahora comprendía por qué los pensamientos sobre él la habían frustrado. Incluso la enfurecían. ¿Cómo podía permitir que un hombre tuviera tanto poder sobre ella?

Al ver cómo miraba sus pechos desnudos, se dio cuenta de que ella tenía el mismo poder sobre él.

«Te deseo», le había dicho en los jardines.

También había dicho que se estaba enamorando de ella, pero en ese momento, ella quería al David que la deseaba. Lo necesitaba. El único que podía aliviar lo que fuera que hacía que sus pechos estuvieran hinchados y la zona superior de sus muslos palpitando de necesidad.

—Si me sujetas los brazos, no podré quitarte la corbata —le advirtió ella.

—Oh —respondió él, a punto de bajar los labios hasta el pezón de Rose—. Bien, entonces.

David recogió la tela de la camisola de ella y se la levantó por encima de la cabeza, lo que hizo que ella jadeara de sorpresa antes de que él arrojara la prenda sobre la silla cercana.

Antes de que él tuviera la oportunidad de mirarla bien, ella ya tenía la corbata desenrollada alrededor de su cuello, la seda plisada pasando ante su cara una y otra vez hasta que desapareció lo último de ella y el fino lino de su camisa lo cegó cuando se la levantó por encima de la cabeza. Un momento después, oyó el suave jadeo de ella cuando sus manos se deslizaron desde la cintura de él a través de los rizos oscuros que cubrían su pecho hasta rozarle los pezones.

Al mismo tiempo que ella se inclinaba para besarle uno de los pezones, él le plantó un beso en la frente. Su respiración agitada hizo que ella se apartara, así que él aprovechó la oportunidad para capturar sus labios y besarla profundamente. Incluso antes de terminar el beso, sintió los dedos de ella tanteando la parte superior de sus pantalones. Había desabrochado los dos botones superiores y se esforzaba por saber cómo bajárselos cuando él le paró las manos. Su erección presionaba tan fuerte contra sus pantalones que temió que el hilo que sujetaba los botones se rompiera.

—Primero tengo que quitarme las botas —susurró David, con la respiración entrecortada.

La mirada de frustración de Rose le hizo intentar reprimir una sonrisa. Colocó las manos en la cintura de ella y la levantó hasta que sus piernas se liberaron de las faldas y luego la movió hasta el borde de la cama. Ella soltó un chillido de sorpresa y se agarró rápidamente a sus hombros para intentar mantenerse erguida. Consciente de que sus pechos estaban a la altura de sus ojos, sabía que no podía hacer nada para ocultarlos. Pero no deseaba hacerlo, no al ver cómo lo hipnotizaban.

Eso era poder, sin duda.

Cuando sus pies volvieron a la alfombra, se enderezó.

—No voy a inclinarme sobre esta cama —dijo, entrecerrando los ojos como si le desafiara a intentarlo.

—No quiero que lo hagas —replicó él, y una de sus manos le acarició el costado hasta que su pulgar rozó su pezón. Bajó los labios hasta él y lo chupó suavemente antes de moverse para hacer lo mismo con el otro.

La subió a la cama, pero se giró rápidamente para poder agacharse y quitarse las botas. Sabía que una vez que la viera allí, tendida sobre el cubrecama de terciopelo verde oscuro, desnuda salvo por las medias, estaría perdido.

Al oír el crujido de la tela detrás de él, estaba a punto de girarse para ver qué hacía, pero una de las manos de ella le acarició la espalda desnuda. Inhaló bruscamente mientras desabrochaba el último botón del pantalón y su virilidad se liberaba.

No pudo evitar un suspiro de alivio, ni ignorar que Rose le apretaba los pechos contra la espalda y le rodeaba la cintura con los brazos. Cuando la cabeza de Rose se asomó sobre el hombro de él, sintió su grito ahogado y supo que ella veía lo mismo que él cuando miró hacia abajo.

—¿Me vas a meter todo eso? —susurró ella.

Él giró la cabeza todo lo que pudo y asintió.

—Tengo que hacerlo si quiero darte el máximo placer. Si no es hoy, entonces…

Iba a tener que ser hoy. No podía esperar otro día. La deseaba tanto. Quería reclamarla. Quería hacerla suya.

—Bueno, ¿a qué esperas? —le preguntó ella resoplando—. No me estoy haciendo más joven.

Una carcajada se le escapó a David en ese momento, el nerviosismo reprimido se liberó de golpe. Le cogió una mano de la cintura y se la llevó a los labios.

—Sí, milady —respondió antes de besarla. Se bajó los pantalones y sacó los pies de ellos.

A punto de darse la vuelta para arrastrarse hasta la cama, se dio cuenta de que Rose estaba apoyada en un codo, con la mirada aún clavada en su ingle.

—¿No vas a quitarte los calcetines? —le preguntó ella en un susurro.

—¿Vas a quitarte tú las medias?

Rose lo miró sorprendida.

—No.

—Pues entonces —dijo él mientras se giraba. Sus cejas se arquearon cuando vio que ella había empujado el cubrecama y las sábanas y ahora se deslizaba hacia el centro de la cama—. No te alejes demasiado —susurró mientras se subía a la cama y movía su cuerpo sobre el de ella.

—¿Qué hago? —preguntó ella, llevando una mano a la cabeza de él y enredando los dedos en su pelo ondulado.

Él la besó y rio suavemente.

—Te diría que te relajaras, pero…

—¿Que me relaje? —repitió ella en un susurro ronco.

—Dudo que lo hagas, así que finge que eres la reina del mundo y que estoy aquí para darte placer hasta que me ruegues que pare.

No esperó respuesta, sino que utilizó una rodilla para separarle las piernas y bajó por su cuerpo hasta que su boca pudo cubrir uno de sus pechos.

—Ah, eso puedo hacerlo —murmuró ella con una sonrisa, separando más las piernas hasta que pudo levantar una rodilla. La seda de su pie cubierto con medias rozó su pantorrilla cubierta de lana. Movió los dedos del pie contra él.

Él le pasó la lengua por un pezón hinchado y levantó la cara para mirarla con expresión de curiosidad.

—Como tu reina, te ordeno que te quites los calcetines —declaró ella.

David parpadeó.

—¿Ahora?

La mirada de David recorrió su cuerpo tendido mientras se incorporaba para sentarse.

Ella soltó una risita al ver su expresión de incredulidad.

—¿Tengo que quitártelos yo? —preguntó burlona.

Permitir que ella lo hiciera significaba que él ya no tendría una vista tan hermosa de ella.

—Será solo un momento —dijo él mientras se apartaba de encima de ella y se ocupaba de despojarse de las prendas ofensivas de sus pies. Estaba a punto de volver a colocarse encima de ella cuando ella apretó las palmas de las manos contra sus hombros—. ¿Qué ocurre, alteza? —le preguntó.

A pesar de su intento de humor, David sabía que algo había ocurrido en aquel momento.

—Tu reina quiere saber cómo has aprendido a hacer esto.

Los ojos de él se desviaron hacia sus pechos desnudos y resopló.

—Créeme cuando te digo que el primer pensamiento de cualquier hombre al ver unos pechos tan preciosos es besarlos. Todos aprendemos a hacerlo cuando somos bebés.

Rose inhaló suavemente.

—¿Crees que son preciosos? —preguntó ella en un susurro—. ¿No crees que son demasiado planos, o… o demasiado carnosos?

David levantó la cabeza del pecho de ella y le dirigió una mirada de incredulidad.

—Son perfectos. Mira.

Llevó una mano al lado de uno de ellos y lo levantó hasta cubrirlo con su palma. Sin esperar a que ella respondiera, reanudó lo que había estado haciendo y le acarició el pezón con la lengua.

—¡Ah! —gritó ella.

Hizo lo mismo con el otro pecho y se alegró cuando ella inhaló con fuerza. Dejó de agarrarle los pechos y bajó por la parte delantera de su cuerpo, besando y chupando y utilizando las puntas de los dedos para provocarle escalofríos.

—¿Adónde vas ahora? —preguntó ella en un susurro.

—Al tesoro real, alteza.

Por un momento, ella no se movió, y él aprovechó para besarle el interior de los muslos. Por sus suaves suspiros y jadeos, intuyó que por fin estaba cediendo cuando sus rodillas, ligeramente flexionadas, cayeron a los lados. Le pasó una mano desde debajo de un muslo hasta detrás de la rodilla y la levantó suavemente.

—Ábrete para mí, mi reina —murmuró mientras recorría con un dedo los pliegues que protegían su feminidad. Sintió que su ambrosía le empapaba la punta del dedo y, recordando lo que había aprendido bajo la tutela de la concubina, colocó toda la mano sobre sus pliegues y comenzó a frotarla suavemente.

Por supuesto, su primera reacción fue intentar juntar las rodillas. Sin embargo, cuando él insistió y sus movimientos se aceleraron, estuvo seguro de sentir su femineidad hinchada bajo la yema de su dedo corazón.

A ambos lados de su cabeza, los muslos de ella temblaban y, antes de sustituir la mano por la lengua, plantó un beso en uno de ellos.

Rose gritó cuando la lengua de él le acarició el bulbo hinchado. Volvió a gritar cuando lo repitió desde la otra dirección.

—¿Qué haces? —susurró entre jadeos.

—He encontrado la llave del tesoro —dijo él antes de reírse suavemente y cubrirla con los labios. Su lengua se adentró en ella, lo que hizo que todo su cuerpo reaccionara mientras sus muslos se cerraban en torno a su cabeza y sus caderas se levantaban.

Si no hubiera tenido los oídos tapados, la habría oído decir «David» una y otra vez hasta que estuvo seguro de que su orgasmo había comenzado. Sus rodillas se separaron a medida que aumentaban sus gemidos.

Cuando sintió que la mano de ella le empujaba la cabeza, se alzó sobre el cuerpo de ella.

—Respira, mi reina.

Colocó la punta de su virilidad en su abertura y empujó. Empujó de nuevo hasta que quedó enterrado dentro de ella, con los últimos vestigios de su orgasmo ayudándole a penetrarla por completo. Gimió, seguro de que no duraría mucho.

Si ella sentía dolor, no lo demostraba. Si quería que se detuviera, no lo expresó.

Cuando él se movió para salir de ella, ella tenía las manos levantadas hacia su espalda. Cuando le hincó las uñas en su carne le incitó a continuar, sus embestidas primero fueron lentas y cuidadosas antes de aumentar la velocidad e intensidad. Sabiendo que su liberación era inminente, la penetró con fuerza por última vez y se dejó llevar por el éxtasis.

Su último pensamiento antes de desmayarse fue lo mucho que le había gustado asaltar la cámara del tesoro real.

*R*ose vio con asombro cómo David bajaba su cuerpo hasta el de ella, cómo sus ojos se cerraban y su cabeza se posaba en su hombro y en una almohada que ella no sabía que estaba allí.

En algún momento, ella había levantado las rodillas para agarrarse a sus muslos, y en ese mismo momento había sentido su virilidad llenándola tan completamente, que pensó que iba a estallar. En ese momento, la incomodidad se había convertido en una especie de entumecimiento, roto de vez en cuando por un dardo de placer o un escalofrío que le recorría la piel.

Sin embargo, el momento antes de que él tomara su virtud había sido pura felicidad. El placer la consumió por completo, y deseó que no hubieran esperado tantos años para confirmar su deseo mutuo.

Si ella hubiera admitido que sentía algo por él, ¿se habría quedado en Inglaterra? ¿O habría seguido con su *Grand Tour*? ¿Habría vuelto antes, sabiendo que ella le esperaba?

A fin de cuentas, ¿importaba?

Ella suspiró y se dio cuenta de que él se estaba moviendo. Levantó la cabeza de su hombro y la miró con una expresión extraña.

—¿Qué pasa? —le preguntó ella.

Él se echó a reír.

—Por un momento pensé que lo había soñado todo —susurró él.

—¿Que eras un ladrón tras el tesoro de la reina? —se burló ella.

Haciendo una mueca, David dijo:

—Me gustaría pensar que me invitaron a saquear el tesoro.

Ella soltó una risita y luego se puso seria.

—Si te invitara a visitarme de vez en cuando, al menos hasta que nos casemos y te mudes a la alcoba principal, ¿estarías dispuesto a dejar un depósito en el tesoro real?

Parpadeó antes de comprender que ella deseaba que la dejara embarazada lo antes posible.

—Estoy a las órdenes de la reina —respondió él

Cuando las cejas de David se fruncieron de repente, Rose preguntó:

—¿Y ahora qué pasa?

David separó su cuerpo del de ella.

—Tenía que llevar a mi reina a una misión de suma importancia —dijo mientras se sentaba en el borde de la cama. Se puso los calcetines, pero cuando notó que ella lo miraba incrédula, añadió—: Te falta la joya real más importante, mi reina.

Rose parpadeó y se incorporó.

—¿Cuál es?

David se rio mientras se ponía los pantalones, y una breve mirada al torso desnudo de ella estuvo a punto de hacer que volviera a su lado.

—Un anillo de compromiso, alteza.

Abriendo los ojos con felicidad, Rose se apresuró a bajar de la cama, se puso la camisola y el corsé, y se metió entre las faldas y las enaguas. En pocos minutos, estaba vestida y contemplando su reflejo en el espejo de pie.

David la observó con asombro y soltó una risita.

—Te das cuenta de que ahora que sé lo rápido que puedes

vestirte, espero que seas capaz de hacerlo cuando nos preparemos para un evento —le advirtió mientras se ponía la camisa y se la metía por dentro de los pantalones.

—Seré yo quien te espere —respondió ella mientras se dirigía a la cama y volvía a colocar las sábanas y el cubrecama en su sitio. Cuando se reunió con él al otro lado de la cama, tenía su corbata lista para rodearle el cuello.

—Probablemente —reconoció David mientras bajaba la cabeza. Cuando le puso la corbata detrás del cuello, tiró de los extremos hasta que su cabeza estuvo lo bastante cerca como para poder besarlo. Él devolvió el beso con la misma intensidad y, cuando por fin cogió aire, arrugó una ceja—. Podríamos volver a la cama el resto del día —susurró él.

Rose resopló mientras levantaba una mano y movía los dedos.

—O podríamos ir a comprarte un anillo —dijo David.

—A esta reina le está gustando bastante su nuevo caballero de brillante armadura —bromeó.

*E*n la sala de billar de Bostwick House

—¿Habéis fijado fecha para la boda? —preguntó George cuando David terminó de hablarle de la casa y de sus planes de redecoración.

—Rose le dijo al mayordomo que nos casaríamos a mediados de mayo —respondió David.

—¿Tan pronto?

David agachó la cabeza.

—Dice que no se está haciendo más joven. De hecho... mañana se muda a la casa.

—¿Y tú?

Él se encogió de hombros.

—Cuando nos casemos. Pero... Me ha invitado a visitarla con frecuencia —admitió.

George sonrió.

—¿Encontraste un anillo?

David asintió, riéndose.

—Alex tenía el anillo de compromiso perfecto para nosotros —respondió, refiriéndose a Alexander Tennison, heredero del condado de Everly y propietario de la joyería Ewen y Ewen, en Ludgate Hill—. Un zafiro con algunos diamantes engastados en filigrana de oro. A Rose le encanta.

Haciendo un gesto de dolor al pensar cuánto le iba a costar la baratija, George dijo:

—¿Y cuándo lo anunciaréis?

—En el baile de Ariley, por supuesto —contestó David—. Rose se lo dijo ayer a su padre, probablemente por eso le regaló la casa.

George asintió mientras se apoyaba en la mesa de billar y se cruzaba de brazos.

—Algo me dice que no solo se va a anunciar tu matrimonio en el baile de Ariley.

—¿Ah, sí? —dijo David mientras colocaba su taco sobre la mesa y empezaba a sacar bolas de las troneras.

—Waverley ha pedido la mano de Hope Batey, al menos según tu hermana.

Podía imaginarse la reacción de Marcus Lancaster al enterarse de que su hija sería duquesa algún día.

La sonrisa de David se ensanchó.

—Los vi bailar la otra noche. Nunca habría imaginado que estaban prometidos. —Apuró su oporto y dejó a un lado el vaso al notar la expresión de su padre—. ¿Alguien más?

George inclinó la cabeza, con las cejas fruncidas.

—Empiezo a pensar que todo el mundo en Londres es ciego excepto Ertuğrul.

Dando un respingo, David miró fijamente a su padre.

—¿Cómo dices?

Su padre resopló.

—Nada —dijo antes de beber un sorbo de oporto. Miró el reloj de la chimenea y luego la mesa de billar—. ¿Al mejor de tres?

David se encogió de hombros y miró al reloj.

—¿Hay alguna razón por la que estés retrasando el irte a la cama? —preguntó mientras volvía a coger su taco de billar de la mesa—. Esto podría llevar algún tiempo.

—Cuento con ello —respondió su padre.

David decidió que sería mejor no preguntar, ya que no había ocurrido nada durante la cena que sugiriera que sus padres no se hablaban, luego dijo:

—Acepto el reto.

CAPÍTULO 28

SUSURROS EN LA OSCURIDAD

Una hora más tarde

Tras haber ganado dos de las tres partidas de billar que había jugado con su heredero, George se dirigió a la biblioteca. Era evidente que Elkins había pasado por allí, pues la luz principal del techo se había apagado. La única luz que quedaba en la habitación procedía de la chimenea, donde las brillantes brasas anaranjadas bañaban la zona de lectura con un resplandor dorado.

A primera vista, la habitación parecía vacía. Se le ocurrió servirse una copa de brandy y sentarse junto al fuego agonizante, una especie de celebración por el compromiso de su hijo.

Su hijo y heredero iba a casarse con la hija de un duque.

Él se había casado con la hija de un marqués.

Definitivamente, a los Bennett-Jones les encantaba casarse con mujeres que estaban por encima de su posición.

Riendo por lo bajo, lleno un vasito de la jarra de brandy que había sobre el escritorio de la biblioteca y se dirigió hacia la chimenea. Cuando estaba a punto de sentarse en el único sillón tapizado que había junto al sofá, se sobresaltó al darse cuenta de que no estaba solo.

Ertuğrul y Adeline, con los libros abiertos aún sobre el regazo, dormían profundamente abrazados.

Casi avergonzado al ver cómo la cabeza de su hija descansaba sobre el hombro del şehzade, con una mano sobre su muslo, George estaba a punto de apartar la mirada cuando se dio cuenta de que la cabeza de Ertuğrul descansaba sobre la de Adeline. Cómo su brazo había rodeado sus hombros, su mano a escasos centímetros del lateral de su pecho.

Adeline nunca se habría dormido deliberadamente en los brazos del hijo del sultán, pero desde luego parecía estar cómoda. En cuanto a Ertuğrul... George solo podía imaginar lo que debía de pasar por la cabeza del joven cuando Adeline se durmió apoyándose en él.

Otra vez.

Probablemente el joven no había querido avergonzarla, como lo había estado en el carruaje cuando George se había visto obligado a despertarla a su llegada a casa. En cuanto se dio cuenta de dónde estaba, apoyada contra Ertuğrul, se tapó la boca con una mano enguantada en seda mientras sus ojos se abrían como platos y se disculpaba profusamente.

Dividido entre despertarla o dejarla dormir, Ertuğrul había optado obviamente por dejarla dormir.

Si creía que estaba siendo caballeroso, obviamente no entendía las reglas de la sociedad inglesa.

George pensó en despertarlos. Pensó que tal vez sería mejor enviarlos a la cama con una suave reprimenda. Recordarle al hijo del sultán que en cualquier otra casa se esperaría que se casara con su hija; se habían forzado matrimonios por mucho menos.

En lugar de eso, se acomodó en la silla y disfrutó de su brandy.

¿Y si Ertuğrul ya hubiera tomado su decisión y hubiera elegido a Adeline como esposa? ¿Su futura sultana? Quizá solo se estaba asegurando de verse obligado a casarse con ella.

«Qué afortunado, desde luego», pensó George con una risita cuando por fin se dirigió a la cama.

*C*uando estuvo seguro de que su anfitrión había abandonado la biblioteca, Ertuğrul abrió los ojos y respiró aliviado. Estaba seguro de que estaba dormido profundamente cuando oyó pisadas cercanas. Había pensado dejarse ver. Levantarse del sofá y dirigirse a la persona que llegaba a la biblioteca, pero cuando se dio cuenta de que el suave cuerpo de Adeline estaba acurrucado contra el suyo, proporcionándole un calor confortable que la chimenea ya no ofrecía, decidió quedarse donde estaba.

Seguramente, si no hacía ruido, el invasor no se daría cuenta de que estaba allí. No creía que la parte superior de su cabeza se extendiera por encima del marco de madera tallada del sofá tapizado en cuero. Oyó el sonido de un líquido vertiéndose en un vaso, sintió las suaves pisadas y contuvo la respiración cuando supo que le habían descubierto.

Si fuera David, notaría el codazo de su amigo en su hombro y le diría que se despertara.

En lugar de eso, el aroma de la colonia de George Bennett-Jones había pasado por su nariz, y casi le entró el pánico. Inhalando suavemente, como si aún estuviera durmiendo, había decidido que lo mejor era quedarse donde estaba. Fingir que dormía. Fingir que estaba atrapado en el sofá porque Adeline se había quedado dormida sobre él.

Otra vez.

Tuvo que luchar contra el impulso de sonreír. Luchar contra el impulso de besarla una vez más. ¿Tenía la joven idea de cuánto adoraba abrazarla? ¿Cuánto deseaba llevarla a su alcoba, meterla bajo las sábanas y abrazarla durante el resto de la noche?

Su polla sí que lo sabía, porque se había puesto incómodamente grande en los últimos minutos. Al menos el cuerpo de Adeline ocultaba casi por completo la evidencia de la vista del vizconde, que se había sentado en una silla cercana a beber algo.

Ertuğrul se había atrevido una vez a echar un vistazo por debajo de las pestañas, aliviado al ver la mirada de George en el contenido de su vaso, con una expresión de diversión en el rostro.

Un momento después, Ertuğrul sintió que los pasos del vizconde se alejaban.

Cogió aire aliviado, y el movimiento de su pecho sacó a Adeline de su letargo.

Cuando ella lo miró, sonrió.

—Estoy teniendo un sueño increíble —susurró.

—¿Sí?

Él no sabía qué más decir.

—Sí, desde luego. Estás a punto de llevarme a tu habitación y hacerme el amor —murmuró ella.

—¿Ah, sí?

—Mmm.

Ertuğrul se puso rígido en más de un sentido.

—¿Esto es... después de que te cases conmigo? —preguntó en un susurro—. ¿O...?

—Mmm.

La miró fijamente hasta que los párpados de Adeline se abrieron. No movió la cabeza, pero sus ojos se movieron como para determinar dónde estaba.

—Me he quedado dormida sobre ti otra vez, ¿verdad?

A pesar de su decepción al darse cuenta de que ella se había despertado de un sueño en el que obviamente él había desempeñado un papel protagonista, sonrió.

—Sí, pero no me importa. Tu padre... —Se quedó en silencio, frunciendo el ceño. George no había dicho nada. No había intentado despertarle, ni regañarle, ni amenazarle con echarle de casa—. A tu padre tampoco pareció importarle —murmuró sorprendido.

Adeline suspiró pero no levantó la cabeza.

—Le gustas —susurró ella. Sus ojos se abrieron de repente y se incorporó—. ¿Nos ha visto mi padre? —preguntó en un ronco susurro.

Ertuğrul asintió.

—Estaba aquí. Bebiendo algo.

—Brandy, probablemente —murmuró ella antes de señalar el libro que aún descansaba en su regazo. Llegando a la conclusión de que aparentemente no corrían el peligro inminente de un padre enfadado, preguntó—: ¿Se te ha ocurrido algún plan para los palacios de tus tíos?

Él echó un vistazo a la ilustración que ocupaba dos páginas del libro abierto.

—Estaba... distraído —respondió, como si tratara de encontrar la palabra adecuada.

—Oh, vaya. Lo siento mucho —dijo ella, enderezándose en el sofá.

—No tienes por qué disculparte —dijo él—. Pero puede que yo sí, si tu padre vuelve a encontrarnos así —dijo mientras se debatía entre lo que quería hacer.

Si hubieran estado en uno de los palacios de su padre, le habría pedido que fuera con él a su alcoba. Le habría quitado el vestido. La habría complacido hasta que hubiera estado lista para él. Le habría hecho el amor hasta casi el amanecer. Habría observado cómo la luz de colores de las vidrieras se reflejaba en sus rasgos y su piel calentada por el sueño. Besaría sus pezones. La estrecharía entre sus brazos y no la soltaría.

Quizá ella podía leerle la mente, porque sus cejas se fruncieron cuando la mirada del joven se posó en sus labios.

—¿Qué es lo peor que podría pasar? —susurró en voz baja, aunque no parecía que se lo estuviera preguntando a él.

—Te obligarían a casarte conmigo —dijo él, con una leve sonrisa.

Los ojos de Adeline se abrieron de par en par.

—Te obligarían a casarte a ti conmigo —replicó ella.

—No hay nada peor en eso —dijo él, dándose cuenta inmediatamente de que había dicho la palabra equivocada—. Quiero decir... que no hay nada de malo ni... erróneo... todo lo contrario —tartamudeó.

—No pretendía dar a entender que no lo deseaba —susurró Adeline, volviendo a posar su mirada en los labios de él.

Ertuğrul no estaba seguro de si fue ella quien inició el beso o si lo hizo él, pero cuando sus labios se tocaron, experimentó un momento de euforia que no había sentido en toda su vida. Nunca había besado a una mujer en los labios. Nunca había saboreado la carne esponjosa que acunaba la suya. Nunca había sentido la oleada de deseo que el simple acto de intimar provocaba en su cuerpo. La punzada en el pecho.

En el momento en que pensó que el beso se acababa, inclinó la cabeza y le puso una mano en la nuca para asegurarse de poder continuar la maravillosa experiencia, seguro de que había más.

Había leído sobre besos, por supuesto, pero nunca había entendido el atractivo de un acto así. ¿Labios y lenguas bailando? Pero cuando la boca de Adeline se abrió ligeramente, una invitación para que él profundizara el beso, su lengua se dirigió a los dientes de ella y luego chocó con la suya, enredándose y saboreándose, hasta que se dio cuenta de que tenía que respirar.

Terminando el beso lentamente, Ertuğrul dejó su frente pegada a la de ella mientras inhalaba y exhalaba el aire en un suspiro.

—Si no paramos ahora, yo...

Tragó saliva mientras sus cejas se fruncían por la indecisión.

Adeline levantó los ojos para mirarle.

—Comprendo.

—Hablaré con tu padre mañana.

—¿Lo harás?

Él asintió.

—¿No es así como se hace? ¿Que le haga saber que tengo intención de acostarme contigo?

Parpadeando, Adeline intentó reprimir una sonrisa y no pudo.

—No deberías empezar por ahí precisamente —dijo.

Ertuğrul consideró sus palabras y luego hizo una mueca.

—Debería hacerle saber que tengo intención de casarme contigo —afirmó.

—Probablemente sea mejor que preguntes si puedes hacerlo —sugirió ella—. Aunque, como eres hijo de un sultán, tal vez no sea necesario —añadió encogiéndose de hombros.

—No quiero ofender a tu padre —replicó él—. Ha sido muy amable al acogerme en su casa. E intuyo que no me entregaría tu mano tan fácilmente. Te tiene en alta estima. Tendré que idear un plan.

Adeline se sobresaltó.

—¿Un plan? —repitió.

—Una propuesta —replicó él—. Una oferta.

Sin estar muy segura de lo que el şehzade tenía en mente, Adeline le dedicó una sonrisa, pensando que sería mejor no recordarle que debía incluirla a ella en la propuesta.

—Te acompañaré a tu habitación —dijo él mientras cerraba el libro y lo dejaba a un lado. Se levantó del sofá y se dio la vuelta para ayudarla a levantarse.

—¿Nos vemos por la mañana en la estatua de Afrodita? —susurró ella.

La tenue luz de la chimenea iluminó la brillante sonrisa del joven.

—Sí. Parece que le debo mi gratitud.

Los dos salieron de la biblioteca y subieron las escaleras, mientras el reloj del vestíbulo daba las dos.

CAPÍTULO 29
UNA MAÑANA DE NOTICIAS

l día siguiente

A la mañana siguiente, David fue el primero en llegar a la sala de desayunos, llenó un plato con la comida que había en el aparador y se sentó en su silla habitual. Estaba seguro de que su padre ya habría contado lo que averiguó el día anterior de la tarde que habían pasado David y Rose, y esperaba que su madre lo felicitara o lo regañara a conciencia.

No hizo ninguna de las dos cosas, pues cuando Elizabeth entró del brazo de George, le estaba recordando los planes que tenían para esa noche.

—Ya hemos visto esa ópera —dijo su padre, haciendo un gesto con la cabeza a David antes de coger un plato.

—Pero Ertuğrul no, y en el Adelphi todavía está ese mago…

—El Gran Mago del Norte —interrumpió David, imitando al presentador que anunció a John Henry Anderson en el escenario del Teatro Adelphi.

—…Y «Una hora en Irlanda» —continuó su madre, ignorando a su hijo mayor.

—Así que será «La chica bohemia» —dijo George

encogiéndose de hombros. —En menos de quince días empezarán una nueva.

—«Las Novias de Venecia», creo que se llama —dijo ella mientras George colocaba delante de ella un plato de huevos cocidos y triángulos de pan tostado.

—Hablando de novias —dijo George mientras volvía al aparador para llenarse un plato—. ¿Cuándo se va a casar Rose contigo? —le preguntó a David.

—Quiere casarse a mediados de mayo —respondió él con una sonrisa.

—Bueno, eso espero —dijo Elizabeth mientras un lacayo le ponía una taza de té delante—. No está rejuveneciendo.

David resopló, preguntándose si Rose le habría dicho algo.

—¿Puede venir con nosotros esta tarde?

—Por supuesto —respondió su padre mientras se sentaba—. Hay sitio de sobra —añadió cuando Elkins apareció con el café. Normalmente se sentaban en el palco de Morganfield. Dada la aversión de David Carlington por el teatro, el marqués y la marquesa de Morganfield rara vez asistían.

David preguntó a Elkins si se podía enviar un lacayo a Ariley Place con la invitación.

—Enseguida, señor —respondió el mayordomo. Una vez hubo servido café para George y David, desapareció de la sala de desayunos solo un momento antes de que entraran Ertuğrul y Adeline.

—Hablando de sitio, o de habitaciones más bien, tendremos que decidir dónde queréis la vuestra —dijo Elizabeth, con la atención puesta en David.

Su mirada se desvió hacia George, David esperaba que su padre ya hubiera compartido la información con su madre y dijo:

—En realidad, me mudaré de aquí después de la boda.

—Buenos días —dijo Adeline con alegría, dirigiéndose inmediatamente al aparador.

—Buenos días —ofreció Ertuğrul, su nerviosismo evidente cuando George levantó la vista de su periódico.

—¿Te mudas? —preguntó Elizabeth.

—¿Quién se muda? —preguntó Adeline, su expresión de felicidad vacilando.

—¿A dónde? —preguntó Elizabeth asombrada.

—A un adosado de Ariley en la calle Green. Rose se muda hoy —explicó David—. Su hermano se va a casar con Hope Batey en junio, y ella se mudará a Ariley Place.

—La calle Green —murmuró Elizabeth en voz baja—. Una dirección excelente. Bueno, no estarás tan lejos, supongo —dijo.

—Rose me la enseñó ayer. Antes de comprarle un anillo de compromiso en Ewen y Ewen. Hay que redecorar un poco. Empezaré con los detalles enseguida —explicó.

—¿Un anillo de compromiso? —repitió Ertuğrul mientras sostenía una silla para Adeline.

—Es la hija de un duque —respondió David—. He pensado que lo mejor es que le compre un anillo con una piedra. Algo que combine con la banda de oro que le daré cuando nos casemos.

—Oh, ¿qué tipo de piedra? —preguntó Adeline emocionada—. Espero que sea zafiro. El azul irá perfecto con el color de sus ojos.

David rio entre dientes.

—Zafiro con algunos diamantes engastados en filigrana de oro. Lo hizo Alexander Tennison —declaró con orgullo.

Adeline se sobresaltó.

—Estoy deseando verlo —dijo. Volvió su atención hacia Ertuğrul—. Alex es el heredero del condado de Everly, pero le gusta hacer joyas, así que su padre le compró una tienda donde él y su esposa, que es una especie de experta en piedras preciosas, pueden llevar a cabo sus aficiones.

Ertuğrul asintió con la cabeza.

—¿Qué planes hay para hoy? —preguntó él.

—Adeline me acompañará a la institución benéfica —dijo Elizabeth—. Tenemos algunos clientes nuevos que necesitan empleo —añadió—. Ah, y tengo una prueba final de mi vestido para el baile de mañana por la noche en una modista de la calle Oxford, pero estaremos en casa mucho antes de la cena y de la hora a la que tenemos que salir para el teatro.

Adeline lanzó una mirada de disculpa a Ertuğrul, consciente de que él estaba deseando visitar otro museo.

—Podemos dejarte en algún sitio si quieres —le ofreció ella—. Ya que mi padre necesitará el faetón para ir al Parlamento.

—Podemos coger un carruaje Hansom —dijo David—. Iré contigo. No he hecho de turista desde que estuvimos en Sicilia el año pasado.

Ertuğrul negó con la cabeza.

—Creo que me gustaría trabajar en los diseños de los palacios de los que hablamos anoche —dijo él

—Como quieras —dijo David—. Entonces iré al adosado. Empezaré con mis propios diseños.

Cuando George salió de la sala de desayunos y se dirigió a su estudio, Ertuğrul le siguió.

—¿Puedo hablar con usted, señor? —preguntó, recuperando su nerviosismo.

George le hizo señas para que se sentara frente a su escritorio.

—Si es por lo de anoche, yo... No te hago responsable de la incorrección de mi hija. —Cuando percibió la expresión de culpabilidad de Ertuğrul, arqueó una ceja—. ¿Tal vez debería...?

—Debería, señor —afirmó Ertuğrul—. Es decir, no la disuadí de que durmiera sobre mí cuando podía haberlo hecho. De hecho, estoy deseando que vuelva a hacerlo. Todas las noches, si ella lo desea.

Enderezándose en su silla, George estaba seguro de que el şehzade había elegido las palabras equivocadas.

—Creo que... puede que te hayas expresado mal.

Ertuğrul frunció el ceño mientras reproducía su comentario en su mente.

—Deseo casarme con su hija, señor. Si he entendido bien,

primero debo pedirle permiso y luego ofrecerle lo que deba para completar el trato.

George parpadeó.

—He entendido la primera parte —dijo con una combinación de euforia y temor que le dificultaba respirar—. Pero soy yo quien debe ofrecerte una dote para casarte con mi hija. Siete mil libras... para asegurarle un buen hogar para ella y los niños a tu muerte.

Frunciendo el ceño, Ertuğrul reflexionó sobre las palabras del vizconde y negó con la cabeza.

—No requiero dinero para casarme con su hija, señor, ya que ella tendrá mucha riqueza a mi muerte, pero sí creo que su vizcondesa exigirá una recompensa por haber perdido a su ayudante en la organización benéfica.

George cogió aire para responder y dejó escapar el aliento en una combinación de sorpresa y frustración.

—Supongo que si está dispuesto a hacer una donación a la caridad, Elizabeth lo aceptaría como recompensa —dijo George.— Adeline trabaja allí como voluntaria. No se le paga.

Ertuğrul pareció pensárselo un momento antes de levantar un dedo.

—Muy bien. Una donación entonces —aceptó—. ¿Significa eso que tengo su permiso para casarme con la señorita Bennett-Jones?

George tragó saliva.

—Vas a llevarla a Constantinopla, ¿verdad? —preguntó en voz baja, con lágrimas en los ojos al asimilar la realidad de las palabras de Ertuğrul.

—Lo haré. Pienso construirle un palacio donde pueda dirigir su propia organización benéfica, si así lo desea. —Ertuğrul percibió el comportamiento del vizconde, y se desplomó en su silla—. ¿He dicho algo malo?

George negó con la cabeza.

—No. En absoluto. Aunque la echaré de menos. Más de lo que echo de menos a su hermana mayor —admitió mientras se sorbía la nariz—. Tienes mi permiso para proponerle matrimonio, pero... será ella quien decida —advirtió con suavidad—. No puedo obligarla a casarse contigo.

—Lo comprendo, señor. Pretendo hacerle una oferta que no pueda rechazar.

Mostrando una sonrisa triste, George dijo:

—Tendrá que ser una oferta muy buena. —Miró el reloj—. Te pido disculpas, pero debo partir ahora, o llegaré tarde al Parlamento.

Ertuğrul se levantó e hizo una reverencia.

—Gracias, señor.

George asintió con la cabeza mientras se apresuraba a salir del despacho, sin apenas saludar a Elkins mientras cogía el sombrero y el gabán que este le daba y salía por la puerta.

*C*uando todos los Bennett-Joneses se hubieron marchado de casa, Ertuğrul encontró a Elkins y le preguntó dónde podía encontrar transporte. El mayordomo le explicó cómo funcionaban los carruajes Hansom y dónde podía encontrar uno cerca.

Para dibujar planos arquitectónicos se necesitaban grandes hojas de pergamino, reglas y lápices. Y al parecer, los compromisos requerían un anillo. Armado con su lista de la compra, Ertuğrul se despidió y se apresuró a buscar un carruaje.

CAPÍTULO 30
UN DÍA DE TRABAJO

Más tarde, ese mismo día

Para cuando Elizabeth y Adeline volvieron de la organización benéfica, George del Parlamento y David de la casa de la calle Green, era demasiado tarde para el té de la tarde y ya era hora de vestirse para la cena.

—¿Cuándo me vas a enseñar tu casa? —preguntó Elizabeth a David mientras subían por las escaleras.

Su hijo mayor rio entre dientes.

—¿Quieres verla antes de que terminen las reformas? ¿O después?

—Las dos cosas —respondió ella con una sonrisa—. ¿Cómo está tu prometida? No he tenido ocasión de pasar ni un minuto con ella desde que pediste su mano.

David se detuvo en lo alto de la escalera.

—Aliviada, creo.

Elizabeth inclinó la cabeza hacia un lado.

—¿Por qué dices eso?

Inclinando la cabeza, David pensó en cómo responder.

—Creo que estaba convencida de que nadie se le iba a declarar, y ahora que yo lo he hecho, y que su padre parece estar contento con el asunto, desea seguir adelante con su vida. Tener su propia casa la ha hecho...

Hizo una mueca.

—¿Más agradable? —sugirió su madre.

Él asintió, recordando cómo Rose lo había recibido aquella mañana en la casa, prácticamente corriendo a sus brazos y besándolo con desenfreno. Una vez que su doncella y los lacayos se hubieron marchado para recoger más baúles y algunos muebles pequeños, ella le preguntó si podía hacerle el amor en la alcoba principal. Como no estaba dispuesto a discutir, accedió a sus deseos y la ayudó a vestirse momentos antes de que los criados regresaran a la casa.

Cuando se marchó a última hora de la tarde, le recordó que esa noche la llevaría al teatro y preguntó dónde podría encontrarla.

—Aquí, por supuesto —había dicho ella.

David salió del breve ensueño.

—No es que Rose no fuera agradable antes, pero percibí su... su enfado conmigo, o tal vez era simplemente su situación.

—Su enfado no era necesariamente por ti —afirmó Elizabeth mientras se dirigía por el pasillo hacia sus dependencias.

—Estuve fuera tres años, dos meses y diez días —le recordó.

—Sí. Deberías haber hecho ese viaje hace años.

—Lo hice.

—Quería decir... —suspiró ella—. Fue admirable por tu parte esperar a que lord James terminara en Cambridge para que pudiera acompañarte en tu *Grand Tour*, pero debes admitir que deberías haberlo hecho cuando tenías veintiún años, así estarías en casa cuando tuvieras veintitrés y entonces los dos os habríais casado antes de que ella se convirtiera en una solterona.

David resopló.

—Ella no es una solterona, madre. Además... No tenía intención de casarme a los veintitrés años.

Elizabeth se detuvo en la puerta de su alcoba.

—Supongo que no.

Cuando ella hizo una mueca, David le preguntó qué le pasaba.

—Estoy bastante segura de que había expectativas por parte de Helen en cuanto al estatus de las personas con las que se casarían sus hijos...

—Rose se merece casarse con el hijo de un duque —murmuró David.

—...Sin embargo, su padre es de una opinión completamente diferente. Simplemente no compartió esa opinión con sus hijos hasta hace unos días.

David frunció el ceño.

—¿Qué?

Su madre le puso una mano en el brazo.

—A Ariley le gustas. Siempre le has gustado. Y a Rose... —Suspiró—. Rose te ha adorado toda tu vida. Así que todo ha funcionado, solo unos años más tarde de lo que podría haber sido, eso es todo. —Bajó la voz—. ¿Estás intentando tener un hijo con ella, espero?

Sospechando por qué su madre había sacado el tema en primer lugar, los ojos de David se redondearon de repente.

—¿Tienes prisa por tener nietos? —preguntó él.

Elizabeth le dirigió una mirada de reproche.

—Y tú herederos —admitió.

David puso los ojos en blanco y se dirigió a su alcoba.

—Soy hijo de mi padre —exclamó, como si eso bastara para responder a su última pregunta.

Con una sonrisa de felicidad, Elizabeth entró en la habitación que compartía con George y un momento después estaba en sus brazos.

Cuando terminó de besarla, dejó su frente pegada a la de ella.

—Eres una madre descarada y manipuladora —la acusó con suavidad.

—Cuando necesito serlo —admitió ella—. Ahora solo nos quedan Addy y Daniel por casar... —Ella se detuvo al ver la expresión de incertidumbre de su marido, una expresión de alarma apareció en su propio rostro cuando notó cómo sus ojos se iluminaban—. ¿Qué? ¿Qué pasa?

—Ertuğrul habló conmigo esta mañana. Le he dado mi permiso para casarse con Addy si... si ella está de acuerdo. ¿Te ha dicho algo hoy?

La boca de Elizabeth formó una «o» mientras una serie de emociones cruzaban por su rostro.

—No —dijo—. Aunque parecía más contenta que de costumbre. Tenía el color bastante subido. Pero no dijo nada al respecto.

—Entonces todavía no se ha declarado —razonó él—. No habría habido oportunidad.

—Esto es...

—Inesperado, lo sé —murmuró George.

—La verdad es que no. Son como dos gotas de agua —comentó ella antes de abrir los ojos de par en par—. Nuestra hija podría ser algún día una sultana —añadió en un susurro teñido de emoción.

—Parece que los Bennett-Jones nos casamos muy por encima de nuestras posibilidades —comentó él—. El pobre Daniel va a tener que buscarse una princesa europea o una reina.

Elizabeth soltó una risita.

—No me extrañaría —dijo ella.

—Tenemos que vestirnos para la cena —le recordó George—. Actúa como si no supiéramos nada.

—De acuerdo —respondió ella antes de suspirar, sabiendo que sería casi imposible ocultar la emoción que sentía por su hija.

*U*na hora más tarde
—¿Dónde crees que está? —preguntó Elizabeth cuando Elkins apareció por la puerta del salón. Ella y George se disponían a bajar al comedor para comer algo rápido antes de

partir hacia el Teatro Real, con su hijo y su hija. Sin embargo, Ertuğrul aún no había hecho acto de presencia.

—Su excelencia les pide disculpas —dijo el mayordomo—. Se reunirá con ustedes en el teatro antes del comienzo de la ópera.

George y Elizabeth intercambiaron miradas curiosas antes de que George se volviera a mirar a Adeline.

—Creía que iba a pasar el día diseñando un palacio.

Los ojos de Adeline se abrieron de par en par.

—Lo hizo —respondió antes de volver su atención hacia su hermano—. Sus dibujos están en la biblioteca.

—A mí no me mires —dijo David—. Casi no le he visto desde el baile de los Weatherstone.

Cuando Elkins se aclaró la garganta, los cuatro se volvieron para mirarle.

—Deseaba adquirir ropa adecuada para el teatro, pero el señor Garth aún estaba haciendo arreglos cuando enviaron un mensajero con la noticia de su retraso y un fardo envuelto que contenía la ropa que llevaba puesta cuando se marchó.

George se echó a reír.

—¿Un mensajero? —preguntó él.

Elkins hizo una mueca.

—Un niño callejero, señor. Por lo visto, compensado en exceso por el recado —añadió mientras arqueaba una ceja gris—. Estaba bastante emocionado por haber realizado un recado para el emir.

—Espero que no estén estafando a Ertuğrul —murmuró Elizabeth.

—Se lo he advertido —dijo David mientras bajaban las escaleras—. Y no es su primera vez en Inglaterra.

—Si está en la tienda de Garth, estará bien —dijo George, refiriéndose a Jeffrey Garth, un sastre de cierto renombre—. Y acabará mejor vestido que cualquiera de nosotros. —Se volvió hacia Adeline—. ¿Le has visto desde el desayuno?

—No, pero es evidente que estuvo aquí parte del día porque hay diseños en la biblioteca. En la mesa —repitió.

Adeline sabía que se había ido y había regresado a la casa al menos una vez ese día, porque cuando había ido a la biblioteca a recuperar el libro que había dejado allí la noche anterior, encontró la mesa de la biblioteca cubierta de grandes hojas de pergamino.

Estudiando los pares de líneas y curvas enlazadas, Adeline pronto determinó que estaba viendo una vista aérea de un edificio con muchas habitaciones. Sin embargo, no podía leer las palabras escritas en el centro de las habitaciones, ya que estaban en un idioma extraño para ella.

Decidida a dejar los dibujos tal y como los encontró, Adeline levantó con cuidado la hoja superior y se quedó boquiabierta ante el boceto de una vista exterior del edificio. La arquitectura mogola presentaba una docena de cúpulas bulbosas, ventanas ornamentadas y una enorme puerta.

La hoja de abajo era de otra vista, pero inacabada.

—Debemos de haberle perdido por solo unos minutos —razonó ella cuando pensó en el tiempo que le habría llevado hacer los dibujos—. Probablemente pensó que su ropa no sería lo suficientemente formal para el teatro.

Se sentaron a la mesa y la conversación giró principalmente en torno a la próxima boda de David. Por el número de veces que su padre la miró, Adeline intuyó que algo iba mal. Cuando recordó que la noche anterior había sido testigo de cómo dormía en la biblioteca, se preguntó si tendría pensado regañarla.

Seguramente no sabía nada del beso que había compartido con el hijo del sultán. Sobre su conversación de matrimonio. Sobre una posible vida en Constantinopla.

Si Ertuğrul no la hubiera abrazado aquella mañana frente a la estatua de Afrodita y la hubiera besado profundamente, antes de darle los buenos días y acompañarla a desayunar, podría haberse pasado el día pensando que todo había sido un sueño.

Preparada para una reprimenda, permaneció en silencio durante el trayecto en carruaje hasta la casa de Rose. Cuando David salió para escoltar a Rose, Adeline estaba segura de que su padre iba a decirle algo. En cambio, parecía especialmente callado, murmurando algo a su madre sobre la sesión del Parlamento de ese día.

Sin embargo, el ambiente dentro del carruaje cambió considerablemente una vez que David ayudó a su prometida a subir al carruaje. Rose tomó asiento junto a Adeline, y las dos se pasaron todo el viaje hasta Drury Lane hablando de los planes de boda y de la casa de la ciudad.

A Ertuğrul no lo mencionaron ni una vez.

*V*estido con zapatos nuevos y un traje formal apropiado para el teatro o un baile, Ertuğrul bajó de un carruaje Hansom y dio las gracias al cochero.

Se detuvo ante el Teatro Real y miró el cartel que anunciaba la actuación de esa noche: «La chica bohemia», una ópera de Michael William Balfe.

—¿Su entrada, señor?

Ertuğrul parpadeó.

—Debo reunirme con mi grupo en el palco Morganfield —dijo él—. El vizconde y la vizcondesa Bostwick.

Molesto por no poder hacer una venta, el hombre le hizo un gesto para que entrara en el vestíbulo. Ertuğrul observó la sala, sorprendido al descubrir docenas de parejas vestidas con sus mejores galas, mientras que otras entraban con atuendos que podrían haber llevado mientras realizaban sus tareas cotidianas. La mayoría vestían de forma muy parecida a los que había visto ese mismo día en sus compras.

Su primera parada fue en una tienda de papeles y pergaminos de todos los tamaños, tintas, plumas y lápices de carbón. El tendero enrolló las hojas de pergamino y las deslizó en un tubo de cartón junto con sus otras elecciones.

Su segunda parada había sido en Ewen y Ewen. Le había recibido una joven con un brazo atrofiado. Cuando le pidió que le enseñara los anillos de compromiso de Alexander Tennison, la muchacha se animó.

—Es mi marido —había dicho con orgullo—. ¿Tiene en mente alguna piedra preciosa? —le preguntó mientras le conducía a una vitrina con más de veinte anillos colocados en terciopelo negro.

—¿Todas?

La señora Tennison parpadeó y luego se echó a reír mientras sacaba la bandeja de la vitrina y la ponía delante de él.

—Zafiros, diamantes, rubíes...

—Rubíes —dijo cuando su mirada se detuvo en un anillo con una gran piedra roja redonda rodeada de diamantes y filigrana de oro. La banda de oro tenía pequeñas hojas grabadas.

La señora Tennison sacó el anillo de la bandeja y se lo entregó para que lo examinara.

—La gema es del color de una rosa roja —comentó—. Y es perfecta.

—¿Cómo sabré si le queda bien? —preguntó él, examinando la minuciosa elaboración.

—Podemos cambiar el tamaño si es necesario —respondió ella —. ¿Necesita también una alianza? —Sacó una alianza fina de oro del terciopelo y la levantó—. Esta tiene grabadas las mismas hojas, si quiere algo a juego.

—Me gustaría —aceptó. Unos minutos más tarde, había salido de la joyería y había hecho que el carruaje lo llevara de vuelta a Bostwick House, donde había trazado los planos iniciales de un palacio.

Cuando Elkins le había preguntado si necesitaba ayuda para vestirse esa noche, había decidido que quería llevar ropa formal de estilo más europeo.

—Si no regreso antes de las siete, por favor, dígale a los señores que me reuniré con ellos en el teatro.

Elkins se atrevió a echar un vistazo a un reloj cercano, incluso mientras el şehzade le contaba sus planes. Ertuğrul se dio cuenta en ese momento de que debería haber interpretado las cejas arqueadas del mayordomo como que su plan era, en el mejor de los casos, optimista.

El coche de caballos lo había llevado a una tienda de la calle New Bond y había esperado a que un sastre le hiciera los ajustes. No esperaba que la visita a la tienda de ropa masculina le llevara tanto tiempo.

Jeffrey Garth, con el pelo gris que le daba un toque distinguido y unos modales más bien serios, le había enseñado varios chalecos y solía negar con la cabeza antes de enseñarle otro.

Cuando Ertuğrul recordó al sastre que necesitaba la ropa para la representación de aquella noche en el Teatro Real, Garth le vistió y le hizo los arreglos de última hora en menos de una hora. Hizo que entregaran el resto de la ropa en Bostwick House.

Al darse cuenta de lo tarde que era, Ertuğrul hizo que el carruaje Hansom lo llevara directamente al teatro.

CAPÍTULO 31
UNA NOCHE EN EL TEATRO

Teatro Real, en Drury Lane

—¿Dónde está vuestro invitado, el emir? —preguntó Rose mientras David la ayudaba a bajar del vehículo.

—No estamos seguros —contestó él, mirando a su alrededor con la esperanza de ver a su amigo entre la gente que bajaba de los carruajes a lo largo de Drury Lane—. Salió de compras esta mañana y luego otra vez esta tarde.

—Oh, vaya —dijo Rose, dirigiendo su mirada a Adeline—. Espero que asista al baile de mañana por la noche.

—Quiere ir —respondió Adeline—. La verdad es que disfrutó el último. Creo que bailó todos los bailes menos uno.

—Bueno, esta vez no bailará un vals conmigo.

—¿No te gustó bailar con él? —preguntó Adeline alarmada.

—Oh, es un excelente bailarín —afirmó Rose—, pero ya le he prometido los dos valses a David.

Adeline soltó una risita.

—¿Él lo sabe? —bromeó.

—Claro que lo sé —dijo David mientras ofrecía su brazo a Rose. Con su madre del brazo de su padre, Adeline tuvo que caminar detrás de los demás mientras se dirigían al teatro. Estuvo a punto de soltar un grito cuando una mano cuando alguien le agarró de la mano y la levantó.

—¿Me permite acompañarla, milady? —preguntó Ertuğrul antes de besarle el dorso de la mano enguantada.

—¡Ertuğrul! —Dio un paso atrás para admirar su traje—. Vaya. Pareces europeo —murmuró asombrada.

—¿Tan bueno es?

Ella sonrió.

—El mejor —respondió antes ponerse seria otra vez—. Estábamos preocupados por ti. Temíamos que te hubiera desplumado un vagabundo.

Ertuğrul se quedó mirándola un segundo.

—¿Qué tienen que ver las plumas con las compras?

Risueña, Adeline le explicó el significado de las palabras. Estaban a medio camino al palco de Morganfield cuando su padre se detuvo de repente y miró a su alrededor.

—Ahí estás —dijo cuando divisó a Ertuğrul.

—Sí, señor. He esperado vuestra llegada en el vestíbulo.

A pesar de reconocer a varias personas del baile de Weatherstone y de la velada, nadie se le había acercado. Tal como iba vestido, no destacaba entre la multitud como lo había hecho en el baile, pero el anonimato le había permitido estudiar la arquitectura del teatro mientras esperaba.

George los guio a todos por varios tramos de escaleras alfombradas de rojo y luego a un palco que daba al escenario. Incluso antes de que David pudiera ayudar a Rose con su silla, ella estaba saludando a los ocupantes del palco situado en el lado opuesto del teatro.

—No puedo creer que mi madre asista al teatro la noche antes de organizar un baile —comentó Rose—. Siempre está muy nerviosa.

Tomó asiento junto a David, recorriendo con la mirada el resto de los palcos.

Cuando Ertuğrul dirigió una mirada de curiosidad en su dirección, Adeline murmuró:

—Al igual que en Rotten Row, la gente va al teatro para ver y ser vista. —Indicó los asientos disponibles—. Entonces, ¿te gustaría ver o ser visto?

Él se echó a reír.

—Me gustaría ver la ópera, pero quiero hacerlo a tu lado —respondió él—. ¿Está permitido?

—Ya lo averiguaremos —dijo ella mientras los conducía a los asientos de la primera fila, los más cercanos al escenario. Sus padres se habían acomodado en sus asientos habituales, cerca del fondo. En cuanto se apagaran las luces, quedarían en la sombra.

—¿En qué idioma cantarán?

—En inglés. Es una ópera romántica irlandesa —explicó Adeline—. Con gitanos, realeza y amantes desafortunados. —Al ver que fruncía el ceño, continuó—. Los protagonistas son Arline y Thaddeus. Ella es hija de un conde húngaro, y él es un noble polaco que vive exiliado en Austria. Cuando ella tiene seis años, un ciervo salvaje la ataca, pero Thaddeus la salva. Durante el ataque, sin embargo, la hieren en el brazo y le queda una cicatriz.

—Continúa —la animó Ertuğrul.

—Para mostrar su gratitud, el conde invita a Thaddeus a un banquete, pero cuando este se niega a brindar por una estatua del emperador austriaco y, en su lugar, arroja su vino sobre ella, tiene que escapar con la ayuda de un amigo gitano que secuestra a Arline.

Ertuğrul frunció el ceño.

—¿Así que Arline y Thaddeus acaban convirtiéndose en amantes? —adivinó él—. Aunque ella es demasiado joven para él.

—Bueno, después de doce años, se hacen novios —explicó ella—. Pero la reina gitana está enamorada de él al mismo tiempo que el sobrino del conde se ha enamorado de Arline.

Ertuğrul se quedó pensativo en este punto un momento antes de decir:

—Él no sabe que ella es su... —Hizo una pausa mientras consideraba la relación—. ¿Su prima?

—Exacto. Porque no la reconoce. Por celos, la reina roba un medallón al sobrino y se lo planta a Arline.

—Esto no puede ser bueno —comentó Ertuğrul.

—Cuando el sobrino lo ve, Arline es detenida por robo y juzgada ante su padre.

—¿Él la reconoce?

—Sí, pero solo por la cicatriz que tiene en el brazo por el ataque del ciervo.

—Eso es bueno, ¿verdad?

—Sí, excepto que echa de menos a sus amigos gitanos y a Thaddeus, por supuesto, porque está enamorada de él. Thaddeus invade el castillo de su padre durante un baile, encuentra a Arline y le propone matrimonio.

Ertuğrul hizo una mueca.

—Pero el padre...

—Ha perdonado a Thaddeus y le da su bendición.

—¿Pero qué hay de la reina gitana?

—Ha seguido a Thaddeus hasta el castillo —respondió Adeline dramáticamente, aunque sonriendo.

—Bastante persistente por su parte perseguir a un hombre que no la ama —dijo él en un susurro.

Adeline suspiró.

—Pues sí. Así que la reina intenta matar a Arline con un mosquete y secuestrar a Thaddeus, pero su amigo gitano descubre lo que está a punto de hacer, y entonces forcejea con ella en un intento de quitarle el arma.

—¿El arma se dispara? —adivinó Ertuğrul.

—Y la reina gitana muere —terminó Adeline con una sonrisa.

—Entonces... ¿Arline y Thaddeus se casan?

Adeline parpadeó.

—No recuerdo si lo muestran al final o no —respondió ella—. Pero supongo que sí.

Ertuğrul se enderezó en su silla. Miró a su alrededor, atónito al ver que, en solo los pocos minutos que llevaban hablando, el teatro estaba casi lleno. En el escenario, la silueta de un castillo se alzaba al fondo.

—¿Es el palacio del conde?

—Efectivamente —dijo ella—. Hablando de palacios, esta tarde he visto tus dibujos en la biblioteca. Creo que tus tíos estarán encantados con el diseño.

—El palacio de esos dibujos no es para ellos —replicó él—. Estaba diseñando el palacio que deseo construir para ti.

Adeline se sobresaltó.

—¿Para mí?

Él asintió.

—Un lugar desde el que podrías dirigir una organización benéfica como la de tu madre. Donde podríamos vivir los dos. Donde podrían vivir nuestros hijos —dijo en voz baja—. Donde yo pudiera trabajar en los planos de nuevos edificios. Tendríamos sirvientes, por supuesto. Alguien que te ayudara, alguien que te sirviera de traductor con tus clientes, y una cuidadora que te ayudara con los niños.

Adeline lo miró con asombro.

—Entonces... cuando hablaste de matrimonio anoche... ¿no estaba soñando?

Él negó con la cabeza.

—Creía que estabas despierta.

—Oh, lo estaba —le aseguró ella—. Pero una noche de sueño a veces puede jugar malas pasadas. —Recordó la ilustración del palacio. Aunque era similar al Brighton Pavilion, había sutiles diferencias. Las cúpulas bulbosas estaban más adornadas, las ventanas tenían una forma ligeramente diferente—. ¿Dónde lo construirías?

Él se encogió de hombros.

—Cerca de las aguas del Bósforo, supongo. En Constantinopla.

—Ah —respondió ella, parpadeando varias veces—. ¿Cuándo nos trasladaríamos allí?

Él cogió aire como si fuera a responder y luego frunció el ceño.

—Bueno, la construcción tardaría un año o más en completarse, pero podríamos vivir en el palacio más nuevo con mi padre y la sultana Charlotte hasta que esté listo. ¿Quizá ir allí una vez terminada la temporada?

Adeline agachó la cabeza y se rio.

—No sé qué decir.

—Di que sí. Te lo preguntaré de nuevo cuando estés despierta por la mañana —dijo antes de tragar saliva.

Ella inhaló suavemente.

—¿Significa eso que vas a hacerme el amor esta noche? —preguntó en un susurro. Resistió el impulso de mirar a su padre, segura de que los estaba observando. Después de lo de anoche en la biblioteca, podría encontrarlo vigilando su puerta esta noche.

—Nada me haría más feliz. Pero... Me temo que si lo hiciera esta noche, te despertarías por la mañana pensando que solo ha sido un sueño. —Metió la mano en un bolsillo del chaleco—. Así que, para asegurarme de que lo recuerdas, me sentiría honrado si te pusieras esto. Al menos hasta que nos casemos —dijo mientras le tendía el anillo de rubí.

Adeline miró fijamente el anillo durante un largo momento, y luego se llevó una mano a un lado de la cara.

—Ertuğrul —suspiró.

Él se lo puso en el dedo y luego le besó el dorso de la mano.

—Una rosa para mi rosa —dijo él.

Adeline inhaló suavemente al oír sus palabras.

—Llevaré esto el resto de mi vida —murmuró ella—. ¿Dónde has...?

—Conocí a la señora Tennison hoy en Ewen y Ewen —dijo él—. Tendré que volver allí antes de que salgamos de Inglaterra para ver qué más puedo comprarte.

Los ojos de Adeline se abrieron de par en par antes de jadear.

—¿Significa esto que has hablado con mi padre?

—Esta mañana. Antes de que saliera para el Parlamento.

Adeline resistió el impulso de volver a mirar a su padre. No había dicho ni una palabra durante la cena. Con razón no la había regañado por lo ocurrido en la biblioteca la noche anterior.

—No estoy seguro, pero parecía triste cuando dio su permiso —dijo Ertuğrul en un susurro.

—Bueno, eso es porque soy su favorita —dijo ella con una sonrisa llorosa—. Ah, y supongo que tengo que decir que sí.

Ertuğrul sonrió mientras las luces del teatro se atenuaban y las del escenario se iluminaban.

—Deja la puerta abierta esta noche —susurró ella. Cuando él se volvió para mirarla atónito, ella añadió—: Quiero despertar contigo.

La mirada de Ertuğrul se quedó clavada en la de ella hasta que empezaron a cantar, y se volvió a regañadientes para ver la ópera.

Para su sorpresa, Adeline permaneció despierta durante toda la representación. Sin embargo, de camino a casa se quedó dormida sobre su hombro.

CAPÍTULO 32
LA PRIMERA NOCHE DE UN NOVIAZGO

E
sa misma noche
    Aunque estaba a punto de estallar de ganas de enseñar el anillo que Ertuğrul le había regalado antes de que empezara la ópera, Adeline subió las escaleras con los demás y se quedó callada.

Cuando llegaron al segundo piso, se dirigieron en distintas direcciones, cada uno se dirigió a su habitación y la residencia de los Bostwick se quedó en silencio.

Adeline se quitó las horquillas del pelo y vio cómo los mechones le caían por los hombros. Normalmente se lo trenzaba para ir a dormir, pero aquella noche no tenía intención de hacerlo.

En lugar de eso, se quitó el vestido y la ropa interior, se puso un camisón y un par de zapatillas, y destapó las sábanas. Se metió en la cama y dio unas cuantas vueltas antes de poner los pies en el suelo con cuidado.

Cuando no detectó ningún movimiento en la alfombra, ni sirvientes ni familiares moviéndose, salió sigilosamente de su habitación, sujetando con cuidado el picaporte de la puerta mientras la cerraba para que el pestillo no hiciera ruido.

Avanzó en silencio por el pasillo hasta el otro extremo, llegó a la habitación de Ertuğrul y se detuvo ante la puerta. Probó el picaporte y se sintió aliviada cuando lo bajó con facilidad. Un momento después, estaba en la habitación a oscuras. Se estremeció al oír el chasquido del pestillo y contuvo la respiración. Cuando no oyó abrirse ninguna otra puerta, se acercó a la cama. Aunque habían bajado el cubrecama y las sábanas, Ertuğrul no estaba en la cama. Sin embargo, se oían chapoteos procedentes del baño, y Adeline se planteó qué hacer.

Cada vez más nerviosa, se sentó en la cama a esperar. Al cabo de un momento, se deslizó bajo las sábanas e inhaló el aroma familiar del joven cuando su cabeza golpeó la almohada. Sonrió al pensar que cada noche, durante el resto de su vida, se dormiría rodeada por su olor.

La silueta de Ertuğrul apareció de pronto, cuando salió del baño iluminado, con una toalla envuelta en su cintura. Al parecer, no se había percatado de su presencia, pues se quitó la toalla y se puso un camisón.

Adeline se esforzó por contener la respiración. Para resistir el impulso de jadear. Durante unos brevísimos instantes, pudo contemplar su cuerpo desnudo: la piel aceitunada cubierta de vello oscuro se extendía sobre un pecho ancho y un torso firme, el vello se estrechaba hasta el vértice de los muslos, donde un nido de rizos rodeaba su virilidad. Tenía los brazos gruesos por el tiro con arco, los muslos musculosos por montar a caballo e, incluso después de que el camisón le cubriera los hombros, pudo ver que tenía unas pantorrillas fuertes.

Sacó algo de la parte superior de un baúl y lo desenrolló en el suelo. Después de eso, desapareció de su vista, pero ella oyó palabras susurradas en un idioma extranjero.

Se dio cuenta de que eran plegarias.

Mientras tanto, ella rezaba para que no la echara cuando descubriera que estaba en su cama. Habían acordado pasar la noche juntos mientras veían la ópera, justo después de que confirmara que Thaddeus y Arline acababan juntos, pero los términos finales de su acuerdo clandestino se habían interrumpido cuando los padres de ella preguntaron a Ertuğrul qué le había parecido la ópera.

Desde entonces, todas las terminaciones nerviosas de su cuerpo estaban en alerta máxima. Ahora, la reacción de su cuerpo al verle desnudo le producía las sensaciones más extrañas. Sentía que sus pechos eran más grandes de lo habitual y que los pezones le empujaban contra la tela del camisón. El espacio en la parte superior de sus muslos palpitaba con su excitación. Su deseo de tocarlo, de apoyarle las palmas de las manos en el pecho y besarlo, era casi abrumador.

Cuando de repente le quitaron las sábanas de encima, inhaló bruscamente.

Ertuğrul la miró fijamente.

—Temía que estuvieras dormida —susurró con una sonrisa mientras se despojaba del camisón y se metía en la cama.

Esta vez, Adeline dio un grito ahogado, pues su virilidad estaba completamente erecta.

—¿Dormida? No puedo dormir. Estoy demasiado excitada.

Los labios de él rozaron la frente de ella un instante.

—Yo también —admitió.

Ella llevó las manos a la cabeza de él y sus dedos se hundieron en su cabello oscuro mientras con los labios reclamaba los suyos y con la lengua recorría sus dientes. Al mismo tiempo, él llevó una mano a su pecho, levantando y moldeando el bulto en su palma.

Adeline inhaló profundamente y se separó del beso, lo que hizo que la besara por la mandíbula, a lo largo de la clavícula y hasta el borde superior de su camisón. Consiguió encontrar el extremo del lazo que mantenía la prenda cerrada en la parte superior y tiró de él para soltarlo.

Con un movimiento de la mano, dejó al descubierto un

hombro y un pecho. Ella arqueó la espalda cuando cubrió su pecho con la boca. Cuando su lengua lamió su pezón, pensó que nunca antes había sentido algo tan celestial.

Dejando una mano contra la cabeza de él, le deslizó la otra por el costado hasta donde alcanzaba y luego hasta la parte baja de su espalda, asombrada por el calor de su piel. Sus dedos siguieron el rastro de las protuberancias de su columna vertebral hasta que él le cogió los brazos y se los abrió de par en par. Obligada a renunciar a abrazarle, gimoteó decepcionada.

Cuando una de las manos de él bajó y le subió el camisón por el muslo, levantándole una rodilla, ella inhaló con fuerza. Tenía la mano tan caliente que estaba segura de que le estaba marcando la piel. Cuando la acercó a su pubis y presionó la palma contra sus pliegues húmedos, ella jadeó.

No estaba segura de lo que le hizo a continuación, pero hubo un momento en que lo único que pudo hacer fue aferrarse a las sábanas en un esfuerzo por permanecer en la cama. Sentía que su cuerpo era arrastrado por olas de placer que crecían y se estrellaban, seguidas de otras tantas.

Su intento de permanecer muda para no ser descubierta en su cama luchaba contra el impulso de gritar. En lugar de eso, gimió y susurró «sí» una y otra vez.

Cuando de repente él estaba sobre ella, con una de sus manos extendida hacia atrás para levantarle la otra rodilla, ella perdió todas sus fuerzas. Un momento después, su virilidad, pesada y sólida, se deslizó por los pliegues húmedos de la mujer hasta que la punta llegó a su entrada. Ella consiguió levantar las caderas en señal de invitación mientras él bajaba la boca hacia su otro pecho. Húmeda y necesitada, susurró:

—Por favor.

Él la penetró de un solo empujón, y un gemido hizo vibrar su cuerpo cuando la penetró por completo.

A pesar de sentir un pinchazo seguido de plenitud, una sensación al principio incómoda, pero no dolorosa, Adeline levantó los muslos para aferrarse a los de él. Lo miró fijamente, sin saber qué hacer o decir mientras su cuerpo se adaptaba a la rápida invasión. Levantó las manos hacia los costados de él y se aferró a él en un esfuerzo por aguantar.

Por un momento, ninguno de los dos se movió.

—¿Estás bien? —susurró él mientras sus cejas oscuras se fruncían en la penumbra—. No quería causarte dolor, pero...

—Estoy bien —dijo ella, asintiendo con la cabeza apoyada en la almohada—. De verdad. Pero me gustaría saber qué hacer.

Adeline recordó haber visto su virilidad cuando se subió a la cama, y cuando miró hacia abajo, confirmó que la había enterrado dentro de ella. Toda entera. Apenas sabía dónde acababa él y empezaba ella.

Ertuğrul volvió a besarle en la frente.

—Lo solucionaremos —susurró mientras la sacaba lentamente casi por completo.

La reacción de ella fue inmediata y bajó las manos hasta que se posaron sobre las nalgas de él y las agarró.

Él rio suavemente mientras volvía a penetrarla.

Comprendiendo de pronto lo que debía hacer, mantuvo las manos donde estaban, permitiéndole las suaves embestidas. Sus propias caderas se unieron a las de él con cada acometida mientras su pecho se levantaba de la cama. Deseó haberse quitado el camisón, pues la tela parecía rozarle los pezones con cada movimiento.

Tal vez Ertuğrul pudo leer sus pensamientos, pues detuvo sus movimientos y la ayudó a subirse la molesta prenda y pasársela por la cabeza. La arrojó a un lado y reanudó sus embestidas, esta vez con más fuerza y movimientos más rápidos. De vez en cuando, su lengua se acercaba a un pezón, lo que hizo que Adeline arquease la espalda y los escalofríos recorriesen todo su cuerpo.

Cuando él se detuvo de repente, arqueando la espalda y levantando el torso, Adeline sintió un calor que la envolvía y la atravesaba. Un momento después, él bajó lentamente la parte superior de su cuerpo hasta que su cabeza descansó junto a la de ella sobre la almohada.

La respiración agitada de Ertuğrul le llegaba a los oídos, o puede que fuera la suya. No tenía ni idea. Tampoco le importaba mientras abrazaba su cuerpo.

—La próxima vez será mejor —prometió Ertuğrul.

—¿Cómo puede ser eso posible? —preguntó Adeline mientras se giraba para mirarlo con asombro.

Él se echó reír y volvió a besarle la frente.

—Debería quitarme de encima tuyo antes de que me quede dormido.

—¿Estás cómodo?

—Mucho.

—Entonces quédate donde estás —le suplicó ella. Mientras lo decía, sintió que su virilidad disminuía de tamaño y que la sensación de plenitud en su interior se disipaba.

—Has sido valiente al venir a mi habitación —susurró él.

Ella lo miró interrogante.

—No entiendo por qué. Tenía intención de venir.

—Pensaba ir a tu alcoba, al menos para darte un beso de buenas noches —afirmó él.

—Te habría obligado a acostarte conmigo —susurró ella.

—No me habría negado.

Ella gimió cuando se dio cuenta de que su virilidad había escapado de su cuerpo, y Ertuğrul rodó lentamente de encima de ella.

—Quédate aquí —susurró él mientras se levantaba de la cama y desaparecía en el baño.

Inmediatamente, Adeline echó de menos el calor de su cuerpo y la intimidad que habían compartido. A punto de abandonar la cama para descubrir lo que estaba haciendo, él reapareció de repente con una toalla de baño y un paño húmedo.

—Túmbate —le indicó—, y levanta las rodillas.

Relajándose en la cama, vio cómo él se inclinaba sobre el borde de la cama. De repente, presionó el paño en su vagina, y el calor fue una sensación agradable aunque le picara un poco.

—¿Qué...?

—Shh —la interrumpió él, tomando una de las manos de ella para que sujetara la tela antes de levantar su cuerpo en sus brazos. Inmediatamente, Adeline le rodeó la nuca con la mano que tenía libre—. ¿Puedes ponerte de pie? —preguntó él—. Quizá quieras lavarte...

—Por supuesto —susurró ella, curiosa por saber qué estaba haciendo. A pesar de que su cuerpo temblaba y de que tenía los nervios a flor de piel, se mantuvo en pie una vez que él la bajó al suelo. Entró en el baño, haciendo una mueca al pasar a la luz, pero decidida a terminar de limpiarse sin que él la viera.

*E*rtuğrul observó cómo Adeline se apresuraba a entrar en el baño y se le cortó la respiración al ver su trasero desnudo. Las nalgas suaves y redondeadas de su trasero coronaban unos muslos largos y unas pantorrillas bien formadas, y su piel parecía de un blanco lechoso bajo la luz de gas. Su cabello caoba caía en ondas hasta más allá de los hombros, oscilando sobre su espalda. Cuando ella desapareció de su vista, él se volvió y sacudió la toalla de baño y la colocó sobre la pequeña mancha de sangre que contrastaba con la ropa de cama blanca.

Durante su corto baño, solo había pensado en ella. En cómo sería acostarse con ella en su cama. En abrazarla. En besarla. En darle placer. En reclamarla como suya y estrecharla contra su cuerpo durante toda una noche.

Sin embargo, su deseo luchaba contra el decoro, así que cuando escuchó el frufrú de las sábanas cuando ella se había metido en su cama, sintió un inmenso alivio.

Desde el momento en que había salido del agua caliente, su

deseo por ella casi lo había abrumado. Una pizca de cordura le hizo realizar sus oraciones nocturnas. El sentido del deber le hizo ocuparse de la comodidad de Adeline después de haber disfrutado. La forma en que la tratara esa noche determinaría si estaría dispuesta a compartir la cama con él en el futuro, y ahora que había descubierto cómo era, la deseaba aún más que antes.

Desde el viaje en carruaje desde el museo hasta su casa, había pensado que ella era la pareja perfecta. Sus intereses comunes eran solo una parte. No esperaba sentirse tan atraído por una joven tan pronto. Que pensara en ella desde primera hora de la mañana hasta bien entrada la noche. Encontrar cualquier excusa para estar en su compañía a pesar de su insistencia en que debería considerar cortejar a lady Rose.

¿No se daba cuenta Adeline de que ella era mucho mejor partido para él?

Al parecer, ahora lo sabía, porque salió del baño e inmediatamente se acercó a él, apretó sus pechos desnudos contra el pecho de él y su virilidad acunada contra su vientre mientras sus labios encontraban los de él.

—¿Te quedarás conmigo esta noche? —le preguntó en un susurro.

—No quiero estar en ningún otro sitio.

—Volveré a la cama dentro de un momento.

La besó de nuevo y se dirigió al baño.

Adeline estaba a punto de protestar, pero dado el repentino escalofrío que sintió al perder el calor de su cuerpo, se subió rápidamente a la cama en el mismo momento en que se apagaba la luz del baño.

Se sobresaltó al sentir la toalla bajo su trasero cuando Ertuğrul entró en la cama con ella.

—Ha sido muy considerado por tu parte cubrir la mancha húmeda —susurró ella.

—Quiero que estés cómoda —replicó él.

Adeline se estiró en la cama y Ertuğrul hizo lo mismo, pero al cabo de un momento estaba medio encima de él, con la cabeza apoyada en su hombro, una pierna sobre la de él y un brazo sobre su pecho.

—Estoy cómoda —susurró ella.

Él rio suavemente y le besó la cabeza.

CAPÍTULO 33
EL BAILE DE ARILEY

a la mañana siguiente, 13 de abril de 1844

Cuando Ertuğrul entró en la sala para desayunar con Adeline del brazo, se detuvo y esperó hasta que George, Elizabeth y David levantaran la vista de sus platos.

—Buenos días —dijo mientras agachaba la cabeza.

—Buenos días —dijo Adeline, con una sonrisa tan amplia que parecía a punto de estallar.

—Tengo algo que anunciar —declaró Ertuğrul. Cuando los tres ocupantes de la sala volvieron su atención hacia él, dijo—: Adeline ha aceptado casarse conmigo.

David abrió los ojos de par en par, mientras que ninguno de sus padres parecía especialmente sorprendido.

—¿Qué? ¿Soy el último en enterarme? —preguntó sorprendido.

—Te deseo lo mejor, cariño —dijo Elizabeth mientras se levantaba y besaba a Adeline en la mejilla. Miró a Ertuğrul con expresión melancólica—. Excelencia —añadió mientras inclinaba la cabeza y suspiraba.

—Gracias —susurró Adeline.

George se acercó y la besó en la frente.

—Te deseo toda la felicidad del mundo —murmuró. Se volvió hacia Ertuğrul—. Empezaba a pensar que habías cambiado de opinión cuando ella no dijo nada al respecto ayer.

—Le di el anillo anoche. Antes de que empezara la ópera —explicó Ertuğrul.

—¿Un anillo? —preguntó Elizabeth—. No me lo has enseñado.

Adeline levantó la mano y movió los dedos.

—Una rosa para una rosa —dijo el hijo del sultán.

—¡Oh! —exclamó su madre en un suspiro mientras cogía la mano de Adeline con las dos suyas—. Lo ha hecho Alexander, ¿verdad? —preguntó asombrada.

Ertuğrul asintió.

—Su mujer me ayudó a elegirlo ayer.

—Ay, George —suspiró Elizabeth.

—Está bien. Capto la indirecta —dijo él con una risita.

—Haremos que el duque de Ariley haga el anuncio esta noche. Pero después de que anuncie tu compromiso —añadió su madre mientras se giraba para mirar a David.

—Y después de que anuncie el de Waverley —le recordó su hijo.

—Sí, sí, por supuesto —dijo ella—. Tengo que escribirle una nota a Helen ahora mismo —dijo, saliendo a toda prisa de la sala de desayunos.

Ertuğrul y Adeline se miraron con una sonrisa antes de servirse el desayuno.

*E*sa noche
La orquesta de cinco músicos seguía tocando el preludio del baile de aquella noche cuando James, duque de Ariley, se apresuró a hablar con George Bennett-Jones y Marcus Batey.

—No sé si darle las gracias a usted o a su hijo —dijo

jovialmente mientras estrechaba la mano de George. Su familia había llegado solo unos minutos antes, las mujeres ya estaban conversando con otras personas mientras que David se había ido a buscar a Rose.

—Solo le leí la lista —afirmó George mientras el duque estrechaba la mano de Marcus—. Pero algo me dice que no habría tenido que hacerlo. Le interesaba mucho antes de que se fuera a su *Grand Tour*.

—Debo decir que más bien desearía haber ordenado mucho antes del último baile que Rose y Waverley se casaran —comentó James.

—¿Qué? —preguntó Marcus.

Riéndose, el duque bebió un sorbo de champán y se acercó.

—Soy viejo. Quería verlos casarse y que me dieran nietos antes de morir, así que les ordené que se casaran. Les dije que el rango no importaba hoy en día. Todos sabemos que las fortunas son las que pagan las facturas. No los títulos.

—Y sin embargo, tu hijo se casa con la hija de un vizconde —dijo George. Se volvió hacia Marcus y añadió—: Sin ánimo de ofender.

—No me ofendo. Estaba tan sorprendido como cualquiera.

—Otro más que hay que tachar de la lista —comentó George.

—Solo porque Waverley pensó que se esperaba de él que se casara nada menos que con la hija de un conde. ¿Te lo imaginas? Estaría esperando tanto como yo a mi duquesa —afirmó James.

—Gracias por ofrecer una casa para que vivan lady Rose y David —dijo George.

—Era lo menos que podía hacer, sobre todo porque Waverley se aloja en Ariley Place y la señorita Hope se mudará el día de la boda. Hay suficiente espacio, por supuesto, y él puede encargarse del ducado desde el despacho de allí.

—¿Así que lo has puesto a trabajar en el ducado? —preguntó Marcus.

—Desde hace varios años —admitió James. Echó un vistazo al

amplio salón y observó que los invitados seguían entrando por la puerta principal—. Entonces, ¿qué compromiso anunciamos primero?

—Creo que el de tu hija —respondió George—. ¿No es este baile en su honor?

—Efectivamente, pero tu hija se casa con un emir —dijo mientras arqueaba las cejas—. Vivirán en Constantinopla, ¿verdad? ¿Cerca del sultán Ziyaeddin y la sultana Charlotte?

—No me lo recuerdes —dijo George sacudiendo la cabeza. El emir Ertuğrul Effendi haría lo correcto con su hija, de eso estaba seguro George. El recordatorio de que se la llevaría lejos de Inglaterra le hizo estremecerse—. Es un buen hombre, aunque vaya a llevársela a medio mundo de distancia al final de la temporada.

—Bueno, entonces es bueno que tengamos toda la temporada por delante —comentó Marcus.

—Menos mal que no nos queda nadie en la lista —le recordó George.

James soltó una risita y de pronto se puso serio.

—¿Olvidas que tienes otro hijo?

George parpadeó y dejó caer la cabeza sobre el pecho.

—Pregúntamelo otra vez cinco años después de que regrese de su *Grand Tour* —dijo con un largo suspiro.

—Para entonces, habrá una lista completamente nueva —dijo Marcus con una sonrisa.

Armados con copas de champán, los tres se dirigieron al estrado para anunciar los compromisos.

EPÍLOGO

Dos años después, al borde del mar Egeo

Adeline estaba de pie junto a su madrina, Charlotte, mientras se asomaban al borde de un balcón y observaban a sus esposos jugar con sus hijos más pequeños en el jardín de abajo.

—Es realmente ridículo —murmuró Charlotte refiriéndose a su marido, Ziyaeddin. Lanzaba a su nieto Girgus al aire mientras su hija Zehra reía y su hijo Ahmet corría en círculos alrededor de sus piernas.

Ertuğrul, sentado con las piernas cruzadas sobre el césped corto y recortado, se reía entre dientes de algo que había dicho su padre cuando, de repente, Ahmet lo derribó. Se produjo una persecución antes de que, sin aliento, el şehzade se desplomara de nuevo en el suelo y el niño pequeño fuera tras una mariposa.

—Me alegro mucho de que hayamos venido —dijo Adeline—. Aunque me encanta la casa que Ertuğrul ha construido para nosotros, es bueno pasar aquí el primer día de primavera. Cumple hoy solo veinticinco años, pero hay veces que pienso que es mucho mayor.

Charlotte hizo una mueca.

—Ziyaeddin suele llorar la muerte de su primera esposa el primer día de primavera, pero estos últimos años no lo ha hecho.

—Eso es porque te quiere —afirmó Adeline.

—Tanto como Ertuğrul te quiere a ti —comentó Charlotte.

Adeline le dedicó una sonrisa brillante.

—Creo que aprendió observando a mi padre.

Charlotte soltó una risita.

—Cuando conocí a Ertuğrul, era muy reservado. Tan tímido. Tan callado. Por supuesto, entonces no entendía que no debía mirarme.

—Quizá por eso quería quedarse un tiempo en Inglaterra —comentó Adeline.

Se habían casado y permanecido en la capital con los padres de ella en Bostwick House hasta bien pasado el final de la temporada. Una vez que ayudaron a dar la bienvenida al mundo a George Junior, ya que Adeline afirmaba que quería practicar cuidando un recién nacido, optaron por quedarse durante las Navidades de 1844. Su hermana mayor, Christina, su marido, Richard Hartwell, y sus hijos habían pasado quince días con ellos. Con Daniel de vuelta de la universidad, la casa abarrotada fue un caos hasta que todos, excepto Daniel, se marcharon a principios de enero de 1845.

Él se había marchado a su *Grand Tour* un mes más tarde, dejando a Elizabeth y George con casi una casa entera para dedicarse a sus juguetonas travesuras.

—¿Alguna noticia de tu hermano mayor? —preguntó Charlotte. Aunque solía tener noticias de Elizabeth al menos una vez al mes, el último correo no había llegado al palacio occidental.

—Rose me escribió. Espera su segundo bebé para dentro de unos meses —dijo Adeline con una sonrisa—. Georgie camina y, al parecer, balbucea incoherencias, y mi padre probablemente se comporta exactamente igual que tu marido en estos momentos.

Su mirada siguió al sultán mientras estaba sentado en un

banco con su hijo montado en su bota, con la pierna balanceándose arriba y abajo mientras imitaba a un caballo.

Charlotte soltó una risita.

—¿Te arrepientes de algo?

—¿Sobre qué? —preguntó Adeline alarmada.

Le dirigió una mirada de reproche.

—¿De casarte con un musulmán? ¿Mudarte a Constantinopla? ¿Tener que aprender un nuevo idioma, vestir ropa diferente y comer comidas diferentes?

Adeline se encogió de hombros.

—En realidad, no. Me gustaría aprender mejor el idioma —admitió—. Todavía tengo un traductor que me ayuda en la institución benéfica.

—¿Va bien?

—Ahora va mejor. Al principio, no conseguía que los empresarios confiaran en mí, pero recuerdo que mi madre me dijo que ella tuvo el mismo problema cuando empezó —explicó—. Una vez que pude colocar a algunos hombres en puestos, empezó a correrse la voz. Creo que tener al sultán como suegro ayuda bastante.

—Está dispuesto a ayudar todo lo que puede —comentó Charlotte, sin añadir que habían colocado a los primeros hombres en sus puestos de trabajo porque Ziyaeddin lo había ordenado.

—¿Echas de menos algo de Inglaterra? —preguntó Adeline.

Charlotte suspiró.

—A mi hijo mayor, por supuesto. A tu madre y a Hannah —añadió, refiriéndose a sus mejores amigas. Se encogió de hombros —. Sin embargo, no puedo imaginar cómo habría sido mi vida si me hubiera quedado. Una vez que John se casó con Arabella y yo me convertí en duquesa viuda... —Puso los ojos en blanco—. Habría acabado en Brighton o Bath fingiendo disfrutar de los entretenimientos. Me gusta mucho más esta vida. —Se rio cuando Girgus terminó en los brazos de su marido, con un enorme bostezo que sugería que el niño estaba a punto de dormirse—. ¿Y tú? ¿Echas algo de menos?

Adeline inclinó la cabeza hacia un lado y emitió un prolongado «ah» cuando Zehra abrazó a su hermano pequeño y luego un «¡oh!» cuando la joven lo empujó al suelo.

—Aunque hay algunas cosas que echo de menos de Inglaterra, como que todo el mundo hable inglés, hay otras que no.

—¿Por ejemplo? —preguntó Charlotte.

—La ropa —afirmó Adeline.;

—Me encantan estos vestidos. Las telas son divinas. Y la comida. Mucho mejor —añadió. Cuando se dio cuenta de que los hombres parecían cansados, preguntó—: ¿Los rescatamos?

Charlotte miró hacia ellos.

—Ah, supongo —dijo—. Si no lo he dicho antes, me alegro mucho de que hayas aceptado ser la esposa de Ertuğrul, y Ziyaeddin también.

—Creo que me lo has dicho al menos una docena de veces —dijo Adeline con una sonrisa mientras avanzaban por los amplios pasillos y bajaban los escalones que conducían al atrio del palacio. Si alguien le hubiera dicho que algún día podría ser la sultana a cargo de semejante palacio, habría pensado que era una candidata a Bedlam.

—Ziyaeddin se sintió muy aliviado cuando llegasteis. Empezaba a pensar que Ertuğrul no volvería y que tendría que elegir a otro heredero.

—No tenía nada de qué preocuparse —insistió ella—. Ertuğrul cumple con su deber —dijo Adeline, llevándose la mano a su barriga redonda—. En más de un sentido —añadió con una risita.

NOTAS DEL AUTOR

¿De dónde han salido estos personajes?

Ertuğrul apareció por primera vez en «La dama de un sultán». La historia de George y Elizabeth se encuentra en «El beso de un vizconde», y aparecen en otros libros, como «La caridad de un vizconde» y «El dilema de un tesorero».

Billar

El noble juego del billar, o en este caso el billar inglés, tiene una larga historia que se remonta al siglo XV. Está basado en el croquet y se juega con tres bolas, en su primera versión los jugadores utilizaban una maza para empujar la bola. Al ser tan grande hacía difícil golpear una bola cuando estaba cerca de la banda lateral u «orilla» (llamadas así porque eran como la orilla de un río). Los hombres daban la vuelta al mango o «cola» y golpeaban la bola con el otro extremo.

En 1829, estos mangos con un solo taco se sustituyeron por una versión con dos tacos hecha de arce duro y cuero. La tiza en la punta proporcionaba fricción, lo que permitía añadir efecto a la bola.

Aunque no había tamaños fijos de mesa, el estándar seguía

una proporción de dos a uno de longitud a anchura, y las primeras versiones tenían unos cuatro por dos metros. Las seis troneras estaban situadas en las esquinas y en la mitad de los lados largos.

Originalmente, la única razón por la que una mesa de billar tenía bandas laterales era para evitar que las bolas se cayeran, pero pronto los jugadores descubrieron que podían hacer rebotar la bola en ellas para hacer «*bank shots*».

Hasta 1835, los tableros de las mesas eran de madera. La pizarra sustituyó a la madera porque no se deformaba con el tiempo.

Aunque las bolas de billar actuales son de resina, las originales se fabricaban con marfil de colmillos de elefante y se teñían.

Museo Británico

Las colecciones del museo se albergaron por primera vez en Montagu House, una mansión del siglo XVII que fue ampliamente reformada antes de su apertura al público en 1759. A medida que las colecciones crecían, se añadieron al edificio original nuevas galerías, como la Galería Townley.

El museo se convirtió en la mayor obra de construcción de Europa cuando comenzó su ampliación en 1823. El gran edificio de estilo neogriego de Sir Robert Smirke fue surgiendo poco a poco. El primero en construirse fue el ala este, actualmente llamada Galería de la Ilustración, para albergar la biblioteca del rey Jorge III (planta baja). Entregada en 1827, fue descrita como una de las mejores salas de Londres. El resto del ala este se completó en 1831, mientras continuaba la construcción del ala oeste. A pesar de la suciedad y las interrupciones, las colecciones crecieron, superando al nuevo edificio.

No fue hasta la década de 1840 cuando Montagu House fue demolida para dar paso al pórtico con columnas por el que los visitantes aún acceden al museo. El edificio se terminó en 1852. Sir Richard Westmacott diseñó las esculturas del frontón sobre la entrada para reflejar el progreso de la civilización tal y como lo concebían los victorianos en una época en la que crecía la confianza británica y su poder mundial a través de la expansión imperial.

¡*Tu invitación!*

¿Te apetece un romance histórico lleno de pasión y química al rojo vivo?

Únete a mí y a mis amigas autoras en el grupo de Facebook, *Historical Harlots*, para disfrutar de sorteos exclusivos, charlas con increíbles autores de romance histórico, historias subidas de tono y mucho más.

https://www.facebook.com/groups/2102138599813601

SOBRE LA AUTORA

Linda Rae, que se autodefine como empollona y estudiante de historia, pasó muchos años como escritora técnica especializada en estaciones de trabajo de gráficos 3D, software y animación 3D (entre sus créditos cinematográficos se encuentran SHREK y SHREK 2). Perderse en los agujeros de conejo de la investigación ha dado lugar a romances históricos ambientados en la época de la Regencia, así como en la antigua Grecia.

Aficionada a las películas de acción y aventuras, es frecuente encontrarla en el cine. Aunque ya no tiene peces tropicales, sigue a los San Jose Sharks y reside en Cody, Wyoming.

Para más información:
www.lindaraesande.com
Subscríbete al boletín de noticias de Linda Rae:
Romance de la Regencia con un toque especial
Sigue el blog de Linda Rae:
Romance de la Regencia con un toque especial